Henri BÉNAC
Agrégé des Lettres

Pierre BURNEY
Agrégé de Grammaire

CONJUGAISON

GUIDE PRATIQUE

HACHETTE
Éducation

Couverture : RPM Consultants
Conception intérieure : Marie-Christine CARINI

© HACHETTE LIVRE, 1993, 43 quai de Grenelle, 75905 PARIS Cedex 15
ISBN : 2.01.017106.3

Tous droits de traduction, de reproduction et d'adaptation réservés pour tous pays.

Le Code de la propriété intellectuelle n'autorisant, aux termes des articles L.122-4 et L.122-5, d'une part, que les «copies ou reproductions strictement réservées à l'usage privé du copiste et non destinées à une utilisation collective», et, d'autre part, que «les analyses et les courtes citations» dans un but d'exemple et d'illustration, «toute représentation ou reproduction intégrale ou partielle, faite sans le consentement de l'auteur ou de ses ayants droit ou ayants cause, est illicite».
Cette représentation ou reproduction, par quelque procédé que ce soit, sans autorisation de l'éditeur ou du Centre français de l'exploitation du droit de copie (3, rue Hautefeuille, 75006 Paris), constituerait donc une contrefaçon sanctionnée par les articles 425 et suivants du Code pénal.

SOMMAIRE

Introduction	**4**
Utilisation pratique du guide	**5**
Alphabet phonétique international	**6**

LES CLÉS DU FONCTIONNEMENT VERBAL — **7**

L'analyse verbale	**8**
Conjugaisons et groupes verbaux	**12**
Comment choisir l'auxiliaire ?	**18**
Comment faire les accords verbaux ?	**24**
Difficultés d'orthographe	**41**

TABLEAUX DE CONJUGAISON — **43**

LEXIQUE DES VERBES — **135**

Index des notions grammaticales	**191**

INTRODUCTION

Les formes verbales sont **une des difficultés majeures de notre langue**. Or les grammaires, faute de place, ne donnent sur la morphologie que des renseignements insuffisants. Nous avons essayé de combler cette lacune et de concilier deux exigences apparemment contradictoires: **être simple et être complet**. On trouvera donc dans ce livre **toutes les formes verbales** (*Lexique* et *Tableaux*), ainsi que tous les renseignements qui permettent de les construire et de les utiliser (*Clés du fonctionnement verbal*). Mais on y trouvera seulement les formes verbales et les notions grammaticales nécessaires à leur maniement: pour l'emploi des temps et des modes, par exemple, le lecteur consultera sa grammaire française habituelle dont ce manuel fournit le complément naturel[1].

Les formes **en rouge** des **tableaux** ont été choisies à partir de relevés des fautes les plus fréquentes. Elles représentent les points névralgiques de la conjugaison. Les **verbes types** ont été groupés non seulement en fonction de leurs ressemblances, mais aussi d'après leur fréquence et l'importance de leur famille, les plus urgents à connaître venant autant que possible les premiers. Dans le **lexique**, les verbes les plus fréquents (en gras) correspondent à ceux du *Dictionnaire fondamental* de G. Gougenheim; les verbes de moyenne fréquence (en romain) appartiennent généralement au *Dictionnaire du français contemporain*, tandis que les verbes rares sont en italique, de même que les formes rares des tableaux. Les notions de **fréquence** et de **difficulté** ont donc été combinées pour donner plus d'efficacité au livre que nous présentons aujourd'hui.

---

1. Hamon, *Grammaire, Guide pratique,* Hachette Éducation.
Grammaire Larousse du français contemporain.

GUIDE DE CONJUGAISON
INTRODUCTION

UTILISATION PRATIQUE DU GUIDE

Il y a deux façons complémentaires d'utiliser ce livre : la consultation et la révision.

Trouver ou vérifier une forme verbale

Soit un verbe difficile comme *absoudre*. Cherchez-le dans le lexique. Vous trouverez, en face de ce verbe, le numéro 80 qui vous renverra à un **tableau**. Ce tableau ne vous donnera pas la conjugaison d'*absoudre,* mais celle de *résoudre,* verbe plus fréquent, et qui sert de modèle à *absoudre.*

Un coup d'œil sur les **signes** qui accompagnent chaque verbe vous permettra de saisir s'il s'emploie comme transitif direct ou indirect, comme pronominal, s'il est intransitif ou impersonnel, quel auxiliaire lui convient. Quant aux particularités de détail qui peuvent le distinguer du modèle sur lequel il se conjugue ou aux difficultés qui lui sont propres, elles sont indiquées au lexique. Les **clés** (pp. 7-42) vous fourniront la solution des difficultés qui pourraient encore se présenter : auxiliaires, accords, problèmes orthographiques.

Assimiler l'ensemble des verbes

Étudiez à fond les **clés** (pp. 7-42). Puis étudiez systématiquement les tableaux (pp. 43-135). Les verbes types sont les plus **fréquents** de tous et donnent en outre la **clé** de tous les verbes conjugués sur leur modèle. À l'intérieur de chaque tableau, vous travaillerez tout spécialement les formes les plus difficiles qui sont **en rouge**. La révision méthodique des formes permettra de faire passer l'essentiel du guide **dans vos mémoires** et **dans vos automatismes**. À cette étape, vous n'aurez plus besoin de consulter votre livre que rarement, et c'est là le but à atteindre.

L'ALPHABET PHONÉTIQUE INTERNATIONAL

Voyelles orales simples
[i]   : si, physique
[e]   fermé   : été
[ɛ]   ouvert   : mère, tête, mais
[a]   antérieur   : patte, bras
[ɑ]   postérieur   : pâte, bas
[ɔ]   ouvert   : notre, or
[o]   fermé   : le nôtre, chose, mot
[u]   : mou

Voyelles orales composées
[y] : tu
[ø] : bleu, il pleut
[œ] : fleur, il pleure

e dit muet
[ə]: le, de, premier

Voyelles orales nasales
[ɑ̃]   produit à partir de [a] : an, cent
[ɛ̃]   produit à partir de [ɛ] : vin, vingt
[ɔ̃]   produit à partir de [ɔ] : son, sont
[œ̃]   produit à partir de [œ] : brun(s)

Semi-voyelles
[w] = [u] prononcé très rapidement : oui, roi
[ɥ] = [y] prononcé très rapidement : lui, puits
[j] = [i] prononcé très rapidement : pied

Consonnes
[b] : bon
[d] : dur
[f] : fort, affaire, philosophie
[g] : goût
[ʒ] : jeune, âgé, mangeons
[k] : corps, cinq, qui, kilo, archéologue
[l] : le
[m]: me
[n] : ni

[p] : papa
[r] : Paris
[s] : se, ce, leçon, dix
[t] : toi, théâtre
[v] : vous
[z] : zéro, disons, dixième
[ʃ] : chat, schéma, architecte
[ɲ] : peigne

LES CLÉS DU FONCTIONNEMENT VERBAL

L'ANALYSE VERBALE

La formation du verbe

Caractéristiques générales

1 Soit la forme verbale : *ils aiment*. L'analyse permet de découvrir et de classer toutes les caractéristiques de cette forme écrite.

2 Dans *aiment*, nous trouvons d'abord un **radical** : *aim-* qui porte en lui le sens même du verbe *aimer*.

3 Dans *aiment,* il y a également une **terminaison** (ou désinence) qui indique à la fois la personne et le nombre (3e personne du pluriel).

4 Dans *ils aiment*, nous voyons aussi apparaître le **pronom personnel** (ou pronom de conjugaison) *ils*. Il indique, comme la terminaison, la personne et le nombre (3e personne du pluriel) et fait donc double emploi avec la terminaison.

Forme verbale simple. Forme verbale composée

5 *Ils aiment* (présent de l'indicatif) s'oppose à une forme comme : *ils **ont** aimé* (passé composé) ; *ils aiment* est une forme verbale **simple**, c'est-à-dire faite d'un seul mot, une fois mis à part le pronom de conjugaison. En revanche, *ils **ont** aimé* est une forme verbale **composée**, c'est-à-dire faite de plusieurs mots, même si on ne compte pas le pronom de conjugaison. ***Ont*** est un **auxiliaire** (voir p. 18).

Distinction des personnes

6 *Ils aiment*, nous l'avons vu, est à la 3e personne du pluriel, comme l'indiquent le pronom personnel de conjugaison et la terminaison.

On distingue **trois personnes** : 1ʳᵉ *(je, nous)*, 2ᵉ *(tu, vous)*, 3ᵉ *(il, elle, on, ils, elles)*.
Le pronom de conjugaison de la 3ᵉ personne est très souvent remplacé par un nom ou un groupe de mots sujet :
les enfants aiment.

7 remarque

Le *nous* « de modestie », souvent employé par un auteur, ainsi que le *vous* « de politesse » sont en réalité des singuliers, comme le prouve l'accord :
Nous sommes persuadé – Vous êtes venu, Monsieur...

8 *Ils aiment* est une 3ᵉ personne du **pluriel**, comme l'indiquent à la fois le pronom *ils* et la terminaison *-ent* **(nombre)**.

9 L'identification de *ils aiment* comme 3ᵉ personne du pluriel n'est pas suffisante. Ouvrez le livre au tableau 7 et vous verrez aussitôt que *ils aiment* appartient à une zone, à un secteur qui est appelé **indicatif**. L'indicatif est un **mode**. Les modes (du latin **modus** : manière) indiquent les diverses manières dont on présente l'action. Le tableau 7 vous montre qu'il y a sept modes.

4 MODES PERSONNELS	**l'indicatif :** Ils aiment les voyages.
	le subjonctif : Il faut qu'ils aiment leur travail.
	l'impératif : Aime ton prochain !
	le conditionnel : Ils aimeraient leur travail s'ils en comprenaient l'utilité.
3 MODES IMPERSONNELS	**l'infinitif :** Je voudrais aimer mon travail.
	le participe : Aimant beaucoup jouer, il travaillait rarement
	le gérondif : En aimant.

N.B. Pour l'emploi des modes et des temps, reportez-vous à votre grammaire habituelle : nous nous occupons ici des formes et non de la syntaxe du verbe.

remarques

10 Le conditionnel est mal nommé car il n'exprime pas la condition. Dans la phrase : *Si j'étais riche, j'achèterais une* *maison, j'achèterais* ne se trouve pas dans la proposition **conditionnante** (avec *si*), mais dans la proposition **conditionnée** qui n'exprime cependant aucune condition. On propose parfois de remplacer **conditionnel** par **éventuel**.

Nous ne comptons pas ici le conditionnel passé 2ᵉ forme qui double le conditionnel passé 1ʳᵉ forme et n'existe que dans la langue littéraire.

11 Le **gérondif** n'est pas une construction du participe présent précédé de la préposition *en*; ce sont deux formes différentes que le français a fini par confondre. Forme adverbiale du verbe, le gérondif est un mode impersonnel qui n'a qu'un temps, le présent. Rarement employé au passif, on le rencontre aux voix active et pronominale:
Elle s'instruit en lisant. Elle chante en se lavant.

Le sujet du gérondif, qui n'est pas exprimé, doit être identique à celui du verbe dont il dépend:
En apprenant ma leçon, j'ai eu une bonne note.

Temps

12 *Ils aiment* appartient à la zone du mode indicatif, mais il faut préciser que c'est un indicatif **présent**. Il y a **trois temps**: **présent, passé** et **futur**.

remarques

13 Il y a autant de **présents** qu'il y a de modes: voir tableau 7.

14 Mais il y a treize passés, beaucoup plus qu'il n'y a de modes. Si les modes impératif, conditionnel, infinitif et participe ont chacun un seul passé, le subjonctif a trois passés à lui seul et l'indicatif cinq! Ce foisonnement est d'ailleurs fort utile, car il y a bien des nuances de passé à exprimer.

15 Enfin, les formes du **futur** sont très peu nombreuses: l'indicatif en a deux, les autres modes n'en ont aucun. Le système verbal n'en permet pas moins d'exprimer toutes les nuances du futur. Par exemple, dans : *Il faut que je lui rende son livre* (la semaine prochaine), *que je rende* est un subjonctif présent pour la forme (et pour l'analyse), mais pour le sens, c'est bien un subjonctif futur, même si ce temps n'existe pas dans nos tableaux.

Voix

16 Si nous avons affaire à *ils sont arrivés* ou à *ils s'aiment*, nous devons utiliser un terme supplémentaire, celui de **voix** (ou forme). Il y a trois voix dont voici les types :
– voix active (voir tableau 7) :
  ils aiment.

– voix passive (voir tableau 5) :
  ils sont aimés.

– voix pronominale (voir tableau 4) :
  ils s'aiment.

N.B. Pour le passage de l'actif au passif, voir p. 31. Pour les diverses catégories de pronominaux (réfléchis, réciproques, essentiellement pronominaux), voir pp. 34-39.

Verbes impersonnels

17 Les verbes **impersonnels** (ou unipersonnels) ne s'emploient qu'à la 3e personne du singulier (*il pleut, il faut que...*, etc.) où le pronom sujet *il* ou *ce* ne représente rien ni personne.

18 Nous avons donc fait des observations sur la forme verbale (terminaison *-ent*, pronom personnel *ils*, etc.) et avons tiré des conclusions de ces observations. Pratiquement, analyser une forme verbale consiste à énumérer ces cinq conclusions :

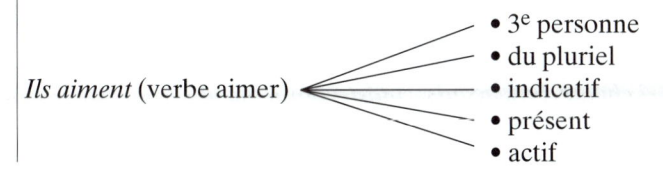

Ils aiment (verbe aimer)
- 3e personne
- du pluriel
- indicatif
- présent
- actif

CONJUGAISONS ET GROUPES VERBAUX

La complication des formes verbales

19 Formes irrégulières

Les conjugaisons nous frappent par **le foisonnement des formes irrégulières**. La conjugaison française utilise des centaines de formes très diverses.

20 Terminaisons

La lecture (horizontale ou verticale) du tableau des **terminaisons** par exemple (tableau 3) vous fera déjà comprendre cette complexité. Bien sûr, il y a quelques règles correspondant à des séries relativement régulières.

e x c e p t i o n s

« La **2ᵉ personne du singulier**, dit-on, est toujours terminée par un **-s** ». Mais il y a, même ici, quelques exceptions :
*tu peu**x**, tu vau**x**, tu veu**x**.*

Et aussi l'impératif : *parle !*...

Les terminaisons sont particulièrement nombreuses et irrégulières quand on envisage, par exemple, la 1ʳᵉ personne du singulier du passé simple :
*chant**ai**, v**is**, mour**us**, v**ins**,* etc.
Ou le **participe passé** :
*chant**é**, fin**i**, acqu**is**, conf**it**, cour**u**, incl**us**.*
Sans compter les participes à **radical spécial**, comme :
couvert**, **né ou ***mort**.*

21 Radicaux

La diversité des **radicaux** accroît encore la complication. Si un verbe comme *aimer* se construit régulièrement sur un seul **radical** *(aim-)*, et si *finir* est bâti sur deux radicaux *(fini- finis)* toujours répartis de la même façon, les autres verbes, qui sont **irréguliers**, sont faits sur plusieurs radicaux répartis de façon apparemment capricieuse. Ainsi, le verbe *être* a huit radicaux, *faire* et *aller* en ont six, etc.

Les groupes verbaux

22
Comment classer cette masse de verbes et de formes verbales? Comment y découvrir un ordre? La grammaire traditionnelle et officielle adopte un classement en trois groupes.

Groupe 1 en **-er**: 1re personne du singulier en **-e**

23
Ce premier groupe *(aimer, j'aime)* est **le plus régulier** de tous parce que **son unique radical** *(aim-)* ne subit pas de modification au cours de la conjugaison.

24 remarque
Certains verbes de ce groupe 1 comportent cependant des particularités. Les unes sont orthographiques : la cédille de *plaçons* sert uniquement à maintenir devant **o** le son [s] de **c**. D'autres sont phonétiques : ainsi, l'opposition *acheter*, *j'achète* [ə/ɛ].

25
Ce groupe 1 comprend des milliers de verbes, les neuf dixièmes des verbes français. Le caractère **régulier** de sa conjugaison explique qu'il soit **vivant**, et même **productif**, c'est-à-dire en pleine expansion.

26 remarques
Le langage courant préfère les verbes de ce groupe à leurs synonymes du groupe 3 plus difficiles à conjuguer:

chercher à *quérir – tomber* à *choir – clôturer* ou *fermer* à *clore*.

Haïr (groupe 2) recule devant *détester*.

On crée aussi à partir d'un substantif de nombreux verbes de ce groupe, spécialement dans le langage technique : *radiographier, téléviser*.

Ces verbes sont utiles lorsqu'ils correspondent à un sens précis. En revanche on se méfiera des verbes créés de la même façon, pour concurrencer les verbes anciens dont la conjugaison était compliquée : *émotionner pour *émouvoir (groupe 3/2)* – *solutionner pour *résoudre*.

L'astérisque (*) indique des formes à utiliser avec précaution parce qu'elles sont sorties de l'usage ou n'y sont pas encore entrées.

Groupe 2 en **-ir** (-issons, -issant)

27 Ce deuxième groupe *(finir, finissons, finissant)* est également **régulier**, puisque tous les verbes qu'il englobe se conjuguent en utilisant toujours de la même manière leur **double radical** : *grandir, grandissons, grandissant,* etc.

28 e x c e p t i o n

Il y a cependant un verbe légèrement irrégulier dans le groupe 2 : *haïr* (voir tableau 24).

29 Le groupe 2 est assez nombreux : plus de 300 verbes. On pourrait l'appeler vieilli (ou moins productif). En effet, **il s'accroît peu**. Notons cependant qu'il s'est enrichi au XXe siècle des verbes *amerrir* et *alunir* (en 1959), tous deux créés sur *atterrir*, vieux verbe utilisé à l'origine par les marins, puis adopté par les aviateurs. En outre, il s'accroît de quelques verbes transfuges du groupe 3 comme *maudire, bruire* (cf. ces verbes), et, par un abus à éviter, *vêtir* (cf. déjà, chez Lamartine, il *« vêtissait »*).

Groupe 3

30 Le troisième groupe rassemble **tous les verbes irréguliers**, une fois mis à part les verbes à particularités des groupes 1 et 2. Il s'agit de 360 à 370 verbes (y compris les verbes rares et défectifs). Ces verbes difficiles se conjuguent sur une soixantaine de verbes types ou verbes modèles qui sont ceux de nos tableaux (à partir du tableau 25).

Le groupe 3 est subdivisé en **trois sous-groupes** distingués simplement par la terminaison de l'infinitif :
– groupe 3/1 : verbes en **-ir**, *mourir (mourons, mourant)* ;
– groupe 3/2 : verbes en **-oir**, *recevoir* ;
– groupe 3/3 : verbes en **-re**, *rendre*.

31 e x c e p t i o n

Le verbe *aller*, très irrégulier (malgré son infinitif en **-er**), reste hors classement.

32 On appelle parfois ce groupe 3, groupe **mort** (ou improductif). On veut dire par là que ce groupe **ne s'accroît plus du tout. Il décroît même.** Certains de ses verbes sont sortis de l'usage (**tistre,* par exemple, dont il ne reste que *tissu*, ancien participe devenu nom). D'autres sont en train d'en sortir. C'est le cas de plusieurs verbes presque morts dont on n'emploie plus que quelques formes et parfois même une seule : *gésir, choir, ouïr*, etc.

33 Le groupe 3 des irréguliers est donc **fermé, en décroissance et dénombrable**. Les caractères irrégulier et improductif de ces verbes sont étroitement liés : c'est parce qu'ils sont irréguliers et imprévisibles qu'on ne peut pas fabriquer d'autres verbes sur leur modèle.

Verbes défectifs

34 Les verbes à conjugaison incomplète sont appelés **défectifs**. Il y a beaucoup plus de défectifs que ne le disent les grammaires. En effet, un grand nombre de formes verbales n'existent que « sur le papier ». Par exemple, les Français cultivés eux-mêmes ont tendance à éviter les formes de *frire* qu'ils ignorent. Ils n'emploient pratiquement que le participe passé : *frit, frite*, et l'infinitif : *On fait frire les poissons. Ils sont en train de frire.*

Les formes verbales « solidaires »

35 Règle générale

Nous appelons **solidaires** les formes verbales dont le rapport mutuel est constant, ce qui permet évidemment de **construire l'une à partir de l'autre**. À partir des 1res personnes du pluriel du présent de l'indicatif : *aim-ons, finiss-ons, all-ons, mour-ons,* etc., on peut construire les imparfaits de l'indicatif : *aim-ais, finiss-ais, all-ais, mour-ais,* etc. et inversement. Cette possibilité existe pour tous les verbes français.

Formes constamment solidaires

36 Pluriel 1, présent indicatif ⟷ Imparfait indicatif : *faisons ⟶ fais-ais*, etc.

37 Pluriel 1, présent indicatif ⟷ Participe présent : *faisons ⟶ fais-ant.*

e x c e p t i o n
La formule vaut pour tous les verbes, en dehors de *être* et de *avoir*. De même, *sa-vons* ne permet pas de construire *sa-chant*.

38 Singulier 2, pluriel 1 et 2, présent indicatif ⟷ Impératif : *fais, faisons, faites,* etc.

e x c e p t i o n s
Sais, savons, savez ne permettent pas de construire *sache, sachons, sachez*. Notez aussi qu'à *tu aimes* (gr. 1) correspond *aime !* (sans *s*) et qu'à *tu vas* correspond *va !* (sans *s*).

[39] Participe passé féminin ◄──► Participe passé masculin :
acquis-e ──► *acquis*.

---
e x c e p t i o n s
Absous fait *absoute. Dissous* fait *dissoute*.

[40] Participe passé ◄──► Tous les temps composés :
acquis ──► *j'ai acquis, j'eus acquis,* etc.
(Pour le choix de l'auxiliaire, voir p. 19).

[41] Futur ◄──► Conditionnel présent :
je ferai ──► *je ferais,* etc.

[42] Singulier 2, passé simple ◄──► Subjonctif imparfait :
tu tins ──► *que je tinsse,* etc.

---
r e m a r q u e s
[43] Quand le passé simple n'existe pas, ex : *distraire,* il n'y a pas non plus de subjonctif imparfait.

[44] On dit parfois que « le futur est construit sur l'infinitif » :
finir ──► *finirai,* etc.

Cette formule est **souvent** exacte, mais elle est loin de l'être toujours. À partir de *aller, tenir, mourir, cueillir,* etc., on ne peut pas construire automatiquement : *irai, tiendrai, courrai, mourrai, cueillerai,* etc.

[45] Il reste encore un bon nombre de formes verbales qu'il est impossible de construire à coup sûr à partir d'une autre forme **courante** et cela accroît naturellement leur difficulté. C'est le cas de l'indicatif présent (singulier 1, 2, 3 et parfois pluriel 3), du passé simple (et quelquefois du futur), du présent du subjonctif et du participe passé. Ces formes sont d'ailleurs très souvent imprimées **en rouge** dans nos tableaux et vous devez les apprendre avec un soin tout particulier.

COMMENT CHOISIR L'AUXILIAIRE ?

Les auxiliaires être et avoir

46 **Être** et **avoir** sont auxiliaires

Ils sont auxiliaires quand ils sont suivis d'un participe passé et forment avec celui-ci un temps composé[1] : alors ils perdent leur sens premier et deviennent des mots-outils purement grammaticaux. Ainsi, *j'ai* ne signifie plus du tout *je possède* dans la phrase : *J'ai perdu mon stylo.*

L'auxiliaire[2], vidé de son sens propre, assure la fonction grammaticale, tandis que le participe assure la fonction sémantique (c'est-à-dire indique le sens du verbe).

47 Temps composés

Ces temps sont en très grand nombre (voir par exemple tableau 7), puisque à chaque temps simple correspond un temps composé (outre le conditionnel passé 2e forme *j'eusse aimé* qui double le conditionnel passé ordinaire).

Certains temps composés sont très employés : c'est ainsi que le passé composé tend de plus en plus à remplacer le passé simple, en partie parce qu'il est plus facile de le construire, à partir du participe passé, que de se rappeler une forme irrégulière de passé simple.

Il est donc très important de savoir choisir entre les auxiliaires *être* et *avoir* quand on a besoin de former un temps composé.

---

1. Ou surcomposé (voir tableau 6) : *Quand j'ai eu fini… J'ai été battu…* etc.
2. Le mot auxiliaire signifie aide (latin : *auxilium*).

Comment choisir entre être et avoir ?

48

UN TABLEAU GÉNÉRAL	
1. passif	Auxiliaire **être** partout : *Je suis aimé, elle a été aimée*[1], *être aimé*, etc.
2. pronominal	Auxiliaire **être** partout : *Je me suis trouvé, je me serais méfié*, etc.
3. actif	Quelques intransitifs ont obligatoirement **être**. a) Construction intransitive[2] (ou transitive[2] indirecte). La plupart des verbes ont **avoir**. Certains hésitent entre **avoir** et **être**. b) Construction transitive directe : auxiliaire **avoir** partout. *Je l'ai vu, l'ayant aimé, après l'avoir trouvé*, etc.

1. Vous devez bien comprendre que dans : *Elle a été aimée*, par exemple, l'auxiliaire de *aimée* est **être** (d'où l'accord avec le sujet). Le *a* de *elle a été* est l'auxiliaire **être**.
2. Sur ce que signifient **intransitif**, **transitif direct** ou **transitif indirect**, on se reportera p. 30 et suivantes.

Verbes impersonnels

49 Les verbes impersonnels à proprement parler ont toujours *avoir* : *Il a plu, il a neigé*.

50 Les verbes accidentellement impersonnels ont le même auxiliaire que les verbes personnels correspondants :
Il est tombé de la pluie (la pluie est tombée).
Il a couru des bruits (des bruits ont couru).

51 Ce tableau général montre que **1, 2 et 3 b ne présentent aucune difficulté** : tous les passifs et tous les pronominaux ont l'auxiliaire *être*, tous les actifs transitifs directs ont l'auxiliaire *avoir*.
Les problèmes d'emploi des auxiliaires sont donc concentrés dans la bande **3 a** du tableau.

52 Verbes intransitifs qui prennent toujours **être**

Ils sont suivis du signe **ê** dans le lexique.

Il est bon d'apprendre par cœur ces verbes peu nombreux, et dont voici la liste : *aller, venir, arriver, (re)partir, tomber* et la plupart de leurs composés ; on remarquera que ces cinq verbes ont rapport à la direction d'un mouvement. *Rester* (qui marque l'inverse d'un mouvement : immobilité ou permanence), *naître, devenir, mourir, décéder,* qui marquent un changement d'état, une sorte de mouvement au figuré.

---

exceptions

Quatre composés de *venir* :

circonvenir et *prévenir* prennent *avoir* en tant que transitifs directs (voir tableau 26), *contrevenir* et *subvenir* sont transitifs indirects.

Un composé de *partir* : *départir* prend également l'auxiliaire *avoir* dans les cas rares où il est transitif direct :
Dieu nous a départi ses bienfaits.

Repartir (partir à nouveau) a normalement *être* comme *partir.* Mais *repartir (répondre rapidement)* prend *avoir*, comme *répondre.*

Les verbes qui prennent tantôt **être** tantôt **avoir**

53 Ils sont suivis du signe **ê?** dans le lexique.

54 1ʳᵉ alternance : **être** (intransitifs) / **avoir** (transitifs)

Il existe des verbes comme *entrer* qui sont tantôt intransitifs, tantôt transitifs. Ils appartiennent donc tantôt à la zone 3a (intransitifs), tantôt à la zone 3b (transitifs) de notre tableau de la page précédente.

Quand ces verbes à double construction sont transitifs, ils prennent naturellement l'auxiliaire *avoir*. Mais quand ils sont intransitifs, ils utilisent l'auxiliaire *être*.

CLÉS DU FONCTIONNEMENT VERBAL

COMMENT CHOISIR L'AUXILIAIRE ? / **Comment choisir entre être et avoir ?**

construction intransitive : être	construction transitive : **avoir**
Je suis entré dans la librairie.	*J'ai entré la voiture dans la cour.*
Je suis sorti pendant la matinée.	*J'ai sorti les tapis sur le balcon.*
Nous sommes montés sur la terrasse.	*Nous avons monté la valise au grenier.*
Je suis retourné chez lui.	*Le vent a retourné mon parapluie.*
Lazare est ressuscité à la voix du Christ.	*Le Christ a ressuscité Lazare.*

55 2e alternance : **être** (résultat) / **avoir** (action)

Elle se produit tout entière à l'intérieur de la zone 3a, il s'agit des verbes intransitifs qui prennent avoir quand **ils marquent une action** antérieure au moment où l'on parle, être quand ils marquent le **résultat** de cette action, ou l'état :
Les vacances ont passé trop vite (action) – *quoi qu'il en soit, elles sont passées* (résultat) – *n'en parlons plus.*

Son livre a paru en avril (action) – *Son livre est paru depuis trois mois* (résultat, état).

Le lait a tourné (action) – *Le lait est tourné* (état).

Voici une liste approximative des verbes construits avec *avoir* quand ils marquent l'action, avec *être* quand ils marquent le résultat :

accourir (t. 29)	*descendre* (t.55)	*paraître*
apparaître (t. 77)	*diminuer*	*passer*
camper	*disparaître*	*pourrir*
changer	*divorcer*	*rajeunir*
crever	*éclater*	*ressusciter*
croupir	*échouer*	*sonner*
débarquer	*éclore* (t. 84)	*stationner*
déborder	*embellir*	*tourner*
déchoir (t. 54-3)	*enlaidir*	*trépasser*
dégeler	*expirer*	*vieillir*
dégénérer	*monter*	

remarques

56 Cette alternance n'est pas régulièrement respectée. *Être* s'emploie souvent à la place de *avoir* pour marquer l'action, par exemple dans les phrases suivantes :

Le train est (a) passé à sept heures (action).

Le train est passé depuis longtemps (résultat).

Lazare est (a) ressuscité à la voix du Christ (action).

Christ est ressuscité ! (état-résultat).

57 On constate la même tendance à généraliser l'emploi de l'auxiliaire *être* même pour marquer l'action dans les verbes suivants :

monter et *descendre* – *éclore* – *accourir* et *apparaître.*

58 Dans le cas de *passer* et de *ressusciter,* on préfère sans doute employer *être* parce que les formes avec *avoir : a passé, a ressuscité* sont déjà retenues pour la construction transitive (voir 1re alternance).

La même explication est possible pour *monter* et *descendre,* mais pas pour les intransitifs *éclore, accourir* et *apparaître.* Dans le cas de ces deux derniers verbes, on évite peut-être l'auxiliaire *avoir* afin d'éviter la rencontre de deux *a* : *il a apparu.*

3e alternance : **être/avoir**, liée au sens

59 Enfin, vous apprendrez par l'usage les quelques autres verbes, assez rares, où l'alternance *être/avoir* permet d'exprimer une différence de sens extrêmement nette.

60 Demeurer :

J'ai longtemps demeuré à Paris (J'ai habité).

Nous sommes demeurés immobiles, fascinés par le spectacle (Nous sommes restés).

61 **Échapper:**
Cet énorme barbarisme avait échappé aux correcteurs (n'avait pas été remarqué par eux).

Je ne comprends pas qu'un pareil barbarisme me soit échappé (que je l'aie commis par mégarde).

remarque

Notez qu'il n'y a pas ici d'opposition intransitif/transitif ou résultat/action. L'alternance *être/avoir* sert à exprimer deux significations très différentes. L'emploi de *était échappé* dans la 1re phrase nous ferait croire que ce sont les correcteurs eux-mêmes qui ont commis le barbarisme!

62 Les quelques autres cas d'alternance *être/avoir*, liée au sens sont étudiés dans le **lexique**. Il en est de même des remarques de détail concernant l'emploi des auxiliaires qui ne figureraient pas dans ce chapitre.

63 Vous trouverez dans les textes littéraires des formes archaïques qui risqueront de vous dérouter: **J'ai* (nous dirions: *je suis*) *resté six mois entiers à Colmar sans sortir de ma chambre* (Voltaire). Les formes de ce genre sont considérées actuellement comme incorrectes.

CLÉS DU FONCTIONNEMENT VERBAL

Accords à un mode personnel / COMMENT FAIRE LES ACCORDS VERBAUX ?

COMMENT FAIRE LES ACCORDS VERBAUX ?

Les accords du verbe à un mode personnel

64 Règle générale

À un mode personnel, le verbe (et, dans les temps composés, l'auxiliaire) s'accorde en nombre et en personne avec son sujet.

Sujet du verbe

65 On dit habituellement que le sujet représente celui (ou ce) qui fait l'action (verbes d'action), celui (ou ce) qui se trouve dans telle ou telle situation (verbes d'état) :
L'élève *cherche la solution* (action).

66 **Pratiquement**, on peut trouver le sujet en posant avant le verbe la question *qui est-ce qui ?* ou *qu'est-ce qui ?* :
Qui est-ce qui cherche ? *l'élève.*

67 Le sujet est très souvent un pronom personnel de conjugaison. Surtout à la 3e personne, ce peut être aussi
– un nom,
– un groupe de mots : ***la plupart des enfants*** *trouvent...*
– un groupe invariable : ***et*** *est une conjonction de coordination.*
etc.

68 Les grammaires disent ce qu'il faut savoir sur les quelques problèmes, d'ailleurs peu compliqués, que peuvent poser ces accords. Nous attirons donc simplement l'attention sur quelques erreurs fréquemment commises.

Répétition ou absence du pronom personnel sujet

69 En principe, chaque verbe à un mode personnel doit avoir **un** sujet (pronom, nom ou pronoms ou noms formant un groupe) et **un seul**: on ne doit donc pas répéter le sujet sous la forme d'un pronom, mais on ne doit pas non plus employer le verbe sans sujet.

*Toutes les fois qu'**il** rencontrait une grande personne, **il** lui posait la même question.*

***J'**ai pris mon crayon et **je** lui ai dessiné une maison dans laquelle **il** aurait pu accueillir au moins dix familles.*

70 r e m a r q u e

Est donc incorrecte une phrase du type:
*Les enfants, **ils** jouent.*

Il y a toutefois quelques **exceptions**, dont certaines sont purement apparentes.

Le pronom sujet est parfois absent en français correct

71 On est presque obligé d'omettre les pronoms sujets dans les successions de propositions indépendantes **courtes**, juxtaposées ou coordonnées.

***Il** court à la voiture, ouvre la portière, s'assied au volant, et démarre à toute vitesse.*

72 r e m a r q u e

Rappelons que le pronom sujet est obligatoirement absent à l'impératif.
Parle – Parlons – Regarde-toi !

Dans ce dernier exemple, *toi* est un pronom complément d'objet direct correspondant au *se* de *se regarder*.

Accords à un mode personnel / COMMENT FAIRE LES ACCORDS VERBAUX ?

Le pronom sujet parfois répété en français correct

73 Inversion complexe interrogative

*Pierre viendra-t-**il** à l'excursion ?*

Le sujet *Pierre* est repris par le pronom *il*.

74 Sujet apparent il

***Il** n'est pas facile de circuler dans le centre de Paris.*

Selon l'analyse traditionnelle, le sujet réel est *circuler (circuler n'est pas facile)* ; *il*, sujet apparent, ne fait ici que l'annoncer.

75 Répétition d'insistance

*Moi, **je** suis optimiste, mais toi, **tu** vis dans l'anxiété.*

Je et *tu*, faisant pratiquement partie de la forme verbale, deviennent des sortes de préfixes morphologiques et perdent leur valeur pleine. Ils ne la retrouvent qu'en s'appuyant sur *moi* et *toi*.

Jean est extrêmement studieux : quant à Georges, il ne travaille pas.

Le sujet grammatical est *il*, représentant *Georges*. L'expression *quant à Georges* souligne et annonce ce sujet qui ne doit pas être supprimé.

76 Répétition de rappel

Dans des phrases extrêmement fréquentes, tout particulièrement en français parlé, on trouve une sorte de sujet de rappel, qui répète le sujet déjà exprimé auparavant :
Ce qui me ravirait, ce serait une petite maison à la campagne.
Ce qui plaît aux paresseux, c'est de ne rien faire.

Outre que ce rappel favorise la clarté, il permet de reconstituer le groupe présentatif (*ce serait, c'est,* etc.) disjoint par l'intercalation de la proposition relative.

CLÉS DU FONCTIONNEMENT VERBAL
COMMENT FAIRE LES ACCORDS VERBAUX? / **Accords à un mode personnel**

77 Apposition

Médecin et psychologue, **il** *a voulu enseigner l'art de bien vivre.*

Médecin et psychologue est considéré comme en apposition à *il*. Nous n'avons donc dans cette phrase qu'un sujet, *il*, précisé par son apposition.

78 En ce qui concerne la personne

Le verbe d'une relative commençant par *qui* est généralement à la personne du pronom antécédent.
Moi *qui* **suis** *étranger,* ***toi*** *qui* **es**... ***nous*** *qui* **sommes**..., etc.
C'est **moi** *qui* **ai** *réussi à résoudre le problème.*

En ce qui concerne le nombre

79 Dans le cas d'un **sujet collectif**, on accorde plutôt au pluriel.
Une foule d'élèves, la moitié des élèves **sont** *absents.*

La plupart *des élèves* **sont** *arrivés en retard* (attention! pluriel obligatoire).

Si plus de deux élèves **sont** *absents* (pluriel obligatoire).

exception
Avec *plus d'un*, la logique exigerait le pluriel, mais le voisinage de *un* entraîne le singulier:
Plus d'un *élève* **a** *commis cette erreur* (singulier obligatoire).

80 Dans le cas de l'**alternance** *c'est, ce sont,* **suivie d'un pluriel:** l'invariabilité de *c'est* + pronom pluriel tend à devenir la règle:
c'est nous, c'est vous, c'est eux, c'est elles, ce n'est pas eux qui.

81 remarque
Pourtant le français écrit préfère encore souvent:
ce sont eux, ce sont elles...

Ce sont + nom pluriel reste en principe obligatoire: *ce ne sont pas des nuages, ce sont des montagnes...* encore qu'on trouve: *c'est des montagnes* chez de bons écrivains!

Le participe présent

82 Règle générale

Le participe présent reste toujours invariable:
les enfants tremblant (qui tremblent) *de peur.*

83 Cas particulier

Mais une difficulté vient de ce que l'adjectif verbal, qui a souvent la même orthographe que le participe, s'accorde en genre et en nombre, comme tout adjectif, avec le substantif auquel il se rapporte:
les enfants tremblants (effrayés, terrorisés).

Il faut donc apprendre à distinguer, par l'analyse, **un participe présent** d'un **adjectif verbal**. Pratiquement, le participe présent peut être remplacé par un verbe précédé de *qui*, tandis que l'adjectif verbal peut être remplacé par un **adjectif équivalent**.

Dans les cas douteux, l'Arrêté ministériel de 1901 tolère les deux solutions.

L'accord du participe passé

Participe passé employé sans auxiliaire

84
Le participe passé-adjectif **s'accorde** comme un simple adjectif, en **genre** et en **nombre**, avec le **substantif** auquel il se rapporte:
les fillettes effrayées, etc.

COMMENT FAIRE LES ACCORDS VERBAUX ? / Accord du participe passé

85 remarque

Les seuls participes passés sans auxiliaire qui posent un petit problème sont les participes :
excepté, vu, supposé,

ainsi que les participes entrant dans les locutions courantes :
ci-joint, ci-inclus, étant donné, non compris, (y) compris.

Pratiquement, ces participes restent **invariables** quand ils sont placés **avant** le mot ou le groupe de mots auxquels ils se rapportent :
tous furent massacrés, excepté les petits enfants.

Vous trouverez ci-joint deux timbres pour la réponse.

Tous, y compris les femmes, participèrent au combat.

Étant donné les circonstances,… etc.

Les participes et les locutions ci-dessus qui sont placés **après** le mot ou le groupe de mots auxquels ils se rapportent **s'accordent** généralement à la façon de véritables adjectifs :
les petits enfants exceptés, les deux timbres ci-joints…, etc.

La règle que nous donnons ici est légèrement approximative, en ce sens qu'elle ne rend pas compte de tous les usages (en particulier dans le cas de *ci-inclus* et de *ci-joint*). Mais elle est simple et elle vous permet pratiquement d'utiliser de façon acceptable tous les participes passés (ou locutions participiales) concernés.

Participe passé employé avec le verbe **être**

86 **Comme attribut**, c'est-à-dire comme exprimant une qualité, une manière d'être qu'on reconnaît appartenir à la personne ou à la chose qui est le sujet du verbe *être* ou d'un autre verbe dit **attributif** (*paraître, sembler, devenir, vivre, rester, se nommer, mourir, retrouver, passer pour, avoir l'air,* etc.).

Le participe passé **s'accorde** alors en genre et en nombre **avec le sujet** :

*Elles ont été bien étonn**ées*** (*ont été* est le passé composé de *être*).

*Ils semblaient tout à fait effray**és***, etc.

87 **Au passif** ou **à l'actif** (*être* étant alors un **auxiliaire**). Dans les deux cas, le participe passé **s'accorde** en genre et en nombre **avec le sujet** :
*Elles ne sont pas aim**ées*** (présent passif).

*Ils ont été batt**us*** (passé composé passif).

*Elles ne sont pas ven**ues*** (passé composé actif de venir).

Participe passé employé avec l'auxiliaire **avoir** (forme active)

88 L'accord dépend de la **position**, dans la phrase, par rapport au participe, **du complément d'objet direct** du verbe dont le participe fait partie.

Qu'est-ce qu'un complément d'objet direct ?

89 Le **complément d'objet** correspond, dit-on en général, à la personne, à l'animal ou à la chose (concrète ou abstraite) sur lesquels s'exerce l'action exprimée par le verbe :
*J'aime **mes amis**, je caresse **mon chien**, je parle à **mon père**.*

Cette définition un peu vague convient à la fois aux compléments d'objet directs et indirects.

90 r e m a r q u e

Lorsqu'un verbe peut avoir un complément d'objet, il est dit **transitif**. S'il peut avoir un **complément d'objet direct**, c'est un **transitif direct**.
aimer : on dit *j'aime mon chien* ;

s'il n'admet qu'**un complément d'objet indirect**, c'est un **transitif indirect**.
parler : on dit *je parle **à** mon chien.*

Si le verbe ne peut avoir **aucun complément d'objet** ni direct, ni indirect, il est dit **intransitif**:
dormir, mourir, etc.

91 Le **complément d'objet direct** peut être défini beaucoup plus précisément.
Il est construit directement, sans préposition:
Je trouve la solution.

Le complément d'objet direct (**c.o.d.**) est le mot ou le groupe de mots **qui devient sujet du verbe quand on renverse la construction active en construction passive**:
*Je dirige **cette entreprise**: **cette entreprise** est dirigée par moi.*

r e m a r q u e

Dans *Le rôti pèse deux kilos et coûte 125 francs*, ce renversement au passif ne peut avoir lieu, remarque la grammaire Larousse: *deux kilos sont pesés par le rôti! deux kilos et 125 francs*, qui répondent d'ailleurs à la question *combien?* ne sont donc pas des c.o.d.

92 Les compléments d'objet directs peuvent être:
– pronom: *Je **vous** aime*;
– verbe à l'infinitif: *J'aime **chanter***;
– proposition: *Je veux **que vous chantiez***;
etc.

93 Pratiquement, on trouvera le complément d'objet direct en posant la question *qui* ou *quoi* après le verbe:
*Je dirige **quoi**? cette entreprise.*

94 r e m a r q u e

Le complément d'objet **indirect** (qui n'a aucune influence sur l'accord du participe) a, par rapport au verbe, la même fonction (cf. **§ 89**) que le complément d'objet direct (ce qui le distingue des compléments dits **circonstanciels**). Mais il est toujours introduit par une préposition:
Je parle à mes enfants, je parle de la guerre.

Il paraît donc facile de reconnaître les cas où le complément d'objet est **indirect**. Toutefois une difficulté se présente à propos des pronoms personnels compléments préposés au verbe.

Dans des formes comme : *je **te** parle – je **lui** donne* – etc., les pronoms personnels *me, te, lui, nous, vous, leur* (de même que les adverbes personnels *en* et *y*) sont évidemment de construction directe, puisqu'ils ne sont pas précédés d'une préposition. Ce sont évidemment aussi des compléments d'objet. Néanmoins, ils ne correspondent pas à ce qu'on appelle couramment complément d'objet direct. La preuve, c'est qu'on ne peut pas retourner au passif une phrase comme : *je te parle*, de telle manière que le complément *te* devienne sujet. Le *te* de : *je te parle* correspond à un complément d'objet indirect *(à toi)*. Il faut donc analyser soigneusement de tels pronoms.

Soit par exemple les deux phrases :

*Jacqueline, je **te** parle.*

*Jacqueline, je **te** vois.*

Dans la première phrase, *te* est complément d'objet **indirect** *(je parle à toi)* et donc sans influence sur l'accord du participe dans un temps composé : *Jacqueline, je t'ai parlé.*

Dans la seconde phrase, *te* est complément d'objet **direct** (on peut dire au passif : *tu es vue par moi*) et joue donc, dans l'accord du participe, le rôle que nous indiquons ci-dessous : *Jacqueline, je t'ai v**ue**.*

Règle de l'accord

95 Quand il y a l'auxiliaire *avoir*, **le participe passé s'accorde en genre et en nombre avec son complément d'objet direct, si celui-ci est placé avant lui**[1] :

---

1. Dans les temps surcomposés (rares dans la langue écrite, voir tableau 6), on n'accorde que le 2e participe :
J'avais beaucoup d'affaires : je suis parti quand je les ai eu terminées.

*Je **les** ai **vus** l'autre jour* (pronom personnel c.o.d.)
*Les personnes **que** j'ai **vues**...* (pronom relatif c.o.d.)
***Lesquels** as-tu **choisis**?* (pronom interrogatif c.o.d.)
***Quelle folie** il a **faite**!* (adjectif exclamatif + nom c.o.d.).

96 En conséquence, **le participe passé reste invariable**
– si le complément d'objet direct est placé après lui:
*J'ai déjà **vu ces personnes-là** quelque part.*

– s'il n'y a pas de complément d'objet direct:
*J'ai déjà **choisi** pour vous* (pas de c.o.d.).
*Je leur ai **parlé*** (leur = à eux = c.o.ind.).

Cas particuliers

97 *Elle est peut être plus intelligente que je ne l'avais **cru**.*
Ici, *l'* ne représente pas *elle*, mais *cela (qu'elle était intelligente)*; *l'* étant neutre, le participe passé reste évidemment **invariable**.

98 Le cas de *coûter, valoir* et *peser*.
Au sens où leur complément répond à la question *combien?* ces verbes ne peuvent pas avoir de c.o.d.: le participe reste donc **invariable**.
*Les 3 000 francs que ce meuble m'a **coûté*** (Académie) (question *combien?*).
Dans les autres sens, ces verbes peuvent avoir un c.o.d.: le participe s'accorde donc avec ce dernier s'il est situé avant:
*Tous les soucis que cette entreprise nous a **coûtés*** (question *quoi?*).

99 Un problème du même ordre pourra être soulevé par *vivre* et *courir*.
Le participe ne s'accordera avec le complément placé avant lui que si ce complément est réellement un c.o.d.

*Les dangers **que** nous avons cour**us**... (nous avons couru des dangers).*

*Les deux heures que nous avons cour**u**... (nous avons couru pendant deux heures).*

Accord du participe passé dans les verbes pronominaux (auxiliaire être)

100 La façon de faire l'accord dépend de la sorte de verbe pronominal auquel on a affaire. Il existe en effet quatre catégories de pronominaux, et ceux de la première catégorie (réfléchis ou réciproques) suivent une règle différente de celle qui convient aux trois autres.

Cas des verbes accidentellement pronominaux réfléchis ou réciproques (première catégorie)

101 Ces verbes sont «accidentellement» pronominaux puisqu'ils existent aussi à la forme active.

102 Certains de ces verbes sont appelés en outre **réfléchis**, parce que l'action faite par le sujet «se réfléchit», s'exerce sur lui-même: ***elle*** *s'est lavée.*

103 Les autres verbes de cette catégorie sont appelés **réciproques**, parce que l'action va de l'un à l'autre des partenaires **A** et **B** ou des uns aux autres, chacun d'entre eux étant successivement sujet et objet: *ils se sont battus.*

104 Pratiquement, si on peut ajouter *lui-même (elle-même, eux-mêmes,* etc.) au pronominal, il s'agit d'un réfléchi. Mais si on doit ajouter au pronominal *l'un l'autre (l'une l'autre, les unes les autres)* il s'agit d'un réciproque.

105 Notez bien que ces réfléchis et ces réciproques peuvent être tournés avec *avoir*:
*Elle a lavé elle-même. *Ils ont battu l'un l'autre.

Cette transformation permet de mieux comprendre que le **2ᵉ pronom** (*me, te, se,* etc.) est **analysable**: il est **c.o.d.** *(elle s'est lavée = *elle a lavé elle-même)* ou **c.o.ind.** *(elle s'est nui = elle a nui à elle-même).*

À vrai dire, cette transformation s'opère au prix d'une incorrection! les formes incorrectes sont marquées d'un astérisque (*).

Règle d'accord de la première catégorie

106 Les verbes de cette catégorie suivent **exactement les mêmes règles** que les verbes actifs qui ont l'auxiliaire **avoir** aux temps composés (c'est-à-dire ceux qui sont étudiés en b/1, p. 30). En conséquence: **s'il y a un complément d'objet direct avant le participe passé, le participe passé devra s'accorder avec ce c.o.d. en genre et en nombre:**

*Elle **s**'est lav**ée** (*elle a lavé elle-même : se = c.o.d.)* réfléchi.

*Elles **se** sont batt**ues** (*elles ont battu l'une l'autre)* réciproque.

*La guitare **qu**'il s'est fabriqu**ée** (qu'il a fabriquée pour lui-même)* réfléchi.

*Les devoirs **qu**'ils **se** sont corrig**és** (*qu'ils ont corrigés l'un à l'autre)* réciproque.

*Les privilèges **qu**'ils **se** sont arrog**és** (que* représente le c.o.d. *privilèges)* réfléchi.

---

r e m a r q u e s

107 Le c.o.d. peut être soit intérieur au pronominal, soit extérieur. Il est intérieur s'il s'agit du 2ᵉ pronom personnel (*me, te, se,* etc.) du pronominal. Il est extérieur s'il s'agit d'un autre mot (en général un pronom relatif représentant un c.o.d.).

108 *S'arroger* (s'attribuer injustement) est essentiellement pronominal et appartient donc à la quatrième catégorie, § 116) (*arroger* n'existe pas), mais c'est le seul de cette catégorie qui puisse avoir un c.o.d. (*Il a arrogé des privilèges à lui-même*). Il s'accorde donc comme un réfléchi.

109 En revanche, **le participe passé reste invariable** dans les deux cas suivants.

Si le complément d'objet direct est placé après lui :

Elle s'est lavé les mains (*elle a lavé les mains à elle-même*) réfléchi.

Ils se sont battu les flancs pour trouver une idée (*les flancs* = c.o.d.) réfléchi.

Ils se sont corrigé des devoirs (*se* = *l'un à l'autre* : c.o.ind.) réciproque.

Ils se sont arrogé des privilèges (*se* = *à eux-mêmes* : c.o.ind.) réfléchi.

S'il n'y a pas de complément d'objet direct :

Ils se sont nui (*ils ont nui à eux-mêmes, se* = c.o.ind.) réfléchi.

Mes amis, vous êtes-vous demandé... (*vous* = *à vous-mêmes*) réfléchi.

Elles se sont plu (*se* = *l'une à l'autre, les unes aux autres*) réciproque.

Les événements se sont succédé (*ont succédé les uns aux autres*) réciproque.

Verbes pronominaux de la deuxième catégorie

110 Les accidentellement pronominaux **irréfléchis à sens spécial** (type *s'attendre* à quelque chose) sont **accidentellement pronominaux** puisqu'ils existent aussi à la forme active : *attendre quelqu'un*.

111 Ils sont appelés **irréfléchis**, puisqu'ils ne sont ni réfléchis ni réciproques, contrairement à ceux de la première catégorie.

112 Ils ont un **sens spécial**, puisque *s'attendre à* n'équivaut absolument pas à *attendre soi,* mais signifie à peu près *prévoir*: *il s'attend à être renvoyé = il prévoit qu'il sera renvoyé prochainement.*

Verbes pronominaux de la troisième catégorie

113 Les accidentellement pronominaux **irréfléchis à sens passif** (type: *les fruits **se vendent** bien*) sont encore des accidentellement pronominaux puisqu'ils existent aussi à la forme active: *vendre des fruits.*
Ils sont évidemment irréfléchis: les fruits ne se vendent pas eux-mêmes.

114 Enfin *se vendent* a ici un sens spécial qui est **passif**: *les fruits **sont vendus** facilement.*

115 r e m a r q u e
Naturellement dans une phrase comme:
***Ils se sont vendus** aux ennemis de leur pays,*

se est analysable *(*ils ont vendu eux-mêmes à l'ennemi)*: il est c.o.d. et la tournure est réfléchie.

Verbes pronominaux de la quatrième catégorie

116 Les **essentiellement pronominaux** (type *s'abstenir*). On appelle les verbes de cette catégorie essentiellement pronominaux parce qu'ils n'existent qu'à la forme pronominale: **abstenir* sans *s'* n'existe pas!

117 Les essentiellement pronominaux ne peuvent donc pas avoir de c.o.d. intérieur (*me, te, se,* etc., ne sont jamais c.o.d. du reste du verbe). Ils n'ont pas non plus de c.o.d. extérieur puisqu'on construit toujours le complément avec une préposition: *ils se sont abstenus de quelque chose.*
Un seul essentiellement pronominal: *s'arroger* peut avoir un c.o.d. extérieur (voir § 108).

Caractères communs des catégories 2, 3 et 4

118 Les verbes de ces trois catégories ont **des caractères communs** qui les distinguent de la première catégorie et **permettent de les reconnaître**.

119 On ne peut jamais leur substituer une tournure équivalente avec *avoir*:
2e catégorie: *Ils se sont attendus au pire* ne peut être remplacé par **ils ont attendu eux-mêmes au pire*.
3e catégorie: *Des maisons se sont construites en ce lieu* ne peut être remplacé par **des maisons ont construit elles-mêmes*.
4e. catégorie: *Ils se sont abstenus aux élections* ne peut être remplacé par **ils ont abstenu eux-mêmes aux élections*.

120 Le pronom *me, te, se, nous, vous*, en contact avec le verbe, n'est ni un c.o.d. ni un c.o.ind. : il est inséparable du verbe auquel il est agglutiné pour ainsi dire, ce qui le rend **totalement inanalysable**.

Règle unique d'accord des catégories 2, 3 et 4

121 Pour les verbes de ces trois catégories, le participe passé **s'accorde toujours** en genre et en nombre **avec le sujet du verbe**:

Elle *ne se serait jamais attend**ue** à cela* (catégorie 2: irréfléchi à sens spécial).

Elles *se sont aperç**ues** de leur erreur* (catégorie 2: *s'apercevoir*, prendre conscience).

Les voitures *se sont bien vend**ues** cet été* (catégorie 3: irréfléchi à sens passif).

Cette pièce *s'est jo**uée** pendant six mois* (catégorie 3: *s'est jouée*, a été jouée).

Ils *se sont absten**us** aux élections* (catégorie 4: essentiellement pronominal).

Elles se sont absentées sans autorisation (catégorie 4: *se* est une sorte de particule inséparable du verbe **absenter* qui n'existe pas sans elle).

122 Les règles que nous avons étudiées vous permettront de faire tous les accords du participe à la forme pronominale de façon satisfaisante.

123 exceptions

Il restera quelques cas douteux dont discutent les grammairiens:
ils se sont persuadés que... ou *ils se sont persuadé que...*?
Nous vous conseillons la première solution qui est la plus naturelle et la plus simple.
Il restera aussi quelques exceptions bizarres. Ainsi dans la phrase:
*Elles se sont **ri** de nous et elles se sont **plu** à nous taquiner,*
se rire et *se plaire* sont des irréfléchis à sens spécial (catégorie 2 des pronominaux qui devraient s'accorder selon la règle ci-dessus). Or l'usage les laisse en principe invariables! Ce sont bien des irréfléchis puisque *elles se sont plu à* n'équivaut pas à **elles ont plu à elles-mêmes à*! Ces irréfléchis ont bien un sens spécial, puisque *se plaire à* signifie: *prendre du plaisir à, s'amuser à*. Les quatre verbes: *se plaire à (se complaire à), se déplaire à, se rire de,* ont ainsi leur participe passé invariable à la forme pronominale, contrairement à la règle qui nous dit de les faire accorder avec leur sujet. C'est qu'ils correspondent à des transitifs indirects *(plaire, déplaire à, rire de)* dont le participe, construit avec *avoir*, est toujours invariable.

Participe passé d'un verbe impersonnel

124 Le participe passé d'un verbe impersonnel reste **toujours invariable.**
*Il a **plu** pendant huit jours. Il est **arrivé** une chose extraordinaire. Les difficultés qu'il y a **eu**. Les chaleurs qu'il a **fait**,* etc.

Participe passé suivi d'un infinitif

125 Lorsqu'il est suivi d'un infinitif (que cet infinitif soit précédé ou non d'une préposition, qu'il soit exprimé ou qu'il ne le soit pas), le participe passé construit avec *avoir* ou le participe passé des pronominaux de la 1ʳᵉ catégorie (cf. § 101 sqq), qui, construit avec *être*, suit les mêmes règles **peut toujours rester invariable** (arrêté ministériel du 26 février 1901).
*Cette petite fille que j'ai entendu**u** gronder par son père...*
*Cette femme que j'ai entendu**u** gronder son enfant...*
*Les fruits que je me suis laiss**é** prendre...*
*Je lui ai donné tous les conseils que j'ai p**u*** (sous-entendu : *lui donner*).

---

126 r e m a r q u e

Quand le participe *fait* est suivi d'un infinitif, le participe doit toujours rester invariable : *La robe que j'ai **fait** faire...*

Participe passé précédé de **en**

127 Lorsque le participe passé est précédé de *en*, l'usage hésite, mais il est toujours permis de laisser **invariable** le participe passé précédé de *en*, complément d'objet.
*J'attendais des lettres et j'**en** ai effectivement reç**u** trois.*
*J'aime les roses et j'**en** ai plant**é** dans mon jardin.*
*Des lettres, combien **en** as-tu écrit ?*

128 Mais on évitera : *les nouvelles **que j'en** ai reç**ues** sont bonnes ;* car *en* n'est pas le c.o.d. du verbe.
*Les nouvelles **que*** étant c.o.d. placé avant le participe, l'accord est actuellement obligatoire en vertu de la règle donnée au § 95.

129 Les règles de ce chapitre vous permettront de faire tous les accords envisageables. Dans les quelques cas que nous n'avons pas examinés, l'accord reste libre :
*un des hommes les plus intelligents que j'aie jamais rencontr**és*** (ou *rencontr**é***).

DIFFICULTÉS D'ORTHOGRAPHE

La prononciation du groupe pronom verbe, ou verbe pronom, obéit souvent au désir d'éviter tantôt l'élision de certaines finales morphologiquement utiles, tantôt des hiatus ou des rencontres de consonnes. Ce double souci laisse des traces dans quelques particularités de l'orthographe.

Les élisions

130 Pour éviter l'hiatus devant l'initiale vocalique d'un verbe, on élide, et dans l'orthographe, on remplace par une apostrophe : **e** dans le pronom sujet *je* : **j'***ignore* ; **e** et **a** dans les pronoms compléments *le, la* : *je **l'***entends, je **l'***écoute, elle*.

Les inversions

131 Lorsque le pronom sujet est placé après le verbe (surtout dans une tournure interrogative) *il, elle,* et *on* sont toujours précédés du son **t** dans la prononciation, que cela corresponde à la finale du verbe *(vient-il ?)*, ou à l'assourdissement d'une dentale sonore non prononcée normalement *(coud-elle ?)*, ou qu'il s'agisse d'un son que les grammairiens appellent **latent**, c'est-à-dire qui intervient dans la prononciation, naturellement, à seule fin d'éviter un hiatus. Dans ce dernier cas, cela se traduit **dans la graphie**, lorsque le verbe se ter-

mine par une voyelle, par l'adjonction d'un **t** devant *il, elle, on*:
*aim**e**-**t**-il? aim**a**-**t**-elle? aimer**a**-**t**-il? elle est jolie, aussi la courtis**e**-**t**-on.*

132 Lorsqu'un verbe, à la première personne du singulier du présent de l'indicatif, se termine par **e** devant *je* inversé, cet **e** se prononce **e ouvert** [ɛ], et, dans la graphie, s'écrit avec un accent aigu:
*aim**é**-je? cueill**é**-je?*

133 Lorsque, **à l'impératif**, *en* et *y* sont placés immédiatement après un verbe, un son [z] se prononce dans tous les cas. Si ce son ne correspond pas à un **s** ou un **z** final dans la terminaison du verbe (comme ceux qu'on trouve dans *venons-y; finissez-en; prends-en*), il s'agit d'un son **latent** qui se traduit, dans la graphie, par l'adjonction d'un **s** aux formes verbales qui, normalement, à la 2e personne du singulier de l'impératif se terminent par un **a**:
verbe aller: *va,* ⟶ *vas-y*

ou un **e** (verbes du groupe 1 et quelques autres verbes du groupe 3 signalés tableau 3 p. 48):
*parle**s**-en, pense**s**-y, souffre**s**-en, veuille**s**-en, sache**s**-en.*

TABLEAUX DE CONJUGAISON

TABLEAUX DE CONJUGAISON

Tableaux généraux

1. Verbe **être**
2. Verbe **avoir**
3. Les terminaisons écrites des verbes
4. Voix pronominale : **se trouver**
5. Voix passive : **être aimé**
6. Formes surcomposées

Groupe 1 ou premier groupe en -er

7. **aimer**	11. créer	15. geler	19. payer
8. placer	12. céder	16. appeler	20. essuyer
9. manger	13. assiéger	17. acheter	21. employer
10. apprécier	14. lever	18. jeter	22. envoyer

Groupe 2 ou deuxième groupe en -ir (-issons)

23. **finir**   24. haïr

Groupe 3 ou troisième groupe

Verbes en **-ir** (-ons)	3/1	**26-39**
Verbes en **-oir**	3/2	**40-54**
Verbes en **-re**	3/3	**55-84**

Le verbe très irrégulier **aller** est conjugué dans le tableau **25**.

Signes et abréviations

Les numéros sur **fond vert** sont les numéros des tableaux auxquels renvoient ceux du lexique.

Les formes **en rouge** sont celles qui donnent lieu aux fautes les plus nombreuses.

Les formes **entre crochets** sont en orthographe phonétique : [sede] = céder.

t = transitif direct
ti = transitif indirect
i = intransitif

Les formes en rouge seront naturellement révisées avec un soin particulier.

45

1 / ÊTRE / Tableaux généraux

Être n'est pas auxiliaire, mais verbe attributif dans *je suis fier,* par exemple.
Être est auxiliaire dans toutes les formes passives, dans toutes les formes pronominales et dans quelques verbes intransitifs (suivis, dans le lexique, du signe **ê**).

remarque
été (contrairement à **eu**) est toujours invariable : *la petite fille que j'ai été jadis.*

INDICATIF

Présent	Passé composé
je suis	j' ai été
tu es	tu as été
il est	il a été
nous sommes	ns avons été
vous êtes	vs avez été
ils sont	ils ont été

Imparfait	Plus-que-parfait
j' étais	j' avais été
tu étais	tu avais été
il était	il avait été
nous étions	ns avions été
vous étiez	vs aviez été
ils étaient	ils avaient été

Passé simple	Passé antérieur
je fus	j' eus été
tu fus	tu eus été
il fut	il eut été
nous fûmes	ns eûmes été
vous fûtes	vs eûtes été
ils furent	ils eurent été

Futur simple	Futur antérieur
je serai	j' aurai été
tu seras	tu auras été
il sera	il aura été
nous serons	ns aurons été
vous serez	vs aurez été
ils seront	ils auront été

SUBJONCTIF

Présent
que je sois
que tu sois
qu' il soit
que ns soyons
que vs soyez
qu' ils soient

Imparfait
que je fusse
que tu fusses
qu' il fût
que ns fussions
que vs fussiez
qu' ils fussent

Passé
que j' aie été
que tu aies été
qu' il ait été
que ns ayons été
que vs ayez été
qu' ils aient été

Plus-que-parfait
que j' eusse été
que tu eusses été
qu' il eût été
que ns eussions été
que vs eussiez été
qu' ils eussent été

CONDITIONNEL

Présent	Passé 1re forme	Passé 2e forme
je serais	j' aurais été	j' eusse été
tu serais	tu aurais été	tu eusses été
il serait	il aurait été	il eût été
nous serions	ns aurions été	ns eussions été
vous seriez	vs auriez été	vs eussiez été
ils seraient	ils auraient été	ils eussent été

IMPÉRATIF

Présent			Passé		
sois	soyons	soyez	aie été	ayons été	ayez été

INFINITIF

Présent	Passé
être	avoir été

PARTICIPE

Présent	Passé	
étant	été	ayant été

Tableaux généraux / AVOIR / 2

Avoir sert d'auxiliaire pour le verbe **être** (*j'ai été*, etc.) et pour les verbes à l'actif, excepté quelques intransitifs (voir p. 24-25)
Les verbes suivis du signe **ê ?** dans le lexique ont tantôt **avoir**, tantôt **être**.

remarque
Les trois premières personnes du singulier du subjonctif de **avoir** mélangent les terminaisons du groupe 1 (**-e**, **-es**) et une terminaison des groupes 2 ou 3 (**-t**).

INDICATIF | SUBJONCTIF

Présent	Passé composé	Présent
j' ai	j' ai eu	que j' aie
tu as	tu as eu	que tu aies
il a	il a eu	qu' il ait
nous avons	ns avons eu	que ns ayons
vous avez	vs avez eu	que vs ayez
ils ont	ils ont eu	qu' ils aient

Imparfait	Plus-que-parfait	Imparfait
j' avais	j' avais eu	que j' eusse
tu avais	tu avais eu	que tu eusses
il avait	il avait eu	qu' il eût
nous avions	ns avions eu	que ns eussions
vous aviez	vs aviez eu	que vs eussiez
ils avaient	ils avaient eu	qu' ils eussent

Passé simple	Passé antérieur	Passé
j' eus	j' eus eu	que j' aie eu
tu eus	tu eus eu	que tu aies eu
il eut	il eut eu	qu' il ait eu
nous eûmes	ns eûmes eu	que ns ayons eu
vous eûtes	vs eûtes eu	que vs ayez eu
ils eurent	ils eurent eu	qu' ils aient eu

Futur simple	Futur antérieur	Plus-que-parfait
j' aurai	j' aurai eu	que j' eusse eu
tu auras	tu auras eu	que tu eusses eu
il aura	il aura eu	qu' il eût eu
nous aurons	ns aurons eu	que ns eussions eu
vous aurez	vs aurez eu	que vs eussiez eu
ils auront	ils auront eu	qu' ils eussent eu

CONDITIONNEL

Présent	Passé 1ʳᵉ forme	Passé 2ᵉ forme
j' aurais	j' aurais eu	j' eusse eu
tu aurais	tu aurais eu	tu eusses eu
il aurait	il aurait eu	il eût eu
nous aurions	ns aurions eu	ns eussions eu
vous auriez	vs auriez eu	vs eussiez eu
ils auraient	ils auraient eu	ils eussent eu

IMPÉRATIF

Présent	Passé
aie ayons ayez	aie eu ayons eu ayez eu

INFINITIF | PARTICIPE

Présent	Passé	Présent	Passé
avoir	avoir eu	ayant	eu, eue ayant eu

3 / Tableaux généraux

Les terminaisons des trois groupes de verbes

À la forme interrogative sans **est-ce que**, devant **je** inversé, la terminaison **-e** s'écrit **é**: *aimé-je?* (cf. § 132 p. 42).

Terminaison **-x** dans: *je, tu peux; je, tu veux; je, tu vaux.*

Terminaison **-d** dans les verbes en **-dre** (sauf ceux en **-indre** et **-soudre**, qui ont un **-t**). Notez bien aussi la terminaison **-pt** dans: *il rompt* et les verbes de cette famille. Remarquez enfin le **-c** de *il vainc.*

Terminaison **-ont** dans: *ils sont, ils ont, ils vont, ils font.*

Certains verbes ayant leur radical terminé par une semi-voyelle [j]: *cue**ill**-ir, assa**ill**-ir*, ou par deux consonnes prononcées: *cou**vr**-ir, sou**ffr**-ir*, ne peuvent pas être suivis d'une désinence consonantique, et prennent alors les désinences vocaliques du groupe 1: *je cueille*, etc., *je couvre*, etc.

Mais on a aussi *je tins*, etc.; *je vins*, etc. Le subjonctif imparfait étant toujours formé sur le passé simple, on aura donc: *que je tinsse, vinsse*, etc.

Les verbes du groupe 3 qui prennent à l'impératif les terminaisons du groupe 1 sont ceux qui ont été signalés ci-dessus, au 5e paragraphe. Il y a en outre: *aie, sache* et *veuille*, de **avoir**, **savoir** et **vouloir**.

Tableaux généraux / 3

Les terminaisons des trois groupes de verbes

	Groupe 1	Groupe 2	Groupe 3 (irrégulier)		Groupe 1	Groupe 2	Groupe 3 (irrégulier)	
	Indicatif présent				**Subjonctif présent**			
S1	-e	-is	-s	-e	-e	-isse	-e	
S2	-es	-is	-s	-es	-es	-isses	-es	
S3	-e	-it	-t	-e	-e	-isse	-e	
P1	-ons	-issons	-ons		-ions	-issions	-ions	
P2	-ez	-issez	-ez		-iez	-issiez	-iez	
P3	-ent	-issent	-ent (-nt)		-ent	-issent	-ent	
	Indicatif imparfait				**Subjonctif imparfait**			
S1	-ais	-issais	-ais		-asse	-isse	-isse	-usse
S2	-ais	-issais	-ais		-asses	-isses	-isses	-usses
S3	-ait	-issait	-ait		-ât	-ît	-ît	-ût
P1	-ions	-issions	-ions		-assions	-issions	-issions	-ussions
P2	-iez	-issiez	-iez		-assiez	-issiez	-issiez	-ussiez
P3	-aient	-issaient	-aient		-assent	-issent	-issent	-ussent
	Indicatif passé simple				**Impératif présent**			
S1	-ai	-is	-is	-us	-	-	-	
S2	-as	-is	-is	-us	-e	-is	-s	-e
S3	-a	-it	-it	-ut	-	-	-	
P1	-âmes	-îmes	-îmes	-ûmes	-ons	-issons	-ons	
P2	-âtes	-îtes	-îtes	-ûtes	-ez	-issez	-ez	
P3	-èrent	-irent	-irent	-urent	-	-	-	
	Indicatif futur simple				**Conditionnel présent**			
S1	-erai	-irai	-rai		-erais	-irais	-rais	
S2	-eras	-iras	-ras		-erais	-irais	-rais	
S3	-era	-ira	-ra		-erait	-irait	-rait	
P1	-erons	-irons	-rons		-erions	-irions	-rions	
P2	-erez	-irez	-rez		-eriez	-iriez	-riez	
P3	-eront	-iront	-ront		-eraient	-iraient	-raient	
	Infinitif présent							
	-er	-ir	-ir -oir -re					
	Participe présent				**Participe passé**			
	-ant	-issant	-ant		-é	-i	-i (-is, -it); -u (-us) -t; -s; etc.	

4 / SE TROUVER / Tableaux généraux

Conjugaison de la voix pronominale

Le participe passé des verbes pronominaux s'accorde fréquemment, mais pas toujours avec le sujet.
On trouvera les règles d'accord aux pages 00 à 00.

INDICATIF

Présent
je me trouve
tu te trouves
il se trouve
nous nous trouvons
vous vous trouvez
ils se trouvent

Passé composé
je me suis trouvé
tu t' es trouvé
il s' est trouvé
ns ns sommes trouvés
vs vs êtes trouvés
ils se sont trouvés

Imparfait
je me trouvais
tu te trouvais
il se trouvait
nous nous trouvions
vous vous trouviez
ils se trouvaient

Plus-que-parfait
je m' étais trouvé
tu t' étais trouvé
il s' était trouvé
ns ns étions trouvés
vs vs étiez trouvés
ils s' étaient trouvés

Passé simple
je me trouvai
tu te trouvas
il se trouva
nous nous trouvâmes
vous vous trouvâtes
ils se trouvèrent

Passé antérieur
je me fus trouvé
tu te fus trouvé
il se fut trouvé
ns ns fûmes trouvés
vs vs fûtes trouvés
ils se furent trouvés

Futur simple
je me trouverai
tu te trouveras
il se trouvera
nous nous trouverons
vous vous trouverez
ils se trouveront

Futur antérieur
je me serai trouvé
tu te seras trouvé
il se sera trouvé
ns ns serons trouvés
vs vs serez trouvés
ils se seront trouvés

SUBJONCTIF

Présent
que je me trouve
que tu te trouves
qu' il se trouve
que ns ns trouvions
que vs vs trouviez
qu' ils se trouvent

Imparfait
que je me trouvasse
que tu te trouvasses
qu' il se trouvât
que ns ns trouvassions
que vs vs trouvassiez
qu' ils se trouvassent

Passé
que je me sois trouvé
que tu te sois trouvé
qu' il se soit trouvé
que ns ns soyons trouvés
que vs vs soyez trouvés
qu' ils se soient trouvés

Plus-que-parfait
que je me fusse trouvé
que tu te fusses trouvé
qu' il se fût trouvé
que ns ns fussions trouvés
que vs vs fussiez trouvés
qu' ils se fussent trouvés

CONDITIONNEL

Présent
je me trouverais
tu te trouverais
il se trouverait
nous nous trouverions
vous vous trouveriez
ils se trouveraient

Passé 1re forme
je me serais trouvé
tu te serais trouvé
il se serait trouvé
nous nous serions trouvés
vous vous seriez trouvés
ils se seraient trouvés

Passé 2e forme
je me fusse trouvé
tu te fusses trouvé
il se fût trouvé
nous nous fussions trouvés
vous vous fussiez trouvés
ils se fussent trouvés

IMPÉRATIF

Présent
trouve-toi   trouvons-nous   trouvez-vous

Passé
(inusité)

INFINITIF

Présent
se trouver

Passé
s'être trouvé

PARTICIPE

Présent
se trouvant

Passé
s'étant trouvé

Tableaux généraux / ÊTRE AIMÉ / 5

Conjugaison type de la voix passive

À la voix passive, l'auxiliaire est toujours **être** et le participe passé s'accorde toujours avec le sujet du verbe (cf. § 48 p. 19): *Elles sont aimées, elles ont été aimées.*

INDICATIF

Présent
je suis aimé
tu es aimé
il est aimé
nous sommes aimés
vous êtes aimés
ils sont aimés

Passé composé
j' ai été aimé
tu as été aimé
il a été aimé
nous avons été aimés
vous avez été aimés
ils ont été aimés

Imparfait
j' étais aimé
tu étais aimé
il était aimé
nous étions aimés
vous étiez aimés
ils étaient aimés

Plus-que-parfait
j' avais été aimé
tu avais été aimé
il avait été aimé
nous avions été aimés
vous aviez été aimés
ils avaient été aimés

Passé simple
je fus aimé
tu fus aimé
il fut aimé
nous fûmes aimés
vous fûtes aimés
ils furent aimés

Passé antérieur
j' eus été aimé
tu eus été aimé
il eut été aimé
nous eûmes été aimés
vous eûtes été aimés
ils eurent été aimés

Futur simple
je serai aimé
tu seras aimé
il sera aimé
nous serons aimés
vous serez aimés
ils seront aimés

Futur antérieur
j' aurai été aimé
tu auras été aimé
il aura été aimé
nous aurons été aimés
vous aurez été aimés
ils auront été aimés

SUBJONCTIF

Présent
que je sois aimé
que tu sois aimé
qu'il soit aimé
que ns soyons aimés
que vs soyez aimés
qu'ils soient aimés

Imparfait
que je fusse aimé
que tu fusses aimé
qu'il fût aimé
que ns fussions aimés
que vs fussiez aimés
qu'ils furent aimés

Passé
que j' aie été aimé
que tu aies été aimé
qu'il ait été aimé
que ns ayons été aimés
que vs ayez été aimés
qu'ils aient été aimés

Plus-que-parfait
que j' eusse été aimé
que tu eusses été aimé
qu'il eût été aimé
que ns eussions été aimés
que vs eussiez été aimés
qu'ils eussent été aimés

CONDITIONNEL

Présent
je serais aimé
tu serais aimé
il serait aimé
nous serions aimés
vous seriez aimés
ils seraient aimés

Passé 1re forme
j' aurais été aimé
tu aurais été aimé
il aurait été aimé
nous aurions été aimés
vous auriez été aimés
ils auraient été aimés

Passé 2e forme
j' eusse été aimé
tu eusses été aimé
il eût été aimé
nous eussions été aimés
vous eussiez été aimés
ils eussent été aimés

IMPÉRATIF

Présent
sois aimé   soyons aimés   soyez aimés

Passé
(inusité)

INFINITIF

Présent
être aimé(s)

Passé
avoir été aimé(s)

PARTICIPE

Présent
étant aimé(s)

Passé
aimé(s)   ayant été aimé(s)

6 / TABLEAUX GÉNÉRAUX

Les formes surcomposées

Tant que le passé simple est resté bien vivant, on a pu marquer couramment l'**antériorité** par le **passé antérieur**:

*Quand **j'eus fini** mon travail, **j'allai** voir mon ami.*

Mais à partir du moment où le **passé simple** *j'allai* **a été remplacé par le passé composé** *je suis allé*, le passé antérieur a dépéri à son tour. On a eu alors le choix entre deux autres tournures, en plus du passé antérieur qui a subsisté, en particulier dans la langue écrite.

On peut employer le passé composé dans la subordonnée et dans la principale, l'antériorité étant suffisamment marquée par le contexte:

*Quand **j'ai fini** mon travail, je suis allé voir mon ami.*

Mais on peut également exprimer l'antériorité par un temps spécial qui est le temps surcomposé:

*Quand **j'ai eu fini** mon travail, je suis allé voir mon ami.*

Un temps surcomposé est un temps composé dont l'auxiliaire est lui-même composé. Nous avons déjà rencontré des formes surcomposées dans le tableau 5 passif; en effet, quand on tourne au passif une forme active qui est déjà composée, cette forme devient surcomposée:

j'ai aimé (actif) ⟶ j'ai été aimé (passif)
j'avais aimé (actif) ⟶ j'avais été aimé (passif).

Les formes surcomposées du passif font partie de la conjugaison normale de cette voix.

Les formes surcomposées de l'actif, en revanche, apparaissent surtout dans la langue parlée et ne sont pas toujours possibles. Utilisez-les donc avec précaution, et évitez-les tant que vous ne vous sentirez pas très sûrs de vous.

Les plus utilisées sont les suivantes:

indicatif	passé surcomposé	*j'ai eu fini*, etc.
	plus-que-parfait	*j'avais eu fini*, etc.
	futur antérieur	*j'aurai eu fini*, etc.
conditionnel	passé	*j'aurais eu fini*, etc.
subjonctif	passé	*que j'aie eu fini*, etc.

Nous avons pris comme verbe type **finir**, dont les formes surcomposées sont plus fréquemment employées que celles de **aimer**.

Il y a bien des verbes dont les formes surcomposées sont ou tout à fait ou presque inusitées.

groupe 1 / AIMER / 7

Le verbe le plus fréquent du groupe 1 est **donner**. Nous conservons néanmoins le verbe traditionnel **aimer**, fort employé lui aussi.

Certains verbes de forme active en **-er** diffèrent du verbe type **aimer** par l'emploi de l'auxiliaire **être**: *Je suis arrivé* passé composé, *j'étais arrivé, dès qu'il fut arrivé,* etc. Pour les formes de l'auxiliaire **être**, reportez-vous au tableau 25: *aller*.

INDICATIF

Présent
- j'   aime
- tu   aimes
- il   aime
- nous aimons
- vous aimez
- ils   aiment

Passé composé
- j'   ai   aimé
- tu   as   aimé
- il   a   aimé
- ns   avons aimé
- vs   avez   aimé
- ils   ont   aimé

Imparfait
- j'   aimais
- tu   aimais
- il   aimait
- nous aimions
- vous aimiez
- ils   aimaient

Plus-que-parfait
- j'   avais   aimé
- tu   avais   aimé
- il   avait   aimé
- ns   avions aimé
- vs   aviez   aimé
- ils   avaient aimé

Passé simple
- j'   aimai
- tu   aimas
- il   aima
- nous aimâmes
- vous aimâtes
- ils   aimèrent

Passé antérieur
- j'   eus   aimé
- tu   eus   aimé
- il   eut   aimé
- ns   eûmes aimé
- vs   eûtes aimé
- ils   eurent aimé

Futur simple
- j'   aimerai
- tu   aimeras
- il   aimera
- nous aimerons
- vous aimerez
- ils   aimeront

Futur antérieur
- j'   aurai   aimé
- tu   auras   aimé
- il   aura   aimé
- ns   aurons aimé
- vs   aurez   aimé
- ils   auront aimé

SUBJONCTIF

Présent
- que j'   aime
- que tu   aimes
- qu' il   aime
- que ns   aimions
- que vs   aimiez
- qu' ils aiment

Imparfait
- que j'   aimasse
- que tu   aimasses
- qu' il   aimât
- que ns   aimassions
- que vs   aimassiez
- qu' ils aimassent

Passé
- que j'   aie   aimé
- que tu   aies aimé
- qu' il   ait   aimé
- que ns   ayons aimé
- que vs   ayez aimé
- qu' ils aient aimé

Plus-que-parfait
- que j'   eusse   aimé
- que tu   eusses   aimé
- qu' il   eût   aimé
- que ns   eussions aimé
- que vs   eussiez aimé
- qu' ils eussent aimé

CONDITIONNEL

Présent
- j'   aimerais
- tu   aimerais
- il   aimerait
- nous aimerions
- vous aimeriez
- ils   aimeraient

Passé 1re forme
- j'   aurais   aimé
- tu   aurais   aimé
- il   aurait   aimé
- ns   aurions aimé
- vs   auriez   aimé
- ils   auraient aimé

Passé 2e forme
- j'   eusse   aimé
- tu   eusses   aimé
- il   eût   aimé
- ns   eussions aimé
- vs   eussiez aimé
- ils   eussent aimé

IMPÉRATIF

Présent
- aime   aimons   aimez

Passé
- aie aimé   ayons aimé   ayez aimé

INFINITIF

Présent aimer

Passé avoir aimé

PARTICIPE

Présent aimant

Passé aimé, ée   ayant aimé

8 / PLACER / groupe 1

Les verbes en -cer utilisent **ç** (**c** cédille) devant les voyelles **a** et **o**, *plaçons, plaçais,* etc., afin de conserver au **c** le son (doux) [s]. Ils obéissent à une règle phonétique et orthographique générale qui veut que devant **a**, **o** et **u**, **c** prenne la cédille (**ç**) pour garder la prononciation [s]. Les verbes en **-cer** sont donc en réalité **tout à fait réguliers** et ce tableau est destiné uniquement aux étourdis qui risqueraient d'oublier la cédille.

INDICATIF

Présent	Passé composé
je place	j' ai placé
tu places	tu as placé
il place	il a placé
nous plaçons	ns avons placé
vous placez	vs avez placé
ils placent	ils ont placé

Imparfait	Plus-que-parfait
je plaçais	j' avais placé
tu plaçais	tu avais placé
il plaçait	il avait placé
nous placions	ns avions placé
vous placiez	vs aviez placé
ils plaçaient	ils avaient placé

Passé simple	Passé antérieur
je plaçai	j' eus placé
tu plaças	tu eus placé
il plaça	il eut placé
nous plaçâmes	ns eûmes placé
vous plaçâtes	vs eûtes placé
ils placèrent	ils eurent placé

Futur simple	Futur antérieur
je placerai	j' aurai placé
tu placeras	tu auras placé
il placera	il aura placé
nous placerons	ns aurons placé
vous placerez	vs aurez placé
ils placeront	ils auront placé

SUBJONCTIF

Présent
que je place
que tu places
qu' il place
que ns placions
que vs placiez
qu' ils placent

Imparfait
que je plaçasse
que tu plaçasses
qu' il plaçât
que ns plaçassions
que vs plaçassiez
qu' ils plaçassent

Passé
que j' aie placé
que tu aies placé
qu' il ait placé
que ns ayons placé
que vs ayez placé
qu' ils aient placé

Plus-que-parfait
que j' eusse placé
que tu eusses placé
qu' il eût placé
que ns eussions placé
que vs eussiez placé
qu' ils eussent placé

CONDITIONNEL

Présent	Passé 1re forme	Passé 2e forme
je placerais	j' aurais placé	j' eusse placé
tu placerais	tu aurais placé	tu eusses placé
il placerait	il aurait placé	il eût placé
nous placerions	ns aurions placé	ns eussions placé
vous placeriez	vs auriez placé	vs eussiez placé
ils placeraient	ils auraient placé	ils eussent placé

IMPERATIF

Présent			Passé		
place	plaçons	placez	aie placé	ayons placé	ayez placé

INFINITIF

Présent	Passé
placer	avoir placé

PARTICIPE

Présent	Passé	
plaçant	placé, ée	ayant placé

groupe 1 / MANGER / 9

Les verbes en -ger conservent le **e** après le **g** devant les voyelles **a** et **o**, *mangeais, mangeons,* etc., afin de maintenir le son (doux) du **g** [3]. Ils obéissent ainsi à une règle phonétique et orthographique générale. Ils sont donc **tout à fait réguliers**. Ce tableau vous aidera simplement à éviter une étourderie.

INDICATIF

Présent
je mange
tu manges
il mange
nous mangeons
vous mangez
ils mangent

Passé composé
j' ai mangé
tu as mangé
il a mangé
ns avons mangé
vs avez mangé
ils ont mangé

Imparfait
je mangeais
tu mangeais
il mangeait
nous mangions
vous mangiez
ils mangeaient

Plus-que-parfait
j' avais mangé
tu avais mangé
il avait mangé
ns avions mangé
vs aviez mangé
ils avaient mangé

Passé simple
je mangeai
tu mangeas
il mangea
nous mangeâmes
vous mangeâtes
ils mangèrent

Passé antérieur
j' eus mangé
tu eus mangé
il eut mangé
ns eûmes mangé
vs eûtes mangé
ils eurent mangé

Futur simple
je mangerai
tu mangeras
il mangera
nous mangerons
vous mangerez
ils mangeront

Futur antérieur
j' aurai mangé
tu auras mangé
il aura mangé
ns aurons mangé
vs aurez mangé
ils auront mangé

SUBJONCTIF

Présent
que je mange
que tu manges
qu' il mange
que ns mangions
que vs mangiez
qu' ils mangent

Imparfait
que je mangeasse
que tu mangeasses
qu' il mangeât
que ns mangeassions
que vs mangeassiez
qu' ils mangeassent

Passé
que j' aie mangé
que tu aies mangé
qu' il ait mangé
que ns ayons mangé
que vs ayez mangé
qu' ils aient mangé

Plus-que-parfait
que j' eusse mangé
que tu eusses mangé
qu' il eût mangé
que ns eussions mangé
que vs eussiez mangé
qu' ils eussent mangé

CONDITIONNEL

Présent
je mangerais
tu mangerais
il mangerait
nous mangerions
vous mangeriez
ils mangeraient

Passé 1re forme
j' aurais mangé
tu aurais mangé
il aurait mangé
ns aurions mangé
vs auriez mangé
ils auraient mangé

Passé 2e forme
j' eusse mangé
tu eusses mangé
il eût mangé
ns eussions mangé
vs eussiez mangé
ils eussent mangé

IMPÉRATIF

Présent
mange mangeons mangez

Passé
aie mangé ayons mangé ayez mangé

INFINITIF

Présent
manger

Passé
avoir mangé

PARTICIPE

Présent
mangeant

Passé
mangé, ée ayant mangé

10 / APPRÉCIER / groupe 1

Les verbes en -ier: la succession de deux **i** (**ii**) aux 1re et 2e personnes du pluriel de l'imparfait de l'indicatif: *nous appréci-ions, vous appréci-iez* et du présent du subjonctif peut déconcerter. Mais cette succession provient de la rencontre du **-i-** final du radical **appréci-** avec le **i** initial de la terminaison **-ions** ou **-iez**. Elle est donc **parfaitement régulière**.

INDICATIF

Présent
j'   apprécie
tu   apprécies
il   apprécie
nous   apprécions
vous   appréciez
ils   apprécient

Passé composé
j'   ai   apprécié
tu   as   apprécié
il   a   apprécié
ns   avons   apprécié
vs   avez   apprécié
ils ont   apprécié

Imparfait
j'   appréciais
tu   appréciais
il   appréciait
nous   appréciions
vous   appréciiez
ils   appréciaient

Plus-que-parfait
j'   avais   apprécié
tu   avais   apprécié
il   avait   apprécié
ns   avions   apprécié
vs   aviez   apprécié
ils avaient apprécié

Passé simple
j'   appréciai
tu   apprécias
il   apprécia
nous   appréciâmes
vous   appréciâtes
ils   apprécièrent

Passé antérieur
j'   eus   apprécié
tu   eus   apprécié
il   eut   apprécié
ns   eûmes   apprécié
vs   eûtes   apprécié
ils eurent apprécié

Futur simple
j'   apprécierai
tu   apprécieras
il   appréciera
nous   apprécierons
vous   apprécierez
ils   apprécieront

Futur antérieur
j'   aurai   apprécié
tu   auras   apprécié
il   aura   apprécié
ns   aurons   apprécié
vs   aurez   apprécié
ils auront   apprécié

SUBJONCTIF

Présent
que j'   apprécie
que tu   apprécies
qu' il   apprécie
que ns   appréciions
que vs   appréciiez
qu' ils apprécient

Imparfait
que j'   appréciasse
que tu   appréciasses
qu' il   appréciât
que ns   appréciassions
que vs   appréciassiez
qu' ils appréciassent

Passé
que j'   aie   apprécié
que tu   aies   apprécié
qu' il   ait   apprécié
que ns   ayons   apprécié
que vs   ayez   apprécié
qu' ils aient   apprécié

Plus-que-parfait
que j'   eusse   apprécié
que tu   eusses   apprécié
qu' il   eût   apprécié
que ns   eussions apprécié
que vs   eussiez apprécié
qu' ils eussent apprécié

CONDITIONNEL

Présent
j'   apprécierais
tu   apprécierais
il   apprécierait
nous   apprécierions
vous   apprécieriez
ils   apprécieraient

Passé 1re forme
j'   aurais   apprécié
tu   aurais   apprécié
il   aurait   apprécié
ns   aurions   apprécié
vs   auriez   apprécié
ils auraient apprécié

Passé 2e forme
j'   eusse   apprécié
tu   eusses   apprécié
il   eût   apprécié
ns   eussions apprécié
vs   eussiez   apprécié
ils eussent   apprécié

IMPERATIF

Présent
apprécie   apprécions   appréciez

Passé
aie apprécié   ayons, ayez apprécié

INFINITIF

Présent
apprécier

Passé
avoir apprécié

PARTICIPE

Présent
appréciant

Passé
apprécié,ée   ayant apprécié

groupe 1 / CRÉER / 11

Dans les verbes en -éer, le **é** reste toujours fermé, même devant le **e** muet : *je crée, créerai*, etc. Comparez avec le verbe type **céder** (tableau 12).

Vous pouvez être déconcerté par la succession de deux **é** ou **e** : *tu cré**es***, ou même de trois : *cré**ée***. De même, *nous créions* ou *vous créiez* provoquent quelquefois des hésitations. Mais toutes ces formes résultent de la rencontre **régulière** du radical en **-é** avec les terminaisons.

INDICATIF / SUBJONCTIF

Présent	Passé composé	Présent
je crée	j' ai créé	que je crée
tu crées	tu as créé	que tu crées
il crée	il a créé	qu' il crée
nous créons	ns avons créé	que ns créions
vous créez	vs avez créé	que vs créiez
ils créent	ils ont créé	qu' ils créent

Imparfait	Plus-que-parfait	Imparfait
je créais	j' avais créé	que je créasse
tu créais	tu avais créé	que tu créasses
il créait	il avait créé	qu' il créât
nous créions	ns avions créé	que ns créassions
vous créiez	vs aviez créé	que vs créassiez
ils créaient	ils avaient créé	qu' ils créassent

Passé simple	Passé antérieur	Passé
je créai	j' eus créé	que j' aie créé
tu créas	tu eus créé	que tu aies créé
il créa	il eut créé	qu' il ait créé
nous créâmes	ns eûmes créé	que ns ayons créé
vous créâtes	vs eûtes créé	que vs ayez créé
ils créèrent	ils eurent créé	qu' ils aient créé

Futur simple	Futur antérieur	Plus-que-parfait
je créerai	j' aurai créé	que j' eusse créé
tu créeras	tu auras créé	que tu eusses créé
il créera	il aura créé	qu' il eût créé
nous créerons	ns aurons créé	que ns eussions créé
vous créerez	vs aurez créé	que vs eussiez créé
ils créeront	ils auront créé	qu' ils eussent créé

CONDITIONNEL

Présent	Passé 1re forme	Passé 2e forme
je créerais	j' aurais créé	j' eusse créé
tu créerais	tu aurais créé	tu cusses créé
il créerait	il aurait créé	il eût créé
nous créerions	ns aurions créé	ns eussions créé
vous créeriez	vs auriez créé	vs eussiez créé
ils créeraient	ils auraient créé	ils eussent créé

IMPERATIF

Présent			Passé		
crée	créons	créez	aie créé	ayons créé	ayez créé

INFINITIF / PARTICIPE

Présent	Passé	Présent	Passé	
créer	avoir créé	créant	créé, créée	ayant créé

12 / CÉDER / groupe 1

Les verbes en -é (-) er sont légèrement irréguliers. Le **é** fermé [e] devient un **è** ouvert [ɛ] devant une syllabe muette finale : *je cède*. Cette alternance **é/è** correspond à une règle générale : le [e] qui est fermé dans une syllabe phonétique ouverte [se de], s'ouvre et devient [ɛ] dans une syllabe phonétique fermée [sɛd]. Le **é** de *céderai* et *céderais* tend à s'ouvrir en **è** bien que le **e** muet [ə] de la 2e syllabe se prononce, ce qui rend la 1re syllabe ouverte [se də re].

INDICATIF

Présent
- je cède
- tu cèdes
- il cède
- nous cédons
- vous cédez
- ils cèdent

Passé composé
- j' ai cédé
- tu as cédé
- il a cédé
- ns avons cédé
- vs avez cédé
- ils ont cédé

Imparfait
- je cédais
- tu cédais
- il cédait
- nous cédions
- vous cédiez
- ils cédaient

Plus-que-parfait
- j' avais cédé
- tu avais cédé
- il avait cédé
- ns avions cédé
- vs aviez cédé
- ils avaient cédé

Passé simple
- je cédai
- tu cédas
- il céda
- nous cédâmes
- vous cédâtes
- ils cédèrent

Passé antérieur
- j' eus cédé
- tu eus cédé
- il eut cédé
- ns eûmes cédé
- vs eûtes cédé
- ils eurent cédé

Futur simple
- je céderai
- tu céderas
- il cédera
- nous céderons
- vous céderez
- ils céderont

Futur antérieur
- j' aurai cédé
- tu auras cédé
- il aura cédé
- ns aurons cédé
- vs aurez cédé
- ils auront cédé

SUBJONCTIF

Présent
- que je cède
- que tu cèdes
- qu' il cède
- que ns cédions
- que vs cédiez
- qu' ils cèdent

Imparfait
- que je cédasse
- que tu cédasses
- qu' il cédât
- que ns cédassions
- que vs cédassiez
- qu' ils cédassent

Passé
- que j' aie cédé
- que tu aies cédé
- qu' il ait cédé
- que ns ayons cédé
- que vs ayez cédé
- qu' ils aient cédé

Plus-que-parfait
- que j' eusse cédé
- que tu eusses cédé
- qu' il eût cédé
- que ns eussions cédé
- que vs eussiez cédé
- qu' ils eussent cédé

CONDITIONNEL

Présent
- je céderais
- tu céderais
- il céderait
- nous céderions
- vous céderiez
- ils céderaient

Passé 1re forme
- j' aurais cédé
- tu aurais cédé
- il aurait cédé
- ns aurions cédé
- vs auriez cédé
- ils auraient cédé

Passé 2e forme
- j' eusse cédé
- tu eusses cédé
- il eût cédé
- ns eussions cédé
- vs eussiez cédé
- ils eussent cédé

IMPERATIF

Présent
cède   cédons   cédez

Passé
aie cédé   ayons cédé   ayez cédé

INFINITIF

Présent céder
Passé avoir cédé

PARTICIPE

Présent cédant
Passé cédé, ée   ayant cédé

groupe 1 / ASSIÉGER / 13

Les verbes en -éger: le maintien du **e** après le **g** devant les voyelles **a** et **o** est un simple moyen graphique destiné à conserver à **g** le son doux [ʒ] qu'il a dans le radical (tableau 9).

Le changement du **é** fermé du radical en **è** ouvert **devant e muet final** est commandé par la règle générale (tableau 12). En principe, le futur et le conditionnel gardent leur **é**: *j'assiégerai, j'assiégerais*.

INDICATIF

Présent	Passé composé	
j' assiège	j' ai	assiégé
tu assièges	tu as	assiégé
il assiège	il a	assiégé
nous assiégeons	ns avons	assiégé
vous assiégez	vs avez	assiégé
ils assiègent	ils ont	assiégé

Imparfait	Plus-que-parfait	
j' assiégeais	j' avais	assiégé
tu assiégeais	tu avais	assiégé
il assiégeait	il avait	assiégé
nous assiégions	ns avions	assiégé
vous assiégiez	vs aviez	assiégé
ils assiégeaient	ils avaient	assiégé

Passé simple	Passé antérieur	
j' assiégeai	j' eus	assiégé
tu assiégeas	tu eus	assiégé
il assiégea	il eut	assiégé
nous assiégeâmes	ns eûmes	assiégé
vous assiégeâtes	vs eûtes	assiégé
ils assiégèrent	ils eurent	assiégé

Futur simple	Futur antérieur	
j' assiégerai	j' aurai	assiégé
tu assiégeras	tu auras	assiégé
il assiégera	il aura	assiégé
nous assiégerons	ns aurons	assiégé
vous assiégerez	vs aurez	assiégé
ils assiégeront	ils auront	assiégé

SUBJONCTIF

Présent	
que j' assiège	
que tu assièges	
qu' il assiège	
que ns assiégions	
que vs assiégiez	
qu' ils assiègent	

Imparfait	
que j' assiégeasse	
que tu assiégeasses	
qu' il assiégeât	
que ns assiégeassions	
que vs assiégeassiez	
qu' ils assiégeassent	

Passé		
que j' aie	assiégé
que tu aies	assiégé
qu' il ait	assiégé
que ns ayons	assiégé
que vs ayez	assiégé
qu' ils aient	assiégé

Plus-que-parfait		
que j' eusse	assiégé
que tu eusses	assiégé
qu' il eût	assiégé
que ns eussions	assiégé
que vs eussiez	assiégé
qu' ils eussent	assiégé

CONDITIONNEL

Présent	Passé 1re forme		Passé 2e forme	
j' assiégerais	j' aurais	assiégé	j' eusse	assiégé
tu assiégerais	tu aurais	assiégé	tu eusses	assiégé
il assiégerait	il aurait	assiégé	il eût	assiégé
nous assiégerions	ns aurions	assiégé	ns eussions	assiégé
vous assiégeriez	vs auriez	assiégé	vs eussiez	assiégé
ils assiégeraient	ils auraient	assiégé	ils eussent	assiégé

IMPÉRATIF

Présent			Passé	
assiège	assiégeons	assiégez	aie assiégé	ayons, ayez assiégé

INFINITIF

Présent	Passé
assiéger	avoir assiégé

PARTICIPE

Présent	Passé	
assiégeant	assiégé, ée	ayant assiégé

14 / LEVER / groupe 1

Les verbes en -e (-)er: il s'agit des verbes en **-ecer, -emer, -ener, -eser, -ever, -evrer**. **Lever** est le plus fréquent de tous. Pour les verbes en **-eler**, voir tableaux 15 et 16. Pour les verbes en **-eter**, voir tableaux 17 et 18.

Les verbes du type l**e**ver/l**è**ve sont légèrement irréguliers à cause de leur alternance vocalique **e-è** [ə-ɛ]. Ils changent toujours leur **e** muet du radical en **è** ouvert devant une syllabe muette: *je lève, je lèverai*.

INDICATIF

Présent	Passé composé
je lève	j' ai levé
tu lèves	tu as levé
il lève	il a levé
nous levons	ns avons levé
vous levez	vs avez levé
ils lèvent	ils ont levé

Imparfait	Plus-que-parfait
je levais	j' avais levé
tu levais	tu avais levé
il levait	il avait levé
nous levions	ns avions levé
vous leviez	vs aviez levé
ils levaient	ils avaient levé

Passé simple	Passé antérieur
je levai	j' eus levé
tu levas	tu eus levé
il leva	il eut levé
nous levâmes	ns eûmes levé
vous levâtes	vs eûtes levé
ils levèrent	ils eurent levé

Futur simple	Futur antérieur
je lèverai	j' aurai levé
tu lèveras	tu auras levé
il lèvera	il aura levé
nous lèverons	ns aurons levé
vous lèverez	vs aurez levé
ils lèveront	ils auront levé

SUBJONCTIF

Présent
que je lève
que tu lèves
qu' il lève
que ns levions
que vs leviez
qu' ils lèvent

Imparfait
que je levasse
que tu levasses
qu' il levât
que ns levassions
que vs levassiez
qu' ils levassent

Passé
que j' aie levé
que tu aies levé
qu' il ait levé
que ns ayons levé
que vs ayez levé
qu' ils aient levé

Plus-que-parfait
que j' eusse levé
que tu eusses levé
qu' il eût levé
que ns eussions levé
que vs eussiez levé
qu' ils eussent levé

CONDITIONNEL

Présent	Passé 1re forme	Passé 2e forme
je lèverais	j' aurais levé	j' eusse levé
tu lèverais	tu aurais levé	tu eusses levé
il lèverait	il aurait levé	il eût levé
nous lèverions	ns aurions levé	ns eussions levé
vous lèveriez	vs auriez levé	vs eussiez levé
ils lèveraient	ils auraient levé	ils eussent levé

IMPERATIF

Présent	Passé
lève levons levez	aie levé ayons levé ayez levé

INFINITIF

Présent	Passé
lever	avoir levé

PARTICIPE

Présent	Passé
levant	levé, ée ayant levé

groupe 1 / GELER / 15

Verbes en -eler de type geler: celer, déceler, receler, ciseler, démanteler, écarteler, regeler, dégeler, congeler, surgeler, marteler, modeler, peler. Pour les autres verbes en **-eler**, voir tableau 16.

Geler se conjugue exactement comme **lever** (tableau 14) : il présente une légère irrégularité, à savoir le changement du **e** du radical en **è** devant **e muet** : *je gèle, je gèlerai*, etc.

INDICATIF

Présent
je gèle
tu gèles
il gèle
nous gelons
vous gelez
ils gèlent

Passé composé
j' ai gelé
tu as gelé
il a gelé
ns avons gelé
vs avez gelé
ils ont gelé

Imparfait
je gelais
tu gelais
il gelait
nous gelions
vous geliez
ils gelaient

Plus-que-parfait
j' avais gelé
tu avais gelé
il avait gelé
ns avions gelé
vs aviez gelé
ils avaient gelé

Passé simple
je gelai
tu gelas
il gela
nous gelâmes
vous gelâtes
ils gelèrent

Passé antérieur
j' eus gelé
tu eus gelé
il eut gelé
ns eûmes gelé
vs eûtes gelé
ils eurent gelé

Futur simple
je gèlerai
tu gèleras
il gèlera
nous gèlerons
vous gèlerez
ils gèleront

Futur antérieur
j' aurai gelé
tu auras gelé
il aura gelé
ns aurons gelé
vs aurez gelé
ils auront gelé

SUBJONCTIF

Présent
que je gèle
que tu gèles
qu' il gèle
que ns gelions
que vs geliez
qu' ils gèlent

Imparfait
que je gelasse
que tu gelasses
qu' il gelât
que ns gelassions
que vs gelassiez
qu' ils gelassent

Passé
que j' aie gelé
que tu aies gelé
qu' il ait gelé
que ns ayons gelé
que vs ayez gelé
qu' ils aient gelé

Plus-que-parfait
que j' eusse gelé
que tu eusses gelé
qu' il eût gelé
que ns eussions gelé
que vs eussiez gelé
qu' ils eussent gelé

CONDITIONNEL

Présent
je gèlerais
tu gèlerais
il gèlerait
nous gèlerions
vous gèleriez
ils gèleraient

Passé 1re forme
j' aurais gelé
tu aurais gelé
il aurait gelé
ns aurions gelé
vs auriez gelé
ils auraient gelé

Passé 2e forme
j' eusse gelé
tu eusses gelé
il eût gelé
ns eussions gelé
vs eussiez gelé
ils eussent gelé

IMPÉRATIF

Présent
gèle   gelons   gelez

Passé
aie gelé   ayons gelé   ayez gelé

INFINITIF

Présent
geler

Passé
avoir gelé

PARTICIPE

Présent
gelant

Passé
gelé, ée   ayant gelé

16 / APPELER / groupe 1

Verbes en -eler de type appeler: tous les verbes en **-eler** qui ne sont pas énumérés en tête du tableau 15.
Les verbes du type **appeler** doublent la consonne **l** devant un **e muet**: *j'appelle, j'appellerai,* etc. En réalité, la différence entre **appeler** et **geler** est purement **orthographique**. Phonétiquement, il y a, dans les deux cas, la même alternance **e-è**: [ʒəle-ʒɛl], [apəle-apɛl].

INDICATIF — SUBJONCTIF

Présent	Passé composé	Présent
j' appelle	j' ai appelé	que j' appelle
tu appelles	tu as appelé	que tu appelles
il appelle	il a appelé	qu' il appelle
nous appelons	ns avons appelé	que ns appelions
vous appelez	vs avez appelé	que vs appeliez
ils appellent	ils ont appelé	qu' ils appellent

Imparfait	Plus-que-parfait	Imparfait
j' appelais	j' avais appelé	que j' appelasse
tu appelais	tu avais appelé	que tu appelasses
il appelait	il avait appelé	qu' il appelât
nous appelions	ns avions appelé	que ns appelassions
vous appeliez	vs aviez appelé	que vs appelassiez
ils appelaient	ils avaient appelé	qu' ils appelassent

Passé simple	Passé antérieur	Passé
j' appelai	j' eus appelé	que j' aie appelé
tu appelas	tu eus appelé	que tu aies appelé
il appela	il eut appelé	qu' il ait appelé
nous appelâmes	ns eûmes appelé	que ns ayons appelé
vous appelâtes	vs eûtes appelé	que vs ayez appelé
ils appelèrent	ils eurent appelé	qu' ils aient appelé

Futur simple	Futur antérieur	Plus-que-parfait
j' appellerai	j' aurai appelé	que j' eusse appelé
tu appelleras	tu auras appelé	que tu eusses appelé
il appellera	il aura appelé	qu' il eût appelé
nous appellerons	ns aurons appelé	que ns eussions appelé
vous appellerez	vs aurez appelé	que vs eussiez appelé
ils appelleront	ils auront appelé	qu' ils eussent appelé

CONDITIONNEL

Présent	Passé 1re forme	Passé 2e forme
j' appellerais	j' aurais appelé	j' eusse appelé
tu appellerais	tu aurais appelé	tu eusses appelé
il appellerait	il aurait appelé	il eût appelé
nous appellerions	ns aurions appelé	ns eussions appelé
vous appelleriez	vs auriez appelé	vs eussiez appelé
ils appelleraient	ils auraient appelé	ils eussent appelé

IMPERATIF

Présent			Passé		
appelle	appelons	appelez	aie appelé	ayons appelé	ayez appelé

INFINITIF — PARTICIPE

Présent	Passé	Présent	Passé	
appeler	avoir appelé	appelant	appelé, ée	ayant appelé

groupe 1 / ACHETER / 17

Verbes en -eter de type acheter: racheter, corseter, crocheter, fureter, haleter.
Acheter est le plus utilisé des **quelques verbes** qui se conjuguent sur ce type.
Pour les autres verbes en **-eter**, voir tableau 18.
Acheter se conjugue exactement comme **lever** (tableau 14). Il présente la même légère irrégularité, à savoir le changement du **e** du radical en **è** devant un **e muet**: *j'achète, j'achèterai*, etc.

INDICATIF

Présent
j' achète
tu achètes
il achète
nous achetons
vous achetez
ils achètent

Passé composé
j' ai acheté
tu as acheté
il a acheté
ns avons acheté
vs avez acheté
ils ont acheté

Imparfait
j' achetais
tu achetais
il achetait
nous achetions
vous achetiez
ils achetaient

Plus-que-parfait
j' avais acheté
tu avais acheté
il avait acheté
ns avions acheté
vs aviez acheté
ils avaient acheté

Passé simple
j' achetai
tu achetas
il acheta
nous achetâmes
vous achetâtes
ils achetèrent

Passé antérieur
j' eus acheté
tu eus acheté
il eut acheté
ns eûmes acheté
vs eûtes acheté
ils eurent acheté

Futur simple
j' achèterai
tu achèteras
il achètera
nous achèterons
vous achèterez
ils achèteront

Futur antérieur
j' aurai acheté
tu auras acheté
il aura acheté
ns aurons acheté
vs aurez acheté
ils auront acheté

SUBJONCTIF

Présent
que j' achète
que tu achètes
qu' il achète
que ns achetions
que vs achetiez
qu' ils achètent

Imparfait
que j' achetasse
que tu achetasses
qu' il achetât
que ns achetassions
que vs achetassiez
qu' ils achetassent

Passé
que j' aie acheté
que tu aies acheté
qu' il ait acheté
que ns ayons acheté
que vs ayez acheté
qu' ils aient acheté

Plus-que-parfait
que j' eusse acheté
que tu eusses acheté
qu' il eût acheté
que ns eussions acheté
que vs eussiez acheté
qu' ils eussent acheté

CONDITIONNEL

Présent
j' achèterais
tu achèterais
il achèterait
nous achèterions
vous achèteriez
ils achèteraient

Passé 1re forme
j' aurais acheté
tu aurais acheté
il aurait acheté
ns aurions acheté
vs auriez acheté
ils auraient acheté

Passé 2e forme
j' eusse acheté
tu eusses acheté
il eût acheté
ns eussions acheté
vs eussiez acheté
ils eussent acheté

IMPERATIF

Présent
achète achetons achetez

Passé
aie acheté ayons acheté ayez acheté

INFINITIF

Présent
acheter

Passé
avoir acheté

PARTICIPE

Présent
achetant

Passé
acheté, ée ayant acheté

18 / JETER / groupe 1

Verbes en -eter du type jeter: tous les verbes qui ne sont pas énumérés en tête du tableau 17.

Les verbes du type **jeter doublent la consonne t devant e muet**: *je jette, je jetterai*, etc., pour marquer l'ouverture de la voyelle **e** qui précède. La différence entre *je jette* et *j'achète* est purement **orthographique**. Phonétiquement, *jeter* et *acheter* (tableau 14) ont la même alternance **e-è**.

INDICATIF

Présent	Passé composé
je jette	j' ai jeté
tu jettes	tu as jeté
il jette	il a jeté
nous jetons	ns avons jeté
vous jetez	vs avez jeté
ils jettent	ils ont jeté

Imparfait	Plus-que-parfait
je jetais	j' avais jeté
tu jetais	tu avais jeté
il jetait	il avait jeté
nous jetions	ns avions jeté
vous jetiez	vs aviez jeté
ils jetaient	ils avaient jeté

Passé simple	Passé antérieur
je jetai	j' eus jeté
tu jetas	tu eus jeté
il jeta	il eut jeté
nous jetâmes	ns eûmes jeté
vous jetâtes	vs eûtes jeté
ils jetèrent	ils eurent jeté

Futur simple	Futur antérieur
je jetterai	j' aurai jeté
tu jetteras	tu auras jeté
il jettera	il aura jeté
nous jetterons	ns aurons jeté
vous jetterez	vs aurez jeté
ils jetteront	ils auront jeté

SUBJONCTIF

Présent
que je jette
que tu jettes
qu' il jette
que ns jetions
que vs jetiez
qu' ils jettent

Imparfait
que je jetasse
que tu jetasses
qu' il jetât
que ns jetassions
que vs jetassiez
qu' ils jetassent

Passé
que j' aie jeté
que tu aies jeté
qu' il ait jeté
que ns ayons jeté
que vs ayez jeté
qu' ils aient jeté

Plus-que-parfait
que j' eusse jeté
que tu eusses jeté
qu' il eût jeté
que ns eussions jeté
que vs eussiez jeté
qu' ils eussent jeté

CONDITIONNEL

Présent	Passé 1re forme	Passé 2e forme
je jetterais	j' aurais jeté	j' eusse jeté
tu jetterais	tu aurais jeté	tu eusses jeté
il jetterait	il aurait jeté	il eût jeté
nous jetterions	ns aurions jeté	ns eussions jeté
vous jetteriez	vs auriez jeté	vs eussiez jeté
ils jetteraient	ils auraient jeté	ils eussent jeté

IMPERATIF

Présent	Passé
jette jetons jetez	aie jeté ayons jeté ayez jeté

INFINITIF

Présent	Passé
jeter	avoir jeté

PARTICIPE

Présent	Passé
jetant	jeté, ée ayant jeté

groupe 1 / PAYER / 19

Les verbes en **-ayer** peuvent soit conserver partout le **y**: *je paye, tu payes,* etc., soit **remplacer le y par un i devant e muet:** *je paie…, je paierai…, je paierais,* etc. Cette solution, la plus fréquemment adoptée, est obligatoire pour les verbes en **-uyer** (tableau 20) et en **-oyer** (tableau 21).

INDICATIF

Présent
je paie
tu paies
il paie
nous payons
vous payez
ils paient
(ou je paye, etc.)

Imparfait
je payais
tu payais
il payait
nous payions
vous payiez
ils payaient

Passé simple
je payai
tu payas
il paya
nous payâmes
vous payâtes
ils payèrent

Futur simple
je paierai
tu paieras
il paiera
nous paierons
vous paierez
ils paieront
(ou je payerai, etc.)

Passé composé
j' ai payé
tu as payé
il a payé
ns avons payé
vs avez payé
ils ont payé

Plus-que-parfait
j' avais payé
tu avais payé
il avait payé
ns avions payé
vs aviez payé
ils avaient payé

Passé antérieur
j' eus payé
tu eus payé
il eut payé
ns eûmes payé
vs eûtes payé
ils eurent payé

Futur antérieur
j' aurai payé
tu auras payé
il aura payé
ns aurons payé
vs aurez payé
ils auront payé

SUBJONCTIF

Présent
que je paie
que tu paies
qu' il paie
que ns payions
que vs payiez
qu' ils paient
(ou que je paye, etc.)

Imparfait
que je payasse
que tu payasses
qu' il payât
que ns payassions
que vs payassiez
qu' ils payassent

Passé
que j' aie payé
que tu aies payé
qu' il ait payé
que ns ayons payé
que vs ayez payé
qu' ils aient payé

Plus-que-parfait
que j' eusse payé
que tu eusses payé
qu' il eût payé
que ns eussions payé
que vs eussiez payé
qu' ils eussent payé

CONDITIONNEL

Présent
je paierais
tu paierais
il paierait
nous paierions
vous paieriez
ils paieraient
(ou je payerais, etc.)

Passé 1re forme
j' aurais payé
tu aurais payé
il aurait payé
ns aurions payé
vs auriez payé
ils auraient payé

Passé 2e forme
j' eusse payé
tu eusses payé
il eût payé
ns eussions payé
vs eussiez payé
ils eussent payé

IMPÉRATIF

Présent
paie (paye) payons payez

Passé
aie payé ayons payé ayez payé

INFINITIF

Présent payer
Passé avoir payé

PARTICIPE

Présent payant
Passé payé, ée   ayant payé

20 / ESSUYER / groupe 1

Tous les verbes en **-uyer** changent le **y** du radical en **i** devant **e muet**: *j'essuie, tu essuies, il essuie, ils essuient, que j'essuie…, j'essuierai…, j'essuierais…, essuie.*

INDICATIF

Présent
j'   essuie
tu   essuies
il   essuie
nous essuyons
vous essuyez
ils   essuient

Imparfait
j'   essuyais
tu   essuyais
il   essuyait
nous essuyions
vous essuyiez
ils   essuyaient

Passé simple
j'   essuyai
tu   essuyas
il   essuya
nous essuyâmes
vous essuyâtes
ils   essuyèrent

Futur simple
j'   essuierai
tu   essuieras
il   essuiera
nous essuierons
vous essuierez
ils   essuieront

Passé composé
j'   ai   essuyé
tu   as   essuyé
il   a   essuyé
ns   avons   essuyé
vs   avez   essuyé
ils   ont   essuyé

Plus-que-parfait
j'   avais   essuyé
tu   avais   essuyé
il   avait   essuyé
ns   avions   essuyé
vs   aviez   essuyé
ils   avaient essuyé

Passé antérieur
j'   eus   essuyé
tu   eus   essuyé
il   eut   essuyé
ns   eûmes   essuyé
vs   eûtes   essuyé
ils   eurent   essuyé

Futur antérieur
j'   aurai   essuyé
tu   auras   essuyé
il   aura   essuyé
ns   aurons   essuyé
vs   aurez   essuyé
ils   auront   essuyé

SUBJONCTIF

Présent
que j'   essuie
que tu   essuies
qu' il   essuie
que ns   essuyions
que vs   essuyiez
qu' ils   essuient

Imparfait
que j'   essuyasse
que tu   essuyasses
qu' il   essuyât
que ns   essuyassions
que vs   essuyassiez
qu' ils   essuyassent

Passé
que j'   aie   essuyé
que tu   aies   essuyé
qu' il   ait   essuyé
que ns   ayons essuyé
que vs   ayez   essuyé
qu' ils   aient essuyé

Plus-que-parfait
que j'   eusse   essuyé
que tu   eusses essuyé
qu' il   eût   essuyé
que ns   eussions essuyé
que vs   eussiez essuyé
qu' ils   eussent essuyé

CONDITIONNEL

Présent
j'   essuierais
tu   essuierais
il   essuierait
nous essuierions
vous essuieriez
ils   essuieraient

Passé 1re forme
j'   aurais   essuyé
tu   aurais   essuyé
il   aurait   essuyé
ns   aurions   essuyé
vs   auriez   essuyé
ils   auraient essuyé

Passé 2e forme
j'   eusse   essuyé
tu   eusses   essuyé
il   eût   essuyé
ns   eussions essuyé
vs   eussiez essuyé
ils   eussent essuyé

IMPÉRATIF

Présent
essuie   essuyons   essuyez

Passé
aie essuyé   ayons essuyé   ayez essuyé

INFINITIF

Présent   **Passé**
essuyer   avoir essuyé

PARTICIPE

Présent   **Passé**
essuyant   essuyé, ée   ayant essuyé

groupe 1 / EMPLOYER / 21

Tous les verbes en **-oyer** changent le **y** du radical en **i** devant **e muet**: *j'emploie, tu emploies, il emploie, ils emploient, que j'emploie…, j'emploierai…, j'emploierais…, emploie.*
Employer est le plus utilisé de ces verbes.
Une seule exception: **envoyer** et **renvoyer** qui ont un futur et un conditionnel irréguliers (voir tableau 22).

INDICATIF

Présent
j'   emploie
tu   emploies
il   emploie
nous employons
vous employez
ils   emploient

Passé composé
j'   ai   employé
tu   as   employé
il   a   employé
ns   avons employé
vs   avez employé
ils ont   employé

Imparfait
j'   employais
tu   employais
il   employait
nous employions
vous employiez
ils   employaient

Plus-que-parfait
j'   avais   employé
tu   avais   employé
il   avait   employé
ns   avions employé
vs   aviez   employé
ils avaient employé

Passé simple
j'   employai
tu   employas
il   employa
nous employâmes
vous employâtes
ils   employèrent

Passé antérieur
j'   eus   employé
tu   eus   employé
il   eut   employé
ns   eûmes employé
vs   eûtes employé
ils eurent employé

Futur simple
j'   emploierai
tu   emploieras
il   emploiera
nous emploierons
vous emploierez
ils   emploieront

Futur antérieur
j'   aurai   employé
tu   auras   employé
il   aura   employé
ns   aurons employé
vs   aurez   employé
ils auront employé

SUBJONCTIF

Présent
que j'   emploie
que tu   emploies
qu' il   emploie
que ns   employions
que vs   employiez
qu' ils emploient

Imparfait
que j'   employasse
que tu   employasses
qu' il   employât
que ns   employassions
que vs   employassiez
qu' ils employassent

Passé
que j'   aie   employé
que tu   aies employé
qu' il   ait   employé
que ns   ayons employé
que vs   ayez employé
qu' ils aient employé

Plus-que-parfait
que j'   eusse   employé
que tu   eusses   employé
qu' il   eût   employé
que ns   eussions employé
que vs   eussiez employé
qu' ils eussent employé

CONDITIONNEL

Présent
j'   emploierais
tu   emploierais
il   emploierait
nous emploierions
vous emploieriez
ils   emploieraient

Passé 1re forme
j'   aurais   employé
tu   aurais   employé
il   aurait   employé
ns   aurions employé
vs   auriez   employé
ils auraient employé

Passé 2e forme
j'   eusse   employé
tu   eusses   employé
il   eût   employé
ns   eussions employé
vs   eussiez employé
ils eussent employé

IMPERATIF

Présent
emploie   employons   employez

Passé
aie employé   ayons, ayez employé

INFINITIF

Présent   **Passé**
employer   avoir employé

PARTICIPE

Présent   **Passé**
employant   employé, ée   ayant employé

22 / ENVOYER et RENVOYER / groupe 1

Envoyer et **renvoyer** se conjuguent comme **employer** (tableau 21), sauf au futur et au conditionnel qui font : *j'enverrai…* et *j'enverrais…*

INDICATIF | SUBJONCTIF

Présent
j'   envoie
tu   envoies
il   envoie
nous envoyons
vous envoyez
ils   envoient

Passé composé
j' ai   envoyé
tu as   envoyé
il a   envoyé
ns avons   envoyé
vs avez   envoyé
ils ont   envoyé

Présent
que j'   envoie
que tu   envoies
qu' il   envoie
que ns   envoyions
que vs   envoyiez
qu' ils envoient

Imparfait
j'   envoyais
tu   envoyais
il   envoyait
nous envoyions
vous envoyiez
ils   envoyaient

Plus-que-parfait
j' avais   envoyé
tu avais   envoyé
il avait   envoyé
ns avions envoyé
vs aviez   envoyé
ils avaient envoyé

Imparfait
que j'   envoyasse
que tu   envoyasses
qu' il   envoyât
que ns   envoyassions
que vs   envoyassiez
qu' ils envoyassent

Passé simple
j'   envoyai
tu   envoyas
il   envoya
nous envoyâmes
vous envoyâtes
ils   envoyèrent

Passé antérieur
j' eus   envoyé
tu eus   envoyé
il eut   envoyé
ns eûmes   envoyé
vs eûtes   envoyé
ils eurent envoyé

Passé
que j'   aie   envoyé
que tu   aies   envoyé
qu' il   ait   envoyé
que ns   ayons envoyé
que vs   ayez   envoyé
qu' ils aient envoyé

Futur simple
j'   enverrai
tu   enverras
il   enverra
nous enverrons
vous enverrez
ils   enverront

Futur antérieur
j' aurai   envoyé
tu auras   envoyé
il aura   envoyé
ns aurons envoyé
vs aurez   envoyé
ils auront envoyé

Plus-que-parfait
que j'   eusse   envoyé
que tu   eusses   envoyé
qu' il   eût   envoyé
que ns   eussions envoyé
que vs   eussiez envoyé
qu' ils eussent envoyé

CONDITIONNEL

Présent
j'   enverrais
tu   enverrais
il   enverrait
nous enverrions
vous enverriez
ils   enverraient

Passé 1re forme
j' aurais   envoyé
tu aurais   envoyé
il aurait   envoyé
ns aurions envoyé
vs auriez   envoyé
ils auraient envoyé

Passé 2e forme
j' eusse   envoyé
tu eusses   envoyé
il eût   envoyé
ns eussions envoyé
vs eussiez envoyé
ils eussent envoyé

IMPÉRATIF

Présent
envoie   envoyons   envoyez

Passé
aie envoyé   ayons, ayez envoyé

INFINITIF | PARTICIPE

Présent   **Passé**
envoyer   avoir envoyé

Présent   **Passé**
envoyant   envoyé, ée   ayant envoyé

groupe 2 / FINIR / 23

Les verbes en **-ir (-issant)** ont une conjugaison absolument régulière.

INDICATIF

Présent
je finis
tu finis
il finit
nous finissons
vous finissez
ils finissent

Passé composé
j' ai fini
tu as fini
il a fini
ns avons fini
vs avez fini
ils ont fini

Imparfait
je finissais
tu finissais
il finissait
nous finissions
vous finissiez
ils finissaient

Plus-que-parfait
j' avais fini
tu avais fini
il avait fini
ns avions fini
vs aviez fini
ils avaient fini

Passé simple
je finis
tu finis
il finit
nous finîmes
vous finîtes
ils finirent

Passé antérieur
j' eus fini
tu eus fini
il eut fini
ns eûmes fini
vs eûtes fini
ils eurent fini

Futur simple
je finirai
tu finiras
il finira
nous finirons
vous finirez
ils finiront

Futur antérieur
j' aurai fini
tu auras fini
il aura fini
ns aurons fini
vs aurez fini
ils auront fini

SUBJONCTIF

Présent
que je finisse
que tu finisses
qu' il finisse
que ns finissions
que vs finissiez
qu' ils finissent

Imparfait
que je finisse
que tu finisses
qu' il finît
que ns finissions
que vs finissiez
qu' ils finissent

Passé
que j' aie fini
que tu aies fini
qu' il ait fini
que ns ayons fini
que vs ayez fini
qu' ils aient fini

Plus-que-parfait
que j' eusse fini
que tu eusses fini
qu' il eût fini
que ns eussions fini
que vs eussiez fini
qu' ils eussent fini

CONDITIONNEL

Présent
je finirais
tu finirais
il finirait
nous finirions
vous finiriez
ils finiraient

Passé 1re forme
j' aurais fini
tu aurais fini
il aurait fini
ns aurions fini
vs auriez fini
ils auraient fini

Passé 2e forme
j' eusse fini
tu eusses fini
il eût fini
ns eussions fini
vs eussiez fini
ils eussent fini

IMPERATIF

Présent
finis   finissons   finissez

Passé
aie fini   ayons fini   ayez fini

INFINITIF

Présent
finir

Passé
avoir fini

PARTICIPE

Présent
finissant

Passé
fini, ie   ayant fini

24 / HAÏR / groupe 2

Haïr prend partout le tréma, sauf dans : *je hais, tu hais, il hait* et *hais!*
Le tréma étant incompatible avec l'accent circonflexe, on a donc : *nous haïmes* et *vous haïtes*, passé simple, ainsi que : *qu'il haït*, subjonctif imparfait.

INDICATIF

Présent		Passé composé		
je	hais	j'	ai	haï
tu	hais	tu	as	haï
il	hait	il	a	haï
nous	haïssons	ns	avons	haï
vous	haïssez	vs	avez	haï
ils	haïssent	ils	ont	haï

Imparfait		Plus-que-parfait		
je	haïssais	j'	avais	haï
tu	haïssais	tu	avais	haï
il	haïssait	il	avait	haï
nous	haïssions	ns	avions	haï
vous	haïssiez	vs	aviez	haï
ils	haïssaient	ils	avaient	haï

Passé simple		Passé antérieur		
je	haïs	j'	eus	haï
tu	haïs	tu	eus	haï
il	haït	il	eut	haï
nous	haïmes	ns	eûmes	haï
vous	haïtes	vs	eûtes	haï
ils	haïrent	ils	eurent	haï

Futur simple		Futur antérieur		
je	haïrai	j'	aurai	haï
tu	haïras	tu	auras	haï
il	haïra	il	aura	haï
nous	haïrons	ns	aurons	haï
vous	haïrez	vs	aurez	haï
ils	haïront	ils	auront	haï

SUBJONCTIF

Présent		
que je	haïsse	
que tu	haïsses	
qu' il	haïsse	
que ns	haïssions	
que vs	haïssiez	
qu' ils	haïssent	

Imparfait		
que je	haïsse	
que tu	haïsses	
qu' il	haït	
que ns	haïssions	
que vs	haïssiez	
qu' ils	haïssent	

Passé		
que j'	aie	haï
que tu	aies	haï
qu' il	ait	haï
que ns	ayons	haï
que vs	ayez	haï
qu' ils	aient	haï

Plus-que-parfait		
que j'	eusse	haï
que tu	eusses	haï
qu' il	eût	haï
que ns	eussions	haï
que vs	eussiez	haï
qu' ils	eussent	haï

CONDITIONNEL

Présent		Passé 1re forme			Passé 2e forme		
je	haïrais	j'	aurais	haï	j'	eusse	haï
tu	haïrais	tu	aurais	haï	tu	eusses	haï
il	haïrait	il	aurait	haï	il	eût	haï
nous	haïrions	ns	aurions	haï	ns	eussions	haï
vous	haïriez	vs	auriez	haï	vs	eussiez	haï
ils	haïraient	ils	auraient	haï	ils	eussent	haï

IMPERATIF

Présent			Passé		
hais	haïssons	haïssez	aie haï	ayons haï	ayez haï

INFINITIF

Présent	Passé
haïr	avoir haï

PARTICIPE

Présent	Passé
haïssant	haï, ïe ayant haï

groupe 3 / ALLER

Ce verbe, **un des plus fréquents** parmi les verbes irréguliers (en deuxième position après **faire**), est aussi **un des plus irréguliers**. Il a six radicaux : [vɛ, va, a, vɔ̃, ir, aj]. Attention ! l'auxiliaire est **être**.
À l'impératif, notez bien : *vas-y !* en face de *va !* **S'en aller** fait à l'impératif : *va-t-en !, allons-nous-en !, allez-vous-en !* On évite généralement le passé composé : *je m'en suis allé,* etc., en tournant autrement, *je suis parti,* etc.

INDICATIF

Présent	Passé composé
je vais	je suis allé
tu vas	tu es allé
il va	il est allé
nous allons	ns sommes allés
vous allez	vs êtes allés
ils vont	ils sont allés

Imparfait	Plus-que-parfait
j' allais	j' étais allé
tu allais	tu étais allé
il allait	il était allé
nous allions	ns étions allés
vous alliez	vs étiez allés
ils allaient	ils étaient allés

Passé simple	Passé antérieur
j' allai	je fus allé
tu allas	tu fus allé
il alla	il fut allé
nous allâmes	ns fûmes allés
vous allâtes	vs fûtes allés
ils allèrent	ils furent allés

Futur simple	Futur antérieur
j' irai	je serai allé
tu iras	tu seras allé
il ira	il sera allé
nous irons	ns serons allés
vous irez	vs serez allés
ils iront	ils seront allés

SUBJONCTIF

Présent
que j' aille
que tu ailles
qu' il aille
que ns allions
que vs alliez
qu' ils aillent

Imparfait
que j' allasse
que tu allasses
qu' il allât
que ns allassions
que vs allassiez
qu' ils allassent

Passé
que je sois allé
que tu sois allé
qu' il soit allé
que ns soyons allés
que vs soyez allés
qu' ils soient allés

Plus-que-parfait
que je fusse allé
que tu fusses allé
qu' il fût allé
que ns fussions allés
que vs fussiez allés
qu' ils fussent allés

CONDITIONNEL

Présent	Passé 1re forme	Passé 2e forme
j' irais	je serais allé	je fusse allé
tu irais	tu serais allé	tu fusses allé
il irait	il serait allé	il fût allé
nous irions	ns serions allés	ns fussions allés
vous iriez	vs seriez allés	vs fussiez allés
ils iraient	ils seraient allés	ils fussent allés

IMPÉRATIF

Présent	Passé
va allons allez	sois allé soyons allés soyez allés

INFINITIF

Présent	Passé
aller	être allé

PARTICIPE

Présent	Passé
allant	allé, ée étant allé

26 / TENIR / groupe 3.1

Les verbes en **-enir** sont les très nombreux composés de
– **tenir**: abstenir (s'), appartenir, contenir, détenir, entretenir, maintenir, obtenir, retenir, soutenir.
– **venir**: advenir, circonvenir, contrevenir, convenir, devenir, disconvenir, intervenir, obvenir, parvenir, prévenir, provenir, redevenir, ressouvenir (se), revenir, souvenir (se), subvenir, survenir.

INDICATIF

Présent
je tiens
tu tiens
il tient
nous tenons
vous tenez
ils tiennent

Passé composé
j' ai tenu
tu as tenu
il a tenu
ns avons tenu
vs avez tenu
ils ont tenu

Imparfait
je tenais
tu tenais
il tenait
nous tenions
vous teniez
ils tenaient

Plus-que-parfait
j' avais tenu
tu avais tenu
il avait tenu
ns avions tenu
vs aviez tenu
ils avaient tenu

Passé simple
je tins
tu tins
il tint
nous tînmes
vous tîntes
ils tinrent

Passé antérieur
j' eus tenu
tu eus tenu
il eut tenu
ns eûmes tenu
vs eûtes tenu
ils eurent tenu

Futur simple
je tiendrai
tu tiendras
il tiendra
nous tiendrons
vous tiendrez
ils tiendront

Futur antérieur
j' aurai tenu
tu auras tenu
il aura tenu
ns aurons tenu
vs aurez tenu
ils auront tenu

SUBJONCTIF

Présent
que je tienne
que tu tiennes
qu' il tienne
que ns tenions
que vs teniez
qu' ils tiennent

Imparfait
que je tinsse
que tu tinsses
qu' il tînt
que ns tinssions
que vs tinssiez
qu' ils tinssent

Passé
que j' aie tenu
que tu aies tenu
qu' il ait tenu
que ns ayons tenu
que vs ayez tenu
qu' ils aient tenu

Plus-que-parfait
que j' eusse tenu
que tu eusses tenu
qu' il eût tenu
que ns eussions tenu
que vs eussiez tenu
qu' ils eussent tenu

CONDITIONNEL

Présent
je tiendrais
tu tiendrais
il tiendrait
nous tiendrions
vous tiendriez
ils tiendraient

Passé 1re forme
j' aurais tenu
tu aurais tenu
il aurait tenu
ns aurions tenu
vs auriez tenu
ils auraient tenu

Passé 2e forme
j' eusse tenu
tu eusses tenu
il eût tenu
ns eussions tenu
vs eussiez tenu
ils eussent tenu

IMPERATIF

Présent
tiens   tenons   tenez

Passé
aie tenu   ayons tenu   ayez tenu

INFINITIF

Présent
tenir

Passé
avoir tenu

PARTICIPE

Présent
tenant

Passé
tenu, ue   ayant tenu

groupe 3.1 / SENTIR / 27

Se conjuguent sur ce type presque **tous les verbes en -tir**, c'est-à-dire : **sentir, consentir, pressentir, ressentir** ; **mentir, démentir** ; **partir, départir, repartir** ; **repentir (se)** ; **sortir, ressortir**.
Les seuls verbes en **-tir** qui se conjuguent autrement que **sentir** sont **vêtir** et ses composés (voir tableau 28).

INDICATIF

Présent
je sens
tu sens
il sent
nous sentons
vous sentez
ils sentent

Passé composé
j' ai senti
tu as senti
il a senti
ns avons senti
vs avez senti
ils ont senti

Imparfait
je sentais
tu sentais
il sentait
nous sentions
vous sentiez
ils sentaient

Plus-que-parfait
j' avais senti
tu avais senti
il avait senti
ns avions senti
vs aviez senti
ils avaient senti

Passé simple
je sentis
tu sentis
il sentit
nous sentîmes
vous sentîtes
ils sentirent

Passé antérieur
j' eus senti
tu eus senti
il eut senti
ns eûmes senti
vs eûtes senti
ils eurent senti

Futur simple
je sentirai
tu sentiras
il sentira
nous sentirons
vous sentirez
ils sentiront

Futur antérieur
j' aurai senti
tu auras senti
il aura senti
ns aurons senti
vs aurez senti
ils auront senti

SUBJONCTIF

Présent
que je sente
que tu sentes
qu' il sente
que ns sentions
que vs sentiez
qu' ils sentent

Imparfait
que je sentisse
que tu sentisses
qu' il sentît
que ns sentissions
que vs sentissiez
qu' ils sentissent

Passé
que j' aie senti
que tu aies senti
qu' il ait senti
que ns ayons senti
que vs ayez senti
qu' ils aient senti

Plus-que-parfait
que j' eusse senti
que tu eusses senti
qu' il eût senti
que ns eussions senti
que vs eussiez senti
qu' ils eussent senti

CONDITIONNEL

Présent
je sentirais
tu sentirais
il sentirait
nous sentirions
vous sentiriez
ils sentiraient

Passé 1re forme
j' aurais senti
tu aurais senti
il aurait senti
ns aurions senti
vs auriez senti
ils auraient senti

Passé 2e forme
j' eusse senti
tu eusses senti
il eût senti
ns eussions senti
vs eussiez senti
ils eussent senti

IMPERATIF

Présent
sens   sentons   sentez

Passé
aie senti   ayons senti   ayez senti

INFINITIF

Présent
sentir

Passé
avoir senti

PARTICIPE

Présent
sentant

Passé
senti, ie   ayant senti

28 / VÊTIR / groupe 3.1

Se conjuguent sur **vêtir** ses composés : **dévêtir**, **revêtir**. Ces verbes se distinguent des autres verbes en **-tir** qui se conjuguent sur **sentir** (tableau 27).
Attention aux formes : *je vêts, tu vêts, vêtu, vêts*.
Ces difficultés de la conjugaison expliquent le remplacement fréquent de **vêtir** par **habiller** (quelqu'un) ou **mettre** un vêtement, de **se vêtir** par **s'habiller**, de **dévêtir** par **déshabiller**.

INDICATIF

Présent
je vêts
tu vêts
il vêt
nous vêtons
vous vêtez
ils vêtent

Passé composé
j' ai vêtu
tu as vêtu
il a vêtu
ns avons vêtu
vs avez vêtu
ils ont vêtu

Imparfait
je vêtais
tu vêtais
il vêtait
nous vêtions
vous vêtiez
ils vêtaient

Plus-que-parfait
j' avais vêtu
tu avais vêtu
il avait vêtu
ns avions vêtu
vs aviez vêtu
ils avaient vêtu

Passé simple
je vêtis
tu vêtis
il vêtit
nous vêtîmes
vous vêtîtes
ils vêtirent

Passé antérieur
j' eus vêtu
tu eus vêtu
il eut vêtu
ns eûmes vêtu
vs eûtes vêtu
ils eurent vêtu

Futur simple
je vêtirai
tu vêtiras
il vêtira
nous vêtirons
vous vêtirez
ils vêtiront

Futur antérieur
j' aurai vêtu
tu auras vêtu
il aura vêtu
ns aurons vêtu
vs aurez vêtu
ils auront vêtu

SUBJONCTIF

Présent
que je vête
que tu vêtes
qu' il vête
que ns vêtions
que vs vêtiez
qu' ils vêtent

Imparfait
que je vêtisse
que tu vêtisses
qu' il vêtît
que ns vêtissions
que vs vêtissiez
qu' ils vêtissent

Passé
que j' aie vêtu
que tu aies vêtu
qu' il ait vêtu
que ns ayons vêtu
que vs ayez vêtu
qu' ils aient vêtu

Plus-que-parfait
que j' eusse vêtu
que tu eusses vêtu
qu' il eût vêtu
que ns eussions vêtu
que vs eussiez vêtu
qu' ils eussent vêtu

CONDITIONNEL

Présent
je vêtirais
tu vêtirais
il vêtirait
nous vêtirions
vous vêtiriez
ils vêtiraient

Passé 1re forme
j' aurais vêtu
tu aurais vêtu
il aurait vêtu
ns aurions vêtu
vs auriez vêtu
ils auraient vêtu

Passé 2e forme
j' eusse vêtu
tu eusses vêtu
il eût vêtu
ns eussions vêtu
vs eussiez vêtu
ils eussent vêtu

IMPÉRATIF

Présent
vêts vêtons vêtez

Passé
aie vêtu ayons vêtu ayez vêtu

INFINITIF

Présent vêtir
Passé avoir vêtu

PARTICIPE

Présent vêtant
Passé vêtu, ue ayant vêtu

groupe 3.1 / COURIR / 29

Se conjuguent sur ce type les sept dérivés de **courir** : **accourir, concourir, discourir, encourir, parcourir, recourir, secourir**. On distinguera nettement ces verbes de **mourir** (tableau 30) et des verbes en **-vrir** et **-frir** (tableau 31).
Au futur simple et au conditionnel présent, on prendra bien soin d'écrire deux **r** (*courrai, courrais*) et de les faire sentir dans la prononciation.

INDICATIF

Présent		Passé composé		
je	cours	j'	ai	couru
tu	cours	tu	as	couru
il	court	il	a	couru
nous	courons	ns	avons	couru
vous	courez	vs	avez	couru
ils	courent	ils	ont	couru

Imparfait		Plus-que-parfait		
je	courais	j'	avais	couru
tu	courais	tu	avais	couru
il	courait	il	avait	couru
nous	courions	ns	avions	couru
vous	couriez	vs	aviez	couru
ils	couraient	ils	avaient	couru

Passé simple		Passé antérieur		
je	courus	j'	eus	couru
tu	courus	tu	eus	couru
il	courut	il	eut	couru
nous	courûmes	ns	eûmes	couru
vous	courûtes	vs	eûtes	couru
ils	coururent	ils	eurent	couru

Futur simple		Futur antérieur		
je	courrai	j'	aurai	couru
tu	courras	tu	auras	couru
il	courra	il	aura	couru
nous	courrons	ns	aurons	couru
vous	courrez	vs	aurez	couru
ils	courront	ils	auront	couru

SUBJONCTIF

Présent		
que je	coure	
que tu	coures	
qu' il	coure	
que ns	courions	
que vs	couriez	
qu' ils	courent	

Imparfait		
que je	courusse	
que tu	courusses	
qu' il	courût	
que ns	courussions	
que vs	courussiez	
qu' ils	courussent	

Passé		
que j'	aie	couru
que tu	aies	couru
qu' il	ait	couru
que ns	ayons	couru
que vs	ayez	couru
qu' ils	aient	couru

Plus-que-parfait		
que j'	eusse	couru
que tu	eusses	couru
qu' il	eût	couru
que ns	eussions	couru
que vs	eussiez	couru
qu' ils	eussent	couru

CONDITIONNEL

Présent		Passé 1re forme			Passé 2e forme		
je	courrais	j'	aurais	couru	j'	eusse	couru
tu	courrais	tu	aurais	couru	tu	eusses	couru
il	courrait	il	aurait	couru	il	eût	couru
nous	courrions	ns	aurions	couru	ns	eussions	couru
vous	courriez	vs	auriez	couru	vs	eussiez	couru
ils	courraient	ils	auraient	couru	ils	eussent	couru

IMPÉRATIF

Présent			Passé		
cours	courons	courez	aie couru	ayons couru	ayez couru

INFINITIF

Présent	Passé
courir	avoir couru

PARTICIPE

Présent	Passé	
courant	couru, ue	ayant couru

30 / MOURIR / groupe 3.1

Pour les autres verbes en **-rir**, voir les tableaux 29 et 31.
Attention à l'auxiliaire **être**: *je suis mort*, etc., ainsi qu'au double **r** de *mourrai, mourrais…* (comme *courrai, courrais…*), qui se fait sentir dans la prononciation.

INDICATIF

Présent
je meurs
tu meurs
il meurt
nous mourons
vous mourez
ils meurent

Passé composé
je suis mort
tu es mort
il est mort
ns sommes morts
vs êtes morts
ils sont morts

Imparfait
je mourais
tu mourais
il mourait
nous mourions
vous mouriez
ils mouraient

Plus-que-parfait
j' étais mort
tu étais mort
il était mort
ns étions morts
vs étiez morts
ils étaient morts

Passé simple
je mourus
tu mourus
il mourut
nous mourûmes
vous mourûtes
ils moururent

Passé antérieur
je fus mort
tu fus mort
il fut mort
ns fûmes morts
vs fûtes morts
ils furent morts

Futur simple
je mourrai
tu mourras
il mourra
nous mourrons
vous mourrez
ils mourront

Futur antérieur
je serai mort
tu seras mort
il sera mort
ns serons morts
vs serez morts
ils seront morts

SUBJONCTIF

Présent
que je meure
que tu meures
qu' il meure
que ns mourions
que vs mouriez
qu' ils meurent

Imparfait
que je mourusse
que tu mourusses
qu' il mourût
que ns mourussions
que vs mourussiez
qu' ils mourussent

Passé
que je sois mort
que tu sois mort
qu' il soit mort
que ns soyons morts
que vs soyez morts
qu' ils soient morts

Plus-que-parfait
que je fusse mort
que tu fusses mort
qu' il fût mort
que ns fussions morts
que vs fussiez morts
qu' ils fussent morts

CONDITIONNEL

Présent
je mourrais
tu mourrais
il mourrait
nous mourrions
vous mourriez
ils mourraient

Passé 1ʳᵉ forme
je serais mort
tu serais mort
il serait mort
ns serions morts
vs seriez morts
ils seraient morts

Passé 2ᵉ forme
je fusse mort
tu fusses mort
il fût mort
ns fussions morts
vs fussiez morts
ils fussent morts

IMPERATIF

Présent
meurs mourons mourez

Passé
sois mort soyons morts soyez morts

INFINITIF

Présent
mourir

Passé
être mort

PARTICIPE

Présent
mourant

Passé
mort, te étant mort

groupe 3.1 / COUVRIR / 31

Les verbes en **-vrir** et **-frir** qui se conjuguent sur ce type sont : **découvrir, recouvrir** ; **offrir** ; **ouvrir, entrouvrir, rentrouvrir, rouvrir** ; **souffrir**.

Le radical se terminant par deux consonnes inséparables dans la prononciation, il était impossible, du temps où on prononçait les finales, d'articuler une troisième consonne. Cela a exclu les terminaisons habituelles du groupe 3 au présent de l'indicatif **-s, -s, -t** et amené les finales du groupe 1 **-e, -es, -e**.

INDICATIF | SUBJONCTIF

Présent	**Passé composé**	**Présent**
je couvre	j' ai couvert	que je couvre
tu couvres	tu as couvert	que tu couvres
il couvre	il a couvert	qu' il couvre
nous couvrons	ns avons couvert	que ns couvrions
vous couvrez	vs avez couvert	que vs couvriez
ils couvrent	ils ont couvert	qu' ils couvrent

Imparfait	**Plus-que-parfait**	**Imparfait**
je couvrais	j' avais couvert	que je couvrisse
tu couvrais	tu avais couvert	que tu couvrisses
il couvrait	il avait couvert	qu' il couvrît
nous couvrions	ns avions couvert	que ns couvrissions
vous couvriez	vs aviez couvert	que vs couvrissiez
ils couvraient	ils avaient couvert	qu' ils couvrissent

Passé simple	**Passé antérieur**	**Passé**
je couvris	j' eus couvert	que j' aie couvert
tu couvris	tu eus couvert	que tu aies couvert
il couvrit	il eut couvert	qu' il ait couvert
nous couvrîmes	ns eûmes couvert	que ns ayons couvert
vous couvrîtes	vs eûtes couvert	que vs ayez couvert
ils couvrirent	ils eurent couvert	qu' ils aient couvert

Futur simple	**Futur antérieur**	**Plus-que-parfait**
je couvrirai	j' aurai couvert	que j' eusse couvert
tu couvriras	tu auras couvert	que tu eusses couvert
il couvrira	il aura couvert	qu' il eût couvert
nous couvrirons	ns aurons couvert	que ns eussions couvert
vous couvrirez	vs aurez couvert	que vs eussiez couvert
ils couvriront	ils auront couvert	qu' ils eussent couvert

CONDITIONNEL

Présent	**Passé 1re forme**	**Passé 2e forme**
je couvrirais	j' aurais couvert	j' eusse couvert
tu couvrirais	tu aurais couvert	tu eusses couvert
il couvrirait	il aurait couvert	il eût couvert
nous couvririons	ns aurions couvert	ns eussions couvert
vous couvririez	vs auriez couvert	vs eussiez couvert
ils couvriraient	ils auraient couvert	ils eussent couvert

IMPÉRATIF

Présent			**Passé**
couvre	couvrons	couvrez	aie couvert	ayons, ayez couvert

INFINITIF | PARTICIPE

Présent	**Passé**	**Présent**	**Passé**
couvrir	avoir couvert	couvrant	couvert, te — ayant couvert

32 / SERVIR / groupe 3.1

Les composés de **servir** qui se conjuguent sur ce type sont **desservir** et **resservir**. Il existe un troisième composé de **servir**: **asservir**, mais il est passé du groupe 3.1 au groupe 2 régulier et se conjugue donc comme **finir**: *nous asservissons, asservissant*, etc. (voir tableau 23).

INDICATIF

Présent
je sers
tu sers
il sert
nous servons
vous servez
ils servent

Passé composé
j' ai servi
tu as servi
il a servi
ns avons servi
vs avez servi
ils ont servi

Imparfait
je servais
tu servais
il servait
nous servions
vous serviez
ils servaient

Plus-que-parfait
j' avais servi
tu avais servi
il avait servi
ns avions servi
vs aviez servi
ils avaient servi

Passé simple
je servis
tu servis
il servit
nous servîmes
vous servîtes
ils servirent

Passé antérieur
j' eus servi
tu eus servi
il eut servi
ns eûmes servi
vs eûtes servi
ils eurent servi

Futur simple
je servirai
tu serviras
il servira
nous servirons
vous servirez
ils serviront

Futur antérieur
j' aurai servi
tu auras servi
il aura servi
ns aurons servi
vs aurez servi
ils auront servi

SUBJONCTIF

Présent
que je serve
que tu serves
qu' il serve
que ns servions
que vs serviez
qu' ils servent

Imparfait
que je servisse
que tu servisses
qu' il servît
que ns servissions
que vs servissiez
qu' ils servissent

Passé
que j' aie servi
que tu aies servi
qu' il ait servi
que ns ayons servi
que vs ayez servi
qu' ils aient servi

Plus-que-parfait
que j' eusse servi
que tu eusses servi
qu' il eût servi
que ns eussions servi
que vs eussiez servi
qu' ils eussent servi

CONDITIONNEL

Présent
je servirais
tu servirais
il servirait
nous servirions
vous serviriez
ils serviront

Passé 1re forme
j' aurais servi
tu aurais servi
il aurait servi
ns aurions servi
vs auriez servi
ils auraient servi

Passé 2e forme
j' eusse servi
tu eusses servi
il eût servi
ns eussions servi
vs eussiez servi
ils eussent servi

IMPERATIF

Présent
sers servons servez

Passé
aie servi ayons servi ayez servi

INFINITIF

Présent **Passé**
servir avoir servi

PARTICIPE

Présent **Passé**
servant servi, ie ayant servi

groupe 3.1 / DORMIR / 33

Se conjugue sur **dormir** la famille de ce verbe : **endormir, redormir, rendormir**. **Dormi** et **redormi** servent à former les temps composés, mais ne sont pas employés comme participes adjectifs. En revanche, on utilise couramment le participe adjectif **endormi** et plus rarement **rendormi** : *une femme endormie*.

INDICATIF

Présent
je dors
tu dors
il dort
nous dormons
vous dormez
ils dorment

Passé composé
j' ai dormi
tu as dormi
il a dormi
ns avons dormi
vs avez dormi
ils ont dormi

Imparfait
je dormais
tu dormais
il dormait
nous dormions
vous dormiez
ils dormaient

Plus-que-parfait
j' avais dormi
tu avais dormi
il avait dormi
ns avions dormi
vs aviez dormi
ils avaient dormi

Passé simple
je dormis
tu dormis
il dormit
nous dormîmes
vous dormîtes
ils dormirent

Passé antérieur
j' eus dormi
tu eus dormi
il eut dormi
ns eûmes dormi
vs eûtes dormi
ils eurent dormi

Futur simple
je dormirai
tu dormiras
il dormira
nous dormirons
vous dormirez
ils dormiront

Futur antérieur
j' aurai dormi
tu auras dormi
il aura dormi
ns aurons dormi
vs aurez dormi
ils auront dormi

SUBJONCTIF

Présent
que je dorme
que tu dormes
qu' il dorme
que ns dormions
que vs dormiez
qu' ils dorment

Imparfait
que je dormisse
que tu dormisses
qu' il dormît
que ns dormissions
que vs dormissiez
qu' ils dormissent

Passé
que j' aie dormi
que tu aies dormi
qu' il ait dormi
que ns ayons dormi
que vs ayez dormi
qu' ils aient dormi

Plus-que-parfait
que j' eusse dormi
que tu eusses dormi
qu' il eût dormi
que ns eussions dormi
que vs eussiez dormi
qu' ils eussent dormi

CONDITIONNEL

Présent
je dormirais
tu dormirais
il dormirait
nous dormirions
vous dormiriez
ils dormiraient

Passé 1re forme
j' aurais dormi
tu aurais dormi
il aurait dormi
ns aurions dormi
vs auriez dormi
ils auraient dormi

Passé 2e forme
j' eusse dormi
tu eusses dormi
il eût dormi
ns eussions dormi
vs eussiez dormi
ils eussent dormi

IMPERATIF

Présent
dors dormons dormez

Passé
aie dormi ayons dormi ayez dormi

INFINITIF

Présent **Passé**
dormir avoir dormi

PARTICIPE

Présent **Passé**
dormant dormi ayant dormi

34 / CUEILLIR / groupe 3.1

Se conjuguent sur **cueillir** les verbes de sa famille: **accueillir, recueillir**. Comme le radical se termine par la semi-voyelle appelée **yod** qui ne peut être suivie dans la prononciation d'une consonne finale, les terminaisons du groupe 3 **-s, -s, -t**, sont exclues et on utilise celles du groupe 1 **-e, -es, -e**.

Attention aux formes du futur et du conditionnel: *cueillerai, cueillerais*. Elles ne sont pas faites sur l'infinitif **cueillir**, mais sur l'indicatif présent: *je cueille*.

INDICATIF

Présent	Passé composé
je cueille	j' ai cueilli
tu cueilles	tu as cueilli
il cueille	il a cueilli
nous cueillons	ns avons cueilli
vous cueillez	vs avez cueilli
ils cueillent	ils ont cueilli

Imparfait	Plus-que-parfait
je cueillais	j' avais cueilli
tu cueillais	tu avais cueilli
il cueillait	il avait cueilli
nous cueillions	ns avions cueilli
vous cueilliez	vs aviez cueilli
ils cueillaient	ils avaient cueilli

Passé simple	Passé antérieur
je cueillis	j' eus cueilli
tu cueillis	tu eus cueilli
il cueillit	il eut cueilli
nous cueillîmes	ns eûmes cueilli
vous cueillîtes	vs eûtes cueilli
ils cueillirent	ils eurent cueilli

Futur simple	Futur antérieur
je cueillerai	j' aurai cueilli
tu cueilleras	tu auras cueilli
il cueillera	il aura cueilli
nous cueillerons	ns aurons cueilli
vous cueillerez	vs aurez cueilli
ils cueilleront	ils auront cueilli

SUBJONCTIF

Présent	
que je cueille	
que tu cueilles	
qu' il cueille	
que ns cueillions	
que vs cueilliez	
qu' ils cueillent	

Imparfait	
que je cueillisse	
que tu cueillisses	
qu' il cueillît	
que ns cueillissions	
que vs cueillissiez	
qu' ils cueillissent	

Passé	
que j' aie cueilli
que tu aies cueilli
qu' il ait cueilli
que ns ayons cueilli
que vs ayez cueilli
qu' ils aient cueilli

Plus-que-parfait	
que j' eusse cueilli
que tu eusses cueilli
qu' il eût cueilli
que ns eussions cueilli
que vs eussiez cueilli
qu' ils eussent cueilli

CONDITIONNEL

Présent	Passé 1re forme	Passé 2e forme
je cueillerais	j' aurais cueilli	j' eusse cueilli
tu cueillerais	tu aurais cueilli	tu eusses cueilli
il cueillerait	il aurait cueilli	il eût cueilli
nous cueillerions	ns aurions cueilli	ns eussions cueilli
vous cueilleriez	vs auriez cueilli	vs eussiez cueilli
ils cueilleraient	ils auraient cueilli	ils eussent cueilli

IMPÉRATIF

Présent			Passé		
cueille	cueillons	cueillez	aie cueilli	ayons cueilli	ayez cueilli

INFINITIF

Présent	Passé
cueillir	avoir cueilli

PARTICIPE

Présent	Passé
cueillant	cueilli, ie ayant cueilli

groupe 3.1 / ASSAILLIR / 35

Se conjuguent sur **assaillir**: **tressaillir** et **défaillir**.
On fera attention au futur en **-irai**: *je tressaillirai, tu défailliras.*

INDICATIF

Présent	Passé composé
j' assaille	j' ai assailli
tu assailles	tu as assailli
il assaille	il a assailli
nous assaillons	ns avons assailli
vous assaillez	vs avez assailli
ils assaillent	ils ont assailli

Imparfait	Plus-que-parfait
j' assaillais	j' avais assailli
tu assaillais	tu avais assailli
il assaillait	il avait assailli
nous assaillions	ns avions assailli
vous assailliez	vs aviez assailli
ils assaillaient	ils avaient assailli

Passé simple	Passé antérieur
j' assaillis	j' eus assailli
tu assaillis	tu eus assailli
il assaillit	il eut assailli
nous assaillîmes	ns eûmes assailli
vous assaillîtes	vs eûtes assailli
ils assaillirent	ils eurent assailli

Futur simple	Futur antérieur
j' assaillirai	j' aurai assailli
tu assailliras	tu auras assailli
il assaillira	il aura assailli
nous assaillirons	ns aurons assailli
vous assaillirez	vs aurez assailli
ils assailliront	ils auront assailli

SUBJONCTIF

Présent
que j' assaille
que tu assailles
qu' il assaille
que ns assaillions
que vs assailliez
qu' ils assaillent

Imparfait
que j' assaillisse
que tu assaillisses
qu' il assaillît
que ns assaillissions
que vs assaillissiez
qu' ils assaillissent

Passé
que j' aie assailli
que tu aies assailli
qu' il ait assailli
que ns ayons assailli
que vs ayez assailli
qu' ils aient assailli

Plus-que-parfait
que j' eusse assailli
que tu eusses assailli
qu' il eût assailli
que ns eussions assailli
que vs eussiez assailli
qu' ils eussent assailli

CONDITIONNEL

Présent	Passé 1re forme	Passé 2e forme
j' assaillirais	j' aurais assailli	j' eusse assailli
tu assaillirais	tu aurais assailli	tu eusses assailli
il assaillirait	il aurait assailli	il eût assailli
nous assaillirions	ns aurions assailli	ns eussions assailli
vous assailliriez	vs auriez assailli	vs eussiez assailli
ils assailliront	ils auraient assailli	ils eussent assailli

IMPERATIF

Présent			Passé		
assaille	assaillons	assaillez	aie assailli	ayons assailli	ayez assailli

INFINITIF

Présent	Passé
assaillir	avoir assailli

PARTICIPE

Présent	Passé	
assaillant	assailli, ie	ayant assailli

35 / FAILLIR / SAILLIR / défectifs

Le verbe **saillir**, vieilli, assez peu usité, est un verbe défectif.

Dans le sens intransitif de *faire saillie, dépasser*, **saillir** se conjugue sur **assaillir**, sauf au futur et au conditionnel d'ailleurs très rares: *saillera, saillerait*. Mais on ne trouve guère en réalité que l'infinitif et les troisièmes personnes du singulier et du pluriel, ainsi que le participe présent adjectif *saillant*: *un fait saillant*.

Dans le sens intransitif de *jaillir*, **saillir** se conjugue sur le type régulier de **finir**. Mais il n'est guère usité qu'à l'infinitif et aux troisièmes personnes du singulier et du pluriel: *l'eau saillissait (jaillissait)*.

Enfin, dans le sens transitif de *s'accoupler avec*, **saillir** se conjugue sur **finir** et peut être employé à toutes les formes.

Le verbe **faillir**, également défectif, se conjugue sur **assaillir**.

Comme semi-auxiliaire suivi de l'infinitif, **faillir** n'est guère utilisé qu'au passé simple: *je faillis tomber,* ainsi qu'aux temps composés: *j'ai failli tomber,* etc.

Dans le sens de *manquer à,* **faillir** est utilisé aux mêmes temps, plus le futur et le conditionnel: *je ne faillirai pas à mon devoir*. La forme **faut** (3e singulier présent indicatif) ne survit que dans la locution rare et archaïque: *le cœur me faut (me manque)*.

Au sens de *faire faillite,* enfin, le verbe se conjugue régulièrement sur **finir**: *quand un commerçant faillit, s'il faillissait*. Mais il est peu utilisé en ce sens, car on préfère employer l'expression: *faire faillite*.

La conjugaison de **faillir** se réduit donc aux temps ci-dessous.

INDICATIF		SUBJONCTIF
Présent (inusité)	**Passé composé** j'ai failli, etc.	**Présent** (inusité)
Imparfait (inusité)	**Plus-que-parfait** j'avais failli, etc.	**Imparfait** que je faillisse, etc.
Passé simple je faillis, etc.	**Passé antérieur** j'eus failli, etc.	**Passé antérieur** que j'aie failli, etc.
Futur simple je faillirai, etc.	**Futur antérieur** j'aurai failli, etc.	**Futur antérieur** que j'eusse failli, etc.

CONDITIONNEL		
Présent je faillirais, etc.	**Passé 1re forme** j'aurais failli, etc.	**Passé 2e forme** j'eusse failli, etc.

IMPÉRATIF	
Présent (inusité)	**Passé** (inusité)

INFINITIF		PARTICIPE	
Présent faillir	**Passé** avoir failli	**Présent** (inusité)	**Passé** failli, ayant failli

groupe 3.1 / FUIR / 36

Se conjugue sur **fuir**, **s'enfuir**, qui prend naturellement l'auxiliaire **être**, comme tous les pronominaux : *je me suis enfui…, je m'étais enfui…*, etc.

Il fait à l'impératif : *enfuis-toi, enfuyons-nous !*

INDICATIF

Présent
je fuis
tu fuis
il fuit
nous fuyons
vous fuyez
ils fuient

Passé composé
j' ai fui
tu as fui
il a fui
ns avons fui
vs avez fui
ils ont fui

Imparfait
je fuyais
tu fuyais
il fuyait
nous fuyions
vous fuyiez
ils fuyaient

Plus-que-parfait
j' avais fui
tu avais fui
il avait fui
ns avions fui
vs aviez fui
ils avaient fui

Passé simple
je fuis
tu fuis
il fuit
nous fuîmes
vous fuîtes
ils fuirent

Passé antérieur
j' eus fui
tu eus fui
il eut fui
ns eûmes fui
vs eûtes fui
ils eurent fui

Futur simple
je fuirai
tu fuiras
il fuira
nous fuirons
vous fuirez
ils fuiront

Futur antérieur
j' aurai fui
tu auras fui
il aura fui
ns aurons fui
vs aurez fui
ils auront fui

SUBJONCTIF

Présent
que je fuie
que tu fuies
qu' il fuie
que ns fuyions
que vs fuyiez
qu' ils fuient

Imparfait
que je fuisse
que tu fuisses
qu' il fuît
que ns fuissions
que vs fuissiez
qu' ils fuissent

Passé
que j' aie fui
que tu aies fui
qu' il ait fui
que ns ayons fui
que vs ayez fui
qu' ils aient fui

Plus-que-parfait
que j' eusse fui
que tu eusses fui
qu' il eût fui
que ns eussions fui
que vs eussiez fui
qu' ils eussent fui

CONDITIONNEL

Présent
je fuirais
tu fuirais
il fuirait
nous fuirions
vous fuiriez
ils fuiraient

Passé 1re forme
j' aurais fui
tu aurais fui
il aurait fui
ns aurions fui
vs auriez fui
ils auraient fui

Passé 2e forme
j' eusse fui
tu eusses fui
il eût fui
ns eussions fui
vs eussiez fui
ils eussent fui

IMPÉRATIF

Présent
fuis   fuyons   fuyez

Passé
aie fui   ayons fui   ayez fui

INFINITIF

Présent
fuir

Passé
avoir fui

PARTICIPE

Présent
fuyant

Passé
fui, e   ayant fui

37 / ACQUÉRIR / groupe 3.1

Se conjuguent sur **acquérir** : **quérir** et ses composés, **conquérir, s'enquérir, reconquir, requérir.** La principale difficulté consiste dans l'alternance **-quier**, **-quér** :
– quand le radical est sous l'accent tonique (en dernière syllabe prononcée), il devient **-quier** : *j'acquiers, tu acquiers, il acquiert, ils acquièrent,* etc. ;
– quand le radical n'est pas sous l'accent tonique, il reste **-quér** : *nous acquérons, vous acquérez,* etc.

INDICATIF

Présent
j'   acquiers
tu   acquiers
il   acquiert
nous acquérons
vous acquérez
ils   acquièrent

Passé composé
j'   ai   acquis
tu   as   acquis
il   a   acquis
ns   avons acquis
vs   avez   acquis
ils   ont   acquis

Imparfait
j'   acquérais
tu   acquérais
il   acquérait
nous acquérions
vous acquériez
ils   acquéraient

Plus-que-parfait
j'   avais   acquis
tu   avais   acquis
il   avait   acquis
ns   avions acquis
vs   aviez   acquis
ils   avaient acquis

Passé simple
j'   acquis
tu   acquis
il   acquit
nous acquîmes
vous acquîtes
ils   acquirent

Passé antérieur
j'   eus   acquis
tu   eus   acquis
il   eut   acquis
ns   eûmes acquis
vs   eûtes acquis
ils   eurent acquis

Futur simple
j'   acquerrai
tu   acquerras
il   acquerra
nous acquerrons
vous acquerrez
ils   acquerront

Futur antérieur
j'   aurai   acquis
tu   auras   acquis
il   aura   acquis
ns   aurons acquis
vs   aurez   acquis
ils   auront   acquis

SUBJONCTIF

Présent
que j'   acquière
que tu   acquières
qu' il   acquière
que ns   acquérions
que vs   acquériez
qu' ils   acquièrent

Imparfait
que j'   acquisse
que tu   acquisses
qu' il   acquît
que ns   acquissions
que vs   acquissiez
qu' ils   acquissent

Passé
que j'   aie   acquis
que tu   aies   acquis
qu' il   ait   acquis
que ns   ayons acquis
que vs   ayez   acquis
qu' ils   aient acquis

Plus-que-parfait
que j'   eusse   acquis
que tu   eusses   acquis
qu' il   eût   acquis
que ns   eussions acquis
que vs   eussiez   acquis
qu' ils   eussent   acquis

CONDITIONNEL

Présent
j'   acquerrais
tu   acquerrais
il   acquerrait
nous acquerrions
vous acquerriez
ils   acquerraient

Passé 1re forme
j'   aurais   acquis
tu   aurais   acquis
il   aurait   acquis
ns   aurions acquis
vs   auriez   acquis
ils   auraient acquis

Passé 2e forme
j'   eusse   acquis
tu   eusses   acquis
il   eût   acquis
ns   eussions acquis
vs   eussiez   acquis
ils   eussent   acquis

IMPÉRATIF

Présent
acquiers   acquérons   acquérez

Passé
aie acquis   ayons acquis   ayez acquis

INFINITIF

Présent
acquérir

Passé
avoir acquis

PARTICIPE

Présent
acquérant

Passé
acquis, ise   ayant acquis

groupe 3.1 / BOUILLIR / 38

Se conjugue sur ce verbe uniquement son composé **débouillir**, transitif, terme technique rare de teinturerie.

Les Français s'arrangent pour employer le moins possible certaines formes difficiles de **bouillir**. Ils tournent alors la difficulté en utilisant les expressions: *faire bouillir* (transitif) et *être en train de bouillir* (intransitif): *je fais bouillir des pommes de terre, elles sont en train de bouillir.*

INDICATIF

Présent
je bous
tu bous
il bout
nous bouillons
vous bouillez
ils bouillent

Passé composé
j' ai bouilli
tu as bouilli
il a bouilli
ns avons bouilli
vs avez bouilli
ils ont bouilli

Imparfait
je bouillais
tu bouillais
il bouillait
nous bouillions
vous bouilliez
ils bouillaient

Plus-que-parfait
j' avais bouilli
tu avais bouilli
il avait bouilli
ns avions bouilli
vs aviez bouilli
ils avaient bouilli

Passé simple
je bouillis
tu bouillis
il bouillit
nous bouillîmes
vous bouillîtes
ils bouillirent

Passé antérieur
j' eus bouilli
tu eus bouilli
il eut bouilli
ns eûmes bouilli
vs eûtes bouilli
ils eurent bouilli

Futur simple
je bouillirai
tu bouilliras
il bouillira
nous bouillirons
vous bouillirez
ils bouilliront

Futur antérieur
j' aurai bouilli
tu auras bouilli
il aura bouilli
ns aurons bouilli
vs aurez bouilli
ils auront bouilli

SUBJONCTIF

Présent
que je bouille
que tu bouilles
qu' il bouille
que ns bouillions
que vs bouilliez
qu' ils bouillent

Imparfait
que je bouillisse
que tu bouillisses
qu' il bouillît
que ns bouillissions
que vs bouillissiez
qu' ils bouillissent

Passé
que j' aie bouilli
que tu aies bouilli
qu' il ait bouilli
que ns ayons bouilli
que vs ayez bouilli
qu' ils aient bouilli

Plus-que-parfait
que j' eusse bouilli
que tu eusses bouilli
qu' il eût bouilli
que ns eussions bouilli
que vs eussiez bouilli
qu' ils eussent bouilli

CONDITIONNEL

Présent
je bouillirais
tu bouillirais
il bouillirait
nous bouillirions
vous bouilliriez
ils bouilliraient

Passé 1re forme
j' aurais bouilli
tu aurais bouilli
il aurait bouilli
ns aurions bouilli
vs auriez bouilli
ils auraient bouilli

Passé 2e forme
j' eusse bouilli
tu eusses bouilli
il eût bouilli
ns eussions bouilli
vs eussiez bouilli
ils eussent bouilli

IMPERATIF

Présent
bous bouillons bouillez

Passé
aie bouilli ayons bouilli ayez bouilli

INFINITIF

Présent
bouillir

Passé
avoir bouilli

PARTICIPE

Présent
bouillant

Passé
bouilli, ie ayant bouilli

39 / GÉSIR / OUÏR / (archaïques et défectifs)

Gésir *(être couché)*, verbe archaïque, n'est plus utilisé qu'aux formes ci-dessous. Encore **gésir** *(être couché, étendu)* ne s'emploie-t-il que lorsqu'il s'agit de morts, de malades ou de choses abîmées, abattues ou abandonnées : *les fragments de statue gisaient dans l'herbe*. **Gésir** n'existe plus que dans les grammaires et **ci-gît**, doublement archaïque, ne se maintient que comme inscription funéraire.

INDICATIF			
Présent		**Imparfait**	
je	gis	je	gisais
tu	gis	tu	gisais
il	gît	il	gisait
nous	gisons	nous	gisions
vous	gisez	vous	gisiez
ils	gisent	ils	gisaient

PARTICIPE
Présent
gisant

Ouïr, verbe archaïque habituellement remplacé par **entendre** (tableau 55), n'est plus guère employé qu'à l'infinitif et à quelques formes composées dans l'expression : *j'ai ouï dire que, j'avais ouï dire que,* etc.

Un de ses vestiges est également conservé dans l'expression : *par ouï-dire.*

INDICATIF		SUBJONCTIF
Présent (inusité)	**Passé composé** j'ai ouï, etc.	**Présent** (inusité)
Imparfait (inusité)	**Plus-que-parfait** j'avais ouï, etc.	**Imparfait** que j'ouïsse, etc.
Passé simple j'ouïs, etc.	**Passé antérieur** j'eus ouï, etc.	**Passé** que j'aie ouï, etc.
Futur simple j'ouïrai, etc.	**Futur antérieur** j'aurai ouï, etc.	**Plus-que-parfait** que j'eusse ouï, etc.

CONDITIONNEL	
Présent j'ouïrais, etc.	**Passé 1ʳᵉ forme** j'aurais ouï, etc.

IMPERATIF	
Présent (inusité)	**Passé** (inusité)

INFINITIF		PARTICIPE	
Présent ouïr	**Passé** avoir ouï	**Présent** oyant (très rare)	**Passé** ouï, ïe ayant ouï

groupe 3.2 / VOIR / 40

C'est le plus fréquent de tous les verbes du groupe 3.2. Se conjuguent sur **voir**: **entrevoir** et **revoir**; **pourvoir**, à tous les temps et modes, excepté le passé simple, l'imparfait du subjonctif, le futur simple et le présent du conditionnel; **prévoir**, à tous les temps et modes, excepté le futur simple: *je prévoirai* et le conditionnel présent: *je prévoirais*. À ces deux temps, **prévoir** suit exactement la conjugaison de **pourvoir** (tableau 41).

INDICATIF / SUBJONCTIF

Présent	Passé composé	Présent
je vois	j' ai vu	que je voie
tu vois	tu as vu	que tu voies
il voit	il a vu	qu' il voie
nous voyons	ns avons vu	que ns voyions
vous voyez	vs avez vu	que vs voyiez
ils voient	ils ont vu	qu' ils voient

Imparfait	Plus-que-parfait	Imparfait
je voyais	j' avais vu	que je visse
tu voyais	tu avais vu	que tu visses
il voyait	il avait vu	qu' il vît
nous voyions	ns avions vu	que ns vissions
vous voyiez	vs aviez vu	que vs vissiez
ils voyaient	ils avaient vu	qu' ils vissent

Passé simple	Passé antérieur	Passé
je vis	j' eus vu	que j' aie vu
tu vis	tu eus vu	que tu aies vu
il vit	il eut vu	qu' il ait vu
nous vîmes	ns eûmes vu	que ns ayons vu
vous vîtes	vs eûtes vu	que vs ayez vu
ils virent	ils eurent vu	qu' ils aient vu

Futur simple	Futur antérieur	Plus-que-parfait
je verrai	j' aurai vu	que j' eusse vu
tu verras	tu auras vu	que tu eusses vu
il verra	il aura vu	qu' il eût vu
nous verrons	ns aurons vu	que ns eussions vu
vous verrez	vs aurez vu	que vs eussiez vu
ils verront	ils auront vu	qu' ils eussent vu

CONDITIONNEL

Présent	Passé 1re forme	Passé 2e forme
je verrais	j' aurais vu	j' eusse vu
tu verrais	tu aurais vu	tu eusses vu
il verrait	il aurait vu	il eût vu
nous verrions	ns aurions vu	ns eussions vu
vous verriez	vs auriez vu	vs eussiez vu
ils verraient	ils auraient vu	ils eussent vu

IMPERATIF

Présent			Passé		
vois	voyons	voyez	aie vu	ayons vu	ayez vu

INFINITIF / PARTICIPE

Présent	Passé	Présent	Passé	
voir	avoir vu	voyant	vu, ue	ayant vu

41 / POURVOIR / groupe 3.2

Cf. **voir** (tableau 40), pour les autres temps que ceux qui sont cités ci-dessous.
Dépourvoir, qui se conjugue exactement sur **pourvoir**, ne s'emploie guère qu'à l'infinitif, au passé simple, au participe passé et aux temps composés (Robert).

INDICATIF

Passé simple	Futur simple
je pourvus	je pourvoirai
tu pourvus	tu pourvoiras
il pourvut	il pourvoira
nous pourvûmes	nous pourvoirons
vous pourvûtes	vous pourvoirez
ils pourvurent	ils pourvoiront

SUBJONCTIF

Imparfait
que je pourvusse
que tu pourvusses
qu' il pourvût
que ns pourvussions
que vs pourvussiez
qu' ils pourvussent

CONDITIONNEL

Présent
je pourvoirais
tu pourvoirais
il pourvoirait
nous pourvoirions
vous pourvoiriez
ils pourvoiraient

groupe 3.2 / RECEVOIR / 42

Ce verbe assez fréquent sert de modèle à : **apercevoir, concevoir, décevoir, entr'apercevoir, percevoir.**

N'oubliez pas la **cédille**, obligatoire devant **o** et **u** : elle est destinée à conserver à la lettre **c** le son [s].

INDICATIF

Présent
je reçois
tu reçois
il reçoit
nous recevons
vous recevez
ils reçoivent

Passé composé
j' ai reçu
tu as reçu
il a reçu
ns avons reçu
vs avez reçu
ils ont reçu

Imparfait
je recevais
tu recevais
il recevait
nous recevions
vous receviez
ils recevaient

Plus-que-parfait
j' avais reçu
tu avais reçu
il avait reçu
ns avions reçu
vs aviez reçu
ils avaient reçu

Passé simple
je reçus
tu reçus
il reçut
nous reçûmes
vous reçûtes
ils reçurent

Passé antérieur
j' eus reçu
tu eus reçu
il eut reçu
ns eûmes reçu
vs eûtes reçu
ils eurent reçu

Futur simple
je recevrai
tu recevras
il recevra
nous recevrons
vous recevrez
ils recevront

Futur antérieur
j' aurai reçu
tu auras reçu
il aura reçu
ns aurons reçu
vs aurez reçu
ils auront reçu

SUBJONCTIF

Présent
que je reçoive
que tu reçoives
qu' il reçoive
que ns recevions
que vs receviez
qu' ils reçoivent

Imparfait
que je reçusse
que tu reçusses
qu' il reçût
que ns reçussions
que vs reçussiez
qu' ils reçussent

Passé
que j' aie reçu
que tu aies reçu
qu' il ait reçu
que ns ayons reçu
que vs ayez reçu
qu' ils aient reçu

Plus-que-parfait
que j' eusse reçu
que tu eusses reçu
qu' il eût reçu
que ns eussions reçu
que vs eussiez reçu
qu' ils eussent reçu

CONDITIONNEL

Présent
je recevrais
tu recevrais
il recevrait
nous recevrions
vous recevriez
ils recevraient

Passé 1re forme
j' aurais reçu
tu aurais reçu
il aurait reçu
ns aurions reçu
vs auriez reçu
ils auraient reçu

Passé 2e forme
j' eusse reçu
tu eusses reçu
il eût reçu
ns eussions reçu
vs eussiez reçu
ils eussent reçu

IMPÉRATIF

Présent
reçois   recevons   recevez

Passé
aie reçu   ayons reçu   ayez reçu

INFINITIF

Présent   **Passé**
recevoir   avoir reçu

PARTICIPE

Présent   **Passé**
recevant   reçu, ue   ayant reçu

43 / POUVOIR / groupe 3.2

C'est le verbe le plus fréquent du groupe 3.2, après **voir** (tableau 40).
Remarquez le **-x** de : *je peux, tu peux* (à rapprocher de *je, tu veux* et de *je, tu vaux*). Dans la tournure interrogative, on dit : *puis-je ? (est-ce que je peux ?)*
Le futur *je pourrai* [pure] s'écrit avec deux **r** qui se prononcent comme un seul ; comparez *mourrai* et *courrai* où les deux **r** se prononcent.

INDICATIF

Présent	Passé composé
je peux	j' ai pu
tu peux	tu as pu
il peut	il a pu
nous pouvons	ns avons pu
vous pouvez	vs avez pu
ils peuvent	ils ont pu

Imparfait	Plus-que-parfait
je pouvais	j' avais pu
tu pouvais	tu avais pu
il pouvait	il avait pu
nous pouvions	ns avions pu
vous pouviez	vs aviez pu
ils pouvaient	ils avaient pu

Passé simple	Passé antérieur
je pus	j' eus pu
tu pus	tu eus pu
il put	il eut pu
nous pûmes	ns eûmes pu
vous pûtes	vs eûtes pu
ils purent	ils eurent pu

Futur simple	Futur antérieur
je pourrai	j' aurai pu
tu pourras	tu auras pu
il pourra	il aura pu
nous pourrons	ns aurons pu
vous pourrez	vs aurez pu
ils pourront	ils auront pu

SUBJONCTIF

Présent
que je puisse
que tu puisses
qu' il puisse
que ns puissions
que vs puissiez
qu' ils puissent

Imparfait
que je pusse
que tu pusses
qu' il pût
que ns pussions
que vs pussiez
qu' ils pussent

Passé
que j' aie pu
que tu aies pu
qu' il ait pu
que ns ayons pu
que vs ayez pu
qu' ils aient pu

Plus-que-parfait
que j' eusse pu
que tu eusses pu
qu' il eût pu
que ns eussions pu
que vs eussiez pu
qu' ils eussent pu

CONDITIONNEL

Présent	Passé 1re forme	Passé 2e forme
je pourrais	j' aurais pu	j' eusse pu
tu pourrais	tu aurais pu	tu eusses pu
il pourrait	il aurait pu	il eût pu
nous pourrions	ns aurions pu	ns eussions pu
vous pourriez	vs auriez pu	vs eussiez pu
ils pourraient	ils auraient pu	ils eussent pu

IMPÉRATIF

Présent	Passé
(inusité)	(inusité)

INFINITIF

Présent	Passé
pouvoir	avoir pu

PARTICIPE

Présent	Passé
pouvant	pu ayant pu

groupe 3.2 / VOULOIR / 44

Attention au **-x** de : *je veux, tu veux* (cf. *peux*).
L'impératif **veux!** est très rare, mais il s'emploie fréquemment dans la locution *en vouloir à quelqu'un* : *ne m'en veux pas, ne m'en voulez pas* (*ne m'en veuillez pas* est littéraire). **Veuillez** est très utilisé dans les formules de politesse : *veuillez m'excuser. Que nous veuillions, que vous veuilliez* sont des formes plus rares et plus littéraires.

INDICATIF

Présent	Passé composé		Présent (Subjonctif)
je veux	j' ai voulu		que je veuille
tu veux	tu as voulu		que tu veuilles
il veut	il a voulu		qu' il veuille
nous voulons	ns avons voulu		que ns voulions
vous voulez	vs avez voulu		que vs vouliez
ils veulent	ils ont voulu		qu' ils veuillent

Imparfait	Plus-que-parfait		Imparfait
je voulais	j' avais voulu		que je voulusse
tu voulais	tu avais voulu		que tu voulusses
il voulait	il avait voulu		qu' il voulût
nous voulions	ns avions voulu		que ns voulussions
vous vouliez	vs aviez voulu		que vs voulussiez
ils voulaient	ils avaient voulu		qu' ils voulussent

Passé simple	Passé antérieur		Passé
je voulus	j' eus voulu		que j' aie voulu
tu voulus	tu eus voulu		que tu aies voulu
il voulut	il eut voulu		qu' il ait voulu
nous voulûmes	ns eûmes voulu		que ns ayons voulu
vous voulûtes	vs eûtes voulu		que vs ayez voulu
ils voulurent	ils eurent voulu		qu' ils aient voulu

Futur simple	Futur antérieur		Plus-que-parfait
je voudrai	j' aurai voulu		que j' eusse voulu
tu voudras	tu auras voulu		que tu eusses voulu
il voudra	il aura voulu		qu' il eût voulu
nous voudrons	ns aurons voulu		que ns eussions voulu
vous voudrez	vs aurez voulu		que vs eussiez voulu
ils voudront	ils auront voulu		qu' ils eussent voulu

CONDITIONNEL

Présent	Passé 1re forme	Passé 2e forme
je voudrais	j' aurais voulu	j' eusse voulu
tu voudrais	tu aurais voulu	tu eusses voulu
il voudrait	il aurait voulu	il eût voulu
nous voudrions	ns aurions voulu	ns eussions voulu
vous voudriez	vs auriez voulu	vs eussiez voulu
ils voudraient	ils auraient voulu	ils eussent voulu

IMPÉRATIF

Présent
veux (veuille) voulons voulez (veuillez)

Passé
aie voulu ayons voulu ayez voulu

INFINITIF

Présent: vouloir
Passé: avoir voulu

PARTICIPE

Présent: voulant
Passé: voulu, ue ayant voulu

45 / DEVOIR / groupe 3.2

Devoir, verbe fréquent, a un seul composé (rare): **redevoir**.
L'accent circonflexe de **dû** sert à différencier ce participe passé de l'article partitif **du**. Il peut donc disparaître sans inconvénient dans les formes féminines et plurielles: *dues, dus, dues*. Le participe passé: *redû, redue, redus, redues* suit exactement le modèle de **dû**.

INDICATIF

Présent	Passé composé
je dois	j' ai dû
tu dois	tu as dû
il doit	il a dû
nous devons	ns avons dû
vous devez	vs avez dû
ils doivent	ils ont dû

Imparfait	Plus-que-parfait
je devais	j' avais dû
tu devais	tu avais dû
il devait	il avait dû
nous devions	ns avions dû
vous deviez	vs aviez dû
ils devaient	ils avaient dû

Passé simple	Passé antérieur
je dus	j' eus dû
tu dus	tu eus dû
il dut	il eut dû
nous dûmes	ns eûmes dû
vous dûtes	vs eûtes dû
ils durent	ils eurent dû

Futur simple	Futur antérieur
je devrai	j' aurai dû
tu devras	tu auras dû
il devra	il aura dû
nous devrons	ns aurons dû
vous devrez	vs aurez dû
ils devront	ils auront dû

SUBJONCTIF

Présent
que je doive
que tu doives
qu' il doive
que ns devions
que vs deviez
qu' ils doivent

Imparfait
que je dusse
que tu dusses
qu' il dût
que ns dussions
que vs dussiez
qu' ils dussent

Passé
que j' aie dû
que tu aies dû
qu' il ait dû
que ns ayons dû
que vs ayez dû
qu' ils aient dû

Plus-que-parfait
que j' eusse dû
que tu eusses dû
qu' il eût dû
que ns eussions dû
que vs eussiez dû
qu' ils eussent dû

CONDITIONNEL

Présent	Passé 1re forme	Passé 2e forme
je devrais	j' aurais dû	j' eusse dû
tu devrais	tu aurais dû	tu eusses dû
il devrait	il aurait dû	il eût dû
nous devrions	ns aurions dû	ns eussions dû
vous devriez	vs auriez dû	vs eussiez dû
ils devraient	ils auraient dû	ils eussent dû

IMPERATIF

Présent	Passé
dois devons devez	aie dû ayons dû ayez dû

INFINITIF

Présent	Passé
devoir	avoir dû

PARTICIPE

Présent	Passé
devant	dû,ue ayant dû

groupe 3.2 / SAVOIR / 46

Ce verbe très fréquent n'a pas de composé.

Attention au participe présent **sachant**: ne le confondez pas avec l'adjectif ou le nom **savant**.

Il arrive que le présent normal **sais** soit remplacé par **sache**. Ces emplois rares et archaïques apparaissent dans la tournure négative : *je ne sache pas que* + subjonctif. *Que je sache (autant que je sache)* est nettement plus fréquent.

INDICATIF

Présent
je sais
tu sais
il sait
nous savons
vous savez
ils savent

Passé composé
j' ai su
tu as su
il a su
ns avons su
vs avez su
ils ont su

Imparfait
je savais
tu savais
il savait
nous savions
vous saviez
ils savaient

Plus-que-parfait
j' avais su
tu avais su
il avait su
ns avions su
vs aviez su
ils avaient su

Passé simple
je sus
tu sus
il sut
nous sûmes
vous sûtes
ils surent

Passé antérieur
j' eus su
tu eus su
il eut su
ns eûmes su
vs eûtes su
ils eurent su

Futur simple
je saurai
tu sauras
il saura
nous saurons
vous saurez
ils sauront

Futur antérieur
j' aurai su
tu auras su
il aura su
ns aurons su
vs aurez su
ils auront su

SUBJONCTIF

Présent
que je sache
que tu saches
qu' il sache
que ns sachions
que vs sachiez
qu' ils sachent

Imparfait
que je susse
que tu susses
qu' il sût
que ns sussions
que vs sussiez
qu' ils sussent

Passé
que j' aie su
que tu aies su
qu' il ait su
que ns ayons su
que vs ayez su
qu' ils aient su

Plus-que-parfait
que j' eusse su
que tu eusses su
qu' il eût su
que ns eussions su
que vs eussiez su
qu' ils eussent su

CONDITIONNEL

Présent
je saurais
tu saurais
il saurait
nous saurions
vous sauriez
ils sauraient

Passé 1re forme
j' aurais su
tu aurais su
il aurait su
ns aurions su
vs auriez su
ils auraient su

Passé 2e forme
j' eusse su
tu eusses su
il eût su
ns eussions su
vs eussiez su
ils eussent su

IMPÉRATIF

Présent
sache sachons sachez

Passé
aie su ayons su ayez su

INFINITIF

Présent
savoir

Passé
avoir su

PARTICIPE

Présent
sachant

Passé
su, ue ayant su

47 / FALLOIR / (impersonnel) / groupe 3.2

INDICATIF		SUBJONCTIF
Présent il faut	**Passé composé** il a fallu	**Présent** qu'il faille
Imparfait il fallait	**Plus-que-parfait** il avait fallu	**Imparfait** qu'il fallût
Passé simple il fallut	**Passé antérieur** il eut fallu	**Passé** qu'il ait fallu
Futur simple il faudra	**Futur antérieur** il aura fallu	**Plus-que-parfait** qu'il eût fallu

CONDITIONNEL		
Présent il faudrait	**Passé 1re forme** il aurait fallu	**Passé 2e forme** il eût fallu

IMPERATIF	
Présent (n'existe pas)	**Passé** (n'existe pas)

INFINITIF		PARTICIPE	
Présent falloir	**Passé** (inusité)	**Présent** (inusité)	**Passé** fallu

groupe 3.2 / (impersonnel) / **PLEUVOIR** / 48

Au sens figuré, ce verbe est parfois employé au pluriel: *les coups pleuvent, pleuvaient,* etc.

Repleuvoir, composé de **pleuvoir**, suit exactement sa conjugaison.

INDICATIF

Présent	Passé composé
il pleut	il a plu

Imparfait	Plus-que-parfait
il pleuvait	il avait plu

Passé simple	Passé antérieur
il plut	il eut plu

Futur simple	Futur antérieur
il pleuvra	il aura plu

SUBJONCTIF

Présent
qu'il pleuve

Imparfait
qu'il plût

Passé
qu'il ait plu

Plus-que-parfait
qu'il eût plu

CONDITIONNEL

Présent	Passé 1re forme	Passé 2e forme
il pleuvrait	il aurait plu	il eût plu

IMPÉRATIF

Présent
(n'existe pas)

Passé
(n'existe pas)

INFINITIF

Présent	Passé
pleuvoir	avoir plu

PARTICIPE

Présent	Passé
pleuvant	plu, ayant plu

49 / VALOIR / groupe 3.2

Retenez bien la terminaison **-x** de : je vau**x**, tu vau**x**, ainsi que l'alternance [vaj], [val] du subjonctif présent.

Se conjuguent sur **valoir** : revaloir, équivaloir, prévaloir.

INDICATIF

Présent	Passé composé
je vaux	j' ai valu
tu vaux	tu as valu
il vaut	il a valu
nous valons	ns avons valu
vous valez	vs avez valu
ils valent	ils ont valu

Imparfait	Plus-que-parfait
je valais	j' avais valu
tu valais	tu avais valu
il valait	il avait valu
nous valions	ns avions valu
vous valiez	vs aviez valu
ils valaient	ils avaient valu

Passé simple	Passé antérieur
je valus	j' eus valu
tu valus	tu eus valu
il valut	il eut valu
nous valûmes	ns eûmes valu
vous valûtes	vs eûtes valu
ils valurent	ils eurent valu

Futur simple	Futur antérieur
je vaudrai	j' aurai valu
tu vaudras	tu auras valu
il vaudra	il aura valu
nous vaudrons	ns aurons valu
vous vaudrez	vs aurez valu
ils vaudront	ils auront valu

SUBJONCTIF

Présent
que je vaille
que tu vailles
qu' il vaille
que ns valions
que vs valiez
qu' ils vaillent

Imparfait
que je valusse
que tu valusses
qu' il valût
que ns valussions
que vs valussiez
qu' ils valussent

Passé
que j' aie valu
que tu aies valu
qu' il ait valu
que ns ayons valu
que vs ayez valu
qu' ils aient valu

Plus-que-parfait
que j' eusse valu
que tu eusses valu
qu' il eût valu
que ns eussions valu
que vs eussiez valu
qu' ils eussent valu

CONDITIONNEL

Présent	Passé 1re forme	Passé 2e forme
je vaudrais	j' aurais valu	j' eusse valu
tu vaudrais	tu aurais valu	tu eusses valu
il vaudrait	il aurait valu	il eût valu
nous vaudrions	ns aurions valu	ns eussions valu
vous vaudriez	vs auriez valu	vs eussiez valu
ils vaudraient	ils auraient valu	ils eussent valu

IMPÉRATIF

Présent	Passé
vaux valons valez	aie valu ayons valu ayez valu

INFINITIF

Présent	Passé
valoir	avoir valu

PARTICIPE

Présent	Passé
valant	valu, ue ayant valu

groupe 3.2 / ASSEOIR / 50

On emploie surtout le pronominal **s'asseoir**, naturellement avec l'auxiliaire **être** : *je m'assieds, assieds-toi, je m'asseyais, je me suis assis*, etc.
Asseoir, transitif, est beaucoup plus rare et prend l'auxiliaire **avoir** : *j'ai assis l'enfant*.
Les formes en **-ie**, **-ey** : *j'assieds, nous asseyons,* sont les plus courantes ; elles sont préférables aux formes en **-oi**, **-oy** : *j'assois, nous assoyons*.

INDICATIF | SUBJONCTIF

Présent
j'   assieds
tu   assieds
il   assied
nous asseyons
vous asseyez
ils   asseyent
(ou j'assois)

Passé composé
j' ai   assis
tu as   assis
il a   assis
ns avons assis
vs avez assis
ils ont   assis

Présent
que j'   asseye
que tu   asseyes
qu' il   asseye
que ns   asseyions
que vs   asseyiez
qu' ils   asseyent
(ou que j'assoie)

Imparfait
j'   asseyais
tu   asseyais
il   asseyait
nous asseyions
vous asseyiez
ils   asseyaient
(ou   j'assoyais)

Plus-que-parfait
j'   avais   assis
tu   avais   assis
il   avait   assis
ns   avions assis
vs   aviez   assis
ils avaient assis

Imparfait
que j'   assisse
que tu   assisses
qu' il   assît
que ns   assissions
que vs   assissiez
qu' ils   assissent

Passé simple
j'   assis
tu   assis
il   assit
nous assîmes
vous assîtes
ils   assirent

Passé antérieur
j'   eus   assis
tu   eus   assis
il   eut   assis
ns   eûmes assis
vs   eûtes assis
ils eurent assis

Passé
que j'   aie   assis
que tu   aies   assis
qu' il   ait   assis
que ns   ayons assis
que vs   ayez   assis
qu' ils   aient assis

Futur simple
j'   assiérai
tu   assiéras
il   assiéra
nous assiérons
vous assiérez
ils   assiéront
(ou   j'assoirai)

Futur antérieur
j'   aurai assis
tu   auras assis
il   aura   assis
ns   aurons assis
vs   aurez assis
ils auront assis

Plus-que-parfait
que j'   eusse   assis
que tu   eusses   assis
qu' il   eût   assis
que ns   eussions assis
que vs   eussiez assis
qu' ils   eussent assis

CONDITIONNEL

Présent
j'   assiérais
tu   assiérais
il   assiérait
nous assiérions
vous assiériez
ils   assiéraient
(ou   j'assoirais)

Passé 1re forme
j'   aurais   assis
tu   aurais   assis
il   aurait   assis
ns   aurions assis
vs   auriez   assis
ils auraient assis

Passé 2e forme
j'   eusse   assis
tu   eusses   assis
il   eût   assis
ns   eussions assis
vs   eussiez assis
ils eussent assis

IMPERATIF

Présent
assieds   asseyons   asseyez
(ou assois assoyons   assoyez)

Passé
aie assis   ayons assis   ayez assis

INFINITIF | PARTICIPE

Présent   **Passé**
asseoir   avoir assis

Présent
asseyant
(ou assoyant)

Passé
assis, ise   ayant assis

51 / SURSEOIR / groupe 3.2

Surseoir suit la conjugaison de **s'asseoir**, à deux détails près :
Surseoir n'a pas de forme en **-ie**, **-ey**, mais exclusivement des formes en **-oi**, **-oy**. Le **e** de l'infinitif se maintient au futur et au conditionnel : *je surseoierai, tu surseoierais*. D'où les formes propres à **surseoir** dans les temps ci-dessous.

INDICATIF

Présent
je sursois
tu sursois
il sursoit
nous sursoyons
vous sursoyez
ils sursoient

Imparfait
je sursoyais
tu sursoyais
il sursoyait
nous sursoyions
vous sursoyiez
ils sursoyaient

Futur simple
je surseoirai
tu surseoiras
il surseoira
nous surseoirons
vous surseoirez
ils surseoiront

SUBJONCTIF

Présent
que je sursoie
que tu sursoies
qu' il sursoie
que ns sursoyions
que vs sursoyiez
qu' ils sursoient

CONDITIONNEL

Présent
je surseoirais
tu surseoirais
il surseoirait
nous surseoirions
vous surseoiriez
ils surseoiraient

IMPERATIF

Présent
sursois   sursoyons   sursoyez

INFINITIF

Présent
surseoir

PARTICIPE

Présent
sursoyant

groupe 3.2 / SEOIR-MESSEOIR / 52

Seoir et **messeoir** sont des verbes archaïques et défectifs.

Seoir: au sens ancien de *être assis, situé,* ne survit plus que dans le participe, ***sis, sise,*** du langage juridique: *maison sise à Paris (située).*
Au sens archaïque et rare de *aller, convenir,* ne s'emploie qu'aux troisièmes personnes du singulier et du pluriel et dans les temps ci-dessous.

Messeoir *(ne pas être convenable)* s'emploie aux mêmes personnes, aux mêmes temps que **seoir** et se conjugue exactement comme lui. On notera toutefois que le participe présent est toujours **messéant**.

INDICATIF		SUBJONCTIF
Présent		**Présent**
il sied		qu' il siée
ils siéent		qu' ils siéent
Imparfait		
il seyait		
ils seyaient		
Futur		
il siéra		
ils siéront		

CONDITIONNEL
Présent
il siérait
ils siéraient

INFINITIF	PARTICIPE
Présent	**Présent**
seoir	séant (seyant)

53 / ÉMOUVOIR / groupe 3.2

Se conjuguent sur **émouvoir**: **mouvoir** et **promouvoir**.
Émouvoir est plus employé que **mouvoir** *(mettre en mouvement)*. Mais ses formes sont mal connues et beaucoup préfèrent lui substituer, à la voix active, un verbe du groupe 1 plus facile à conjuguer, comme *toucher* ou *émotionner* (encore critiqué par les puristes). En revanche, le participe passé **ému** étant bien connu, la voix passive est normalement utilisée.

INDICATIF

Présent
j' émeus
tu émeus
il émeut
nous émouvons
vous émouvez
ils émeuvent

Passé composé
j' ai ému
tu as ému
il a ému
ns avons ému
vs avez ému
ils ont ému

Imparfait
j' émouvais
tu émouvais
il émouvait
nous émouvions
vous émouviez
ils émouvaient

Plus-que-parfait
j' avais ému
tu avais ému
il avait ému
ns avions ému
vs aviez ému
ils avaient ému

Passé simple
j' émus
tu émus
il émut
nous émûmes
vous émûtes
ils émurent

Passé antérieur
j' eus ému
tu eus ému
il eut ému
ns eûmes ému
vs eûtes ému
ils eurent ému

Futur simple
j' émouvrai
tu émouvras
il émouvra
nous émouvrons
vous émouvrez
ils émouvront

Futur antérieur
j' aurai ému
tu auras ému
il aura ému
ns aurons ému
vs aurez ému
ils auront ému

SUBJONCTIF

Présent
que j' émeuve
que tu émeuves
qu' il émeuve
que ns émouvions
que vs émouviez
qu' ils émeuvent

Imparfait
que j' émusse
que tu émusses
qu' il émût
que ns émussions
que vs émussiez
qu' ils émussent

Passé
que j' aie ému
que tu aies ému
qu' il ait ému
que ns ayons ému
que vs ayez ému
qu' ils aient ému

Plus-que-parfait
que j' eusse ému
que tu eusses ému
qu' il eût ému
que ns eussions ému
que vs eussiez ému
qu' ils eussent ému

CONDITIONNEL

Présent
j' émouvrais
tu émouvrais
il émouvrait
nous émouvrions
vous émouvriez
ils émouvraient

Passé 1re forme
j' aurais ému
tu aurais ému
il aurait ému
ns aurions ému
vs auriez ému
ils auraient ému

Passé 2e forme
j' eusse ému
tu eusses ému
il eût ému
ns eussions ému
vs eussiez ému
ils eussent ému

IMPÉRATIF

Présent
émeus   émouvons   émouvez

Passé
aie ému   ayons ému   ayez ému

INFINITIF

Présent
émouvoir

Passé
avoir ému

PARTICIPE

Présent
émouvant

Passé
ému, ue   ayant ému

groupe 3.2 / CHOIR, ÉCHOIR, DÉCHOIR / 54

Aux temps composés, les verbes **choir** *(tomber)* et **échoir** *(arriver, arriver à l'échéance)* doivent prendre l'auxiliaire **être**. Le verbe **déchoir** *(décliner, descendre, tomber, au sens figuré)* fait partie des intransitifs qui prennent pour auxiliaire tantôt **avoir** tantôt **être**. On trouve très rarement les formes archaïques: *je décherrai, je décherrais.* Ce verbe fait partie des intransitifs qui prennent pour auxiliaire tantôt **avoir**, tantôt **être** (*cf.* p. 21, § 55).

INDICATIF / SUBJONCTIF

Présent	Passé simple	Futur simple	Imparfait
je chois	je chus	je choirai	qu'il chût
tu chois	il chut	etc.	
il choit	ils churent		
ils choient			

CONDITIONNEL / TEMPS COMPOSÉS

Présent	
je choirais	(assez rares: auxiliaire être)
etc.	

INFINITIF / PARTICIPE

Présent	Passé
choir	chue, ue

INDICATIF / SUBJONCTIF

Présent	Passé simple	Futur simple	Présent
il échoit	il échut	il échoira	qu'il échoie
ils échoient	ils échurent	ils échoiront	
			Imparfait
			qu'il échut

CONDITIONNEL / TEMPS COMPOSÉS

Présent	
il échoirait	(assez fréquents: auxiliaire être)
ils échoiraient	

INFINITIF / PARTICIPE

Présent	Présent	Passé
échoir	échue, ue	échue, ue

INDICATIF / SUBJONCTIF

Présent	Passé simple	Futur simple	Présent
je déchois	je déchus	je déchoirai	que je déchoie
tu déchois	etc.	etc.	
il déchoit			Imparfait
etc.			que je déchusse

CONDITIONNEL / TEMPS COMPOSÉS

Présent	
je déchoirais	(assez fréquents: auxiliaire être
etc.	et avoir)

INFINITIF / PARTICIPE

Présent	Passé
déchoir	déchue, ue

55 / ATTENDRE / groupe 3.3

Se conjuguent sur **attendre**
– des verbes en **-endre** :
tendre et les verbes de sa famille, détendre, distendre, entendre, étendre, prétendre, retendre, sous-entendre, sous-tendre ;
défendre ;
descendre, condescendre, redescendre ;
fendre, pourfendre, refendre ;
pendre, appendre, dépendre, rependre, suspendre ;
rendre ;
vendre, revendre ;

– des verbes en **-andre** :
pandre, répandre ;

– des verbes en **-ondre** :
fondre, confondre, morfondre, parfondre, refondre ;
pondre ; répondre, correspondre ;
tondre, retondre, surtondre ;

– des verbes en **-erdre** :
perdre, reperdre ;

– des verbes en **-ordre** :
mordre, démordre, remordre ;
tordre, détordre, retordre ;

– des verbes en **-ompre** :
rompre, corrompre, interrompre.

Mais attention ! Ces derniers verbes s'écartent de la conjugaison de **attendre** à la 3ᵉ personne du singulier du présent de l'indicatif : la consonne finale est un **t** (et non un **d**) : *il rompt, il corrompt, il interrompt.*

remarques

À propos de **descendre** et **redescendre**, on remarquera que
– employés transitivement, ils ont évidemment l'auxiliaire **avoir** : *il **a descendu** ses valises ; il **a descendu** l'escalier* ;

– employés intransitivement, ils prennent toujours l'auxiliaire **être** pour marquer le résultat : *il **est descendu** depuis une heure,* et presque toujours pour indiquer l'action : *il **est descendu** à sept heures ; ils **sont redescendus** avec peine après l'ascension de ce pic.*

groupe 3.3 / ATTENDRE / 55

Tous ces verbes (sauf les derniers) sont des verbes en **-dre**. Mais il y a d'autres verbes en **-dre** qui se conjuguent différemment (voir tableaux 56 à 59).

Il y a un certain nombre de verbes en **-endre** qui ne se conjuguent pas sur **attendre** : il s'agit de **prendre** et de ses composés (tableau 56).

INDICATIF

Présent
j'   attends
tu   attends
il   attend
nous   attendons
vous   attendez
ils   attendent

Passé composé
j'   ai   attendu
tu   as   attendu
il   a   attendu
ns   avons attendu
vs   avez   attendu
ils ont   attendu

Imparfait
j'   attendais
tu   attendais
il   attendait
nous   attendions
vous   attendiez
ils   attendaient

Plus-que-parfait
j'   avais   attendu
tu   avais   attendu
il   avait   attendu
ns   avions attendu
vs   aviez   attendu
ils avaient attendu

Passé simple
j'   attendis
tu   attendis
il   attendit
nous   attendîmes
vous   attendîtes
ils   attendirent

Passé antérieur
j'   eus   attendu
tu   eus   attendu
il   eut   attendu
ns   eûmes attendu
vs   eûtes attendu
ils eurent attendu

Futur simple
j'   attendrai
tu   attendras
il   attendra
nous   attendrons
vous   attendrez
ils   attendront

Futur antérieur
j'   aurai   attendu
tu   auras   attendu
il   aura   attendu
ns   aurons attendu
vs   aurez   attendu
ils auront attendu

SUBJONCTIF

Présent
que j'   attende
que tu   attendes
qu' il   attende
que ns   attendions
que vs   attendiez
qu' ils attendent

Imparfait
que j'   attendisse
que tu   attendisses
qu' il   attendît
que ns   attendissions
que vs   attendissiez
qu' ils attendissent

Passé
que j'   aie   attendu
que tu   aies attendu
qu' il   ait   attendu
que ns   ayons attendu
que vs   ayez attendu
qu' ils aient attendu

Plus-que-parfait
que j'   eusse   attendu
que tu   eusses   attendu
qu' il   eût   attendu
que ns   eussions attendu
que vs   eussiez attendu
qu' ils eussent attendu

CONDITIONNEL

Présent
j'   attendrais
tu   attendrais
il   attendrait
nous   attendrions
vous   attendriez
ils   attendraient

Passé 1re forme
j'   aurais   attendu
tu   aurais   attendu
il   aurait   attendu
ns   aurions attendu
vs   auriez   attendu
ils auraient attendu

Passé 2e forme
j'   eusse   attendu
tu   eusses   attendu
il   eût   attendu
ns   eussions attendu
vs   eussiez attendu
ils eussent attendu

IMPÉRATIF

Présent
attends   attendons   attendez

Passé
aie attendu   ayons, ayez attendu

INFINITIF

Présent attendre
Passé avoir attendu

PARTICIPE

Présent attendant
Passé attendu, ue   ayant attendu

56 / PRENDRE / groupe 3.3

Prendre est un verbe très fréquent, sur le modèle duquel se conjuguent une dizaine de composés : **apprendre, comprendre, déprendre (se), désapprendre, entreprendre, ép___ (s'), méprendre (se), réapprendre** ou **rapprendre, reprendre, surprendre**.
Les autres verbes en **-endre** se conjuguent sur **attendre** (tableau 55).

INDICATIF

Présent
je prends
tu prends
il prend
nous prenons
vous prenez
ils prennent

Passé composé
j' ai pris
tu as pris
il a pris
ns avons pris
vs avez pris
ils ont pris

Imparfait
je prenais
tu prenais
il prenait
nous prenions
vous preniez
ils prenaient

Plus-que-parfait
j' avais pris
tu avais pris
il avait pris
ns avions pris
vs aviez pris
ils avaient pris

Passé simple
je pris
tu pris
il prit
nous prîmes
vous prîtes
ils prirent

Passé antérieur
j' eus pris
tu eus pris
il eut pris
ns eûmes pris
vs eûtes pris
ils eurent pris

Futur simple
je prendrai
tu prendras
il prendra
nous prendrons
vous prendrez
ils prendront

Futur antérieur
j' aurai pris
tu auras pris
il aura pris
ns aurons pris
vs aurez pris
ils auront pris

SUBJONCTIF

Présent
que je prenne
que tu prennes
qu' il prenne
que ns prenions
que vs preniez
qu' ils prennent

Imparfait
que je prisse
que tu prisses
qu' il prît
que ns prissions
que vs prissiez
qu' ils prissent

Passé
que j' aie pris
que tu aies pris
qu' il ait pris
que ns ayons pris
que vs ayez pris
qu' ils aient pris

Plus-que-parfait
que j' eusse pris
que tu eusses pris
qu' il eût pris
que ns eussions pris
que vs eussiez pris
qu' ils eussent pris

CONDITIONNEL

Présent
je prendrais
tu prendrais
il prendrait
nous prendrions
vous prendriez
ils prendraient

Passé 1re forme
j' aurais pris
tu aurais pris
il aurait pris
ns aurions pris
vs auriez pris
ils auraient pris

Passé 2e forme
j' eusse pris
tu eusses pris
il eût pris
ns eussions pris
vs eussiez pris
ils eussent pris

IMPÉRATIF

Présent
prends   prenons   prenez

Passé
aie pris   ayons pris   ayez pris

INFINITIF

Présent
prendre

Passé
avoir pris

PARTICIPE

Présent
prenant

Passé
pris, prise   ayant pris

groupe 3.3 / ATTEINDRE

Se conjuguent sur **atteindre** :
– **astreindre**, éteindre, restreindre, réteindre ; **ceindre**, enceindre ; **empreindre (s')**, épreindre ; **enfreindre** ; **éteindre** ; **feindre** ; **peindre**, dépeindre, repeindre ; **teindre**, déteindre, reteindre ;
– les trois verbes en **-aindre, craindre, contraindre, plaindre** ; mais nous leur consacrons un tableau spécial (tableau 58).

INDICATIF

Présent
j'   atteins
tu   atteins
il   atteint
nous   atteignons
vous   atteignez
ils   atteignent

Passé composé
j'   ai   atteint
tu   as   atteint
il   a   atteint
ns   avons   atteint
vs   avez   atteint
ils   ont   atteint

Imparfait
j'   atteignais
tu   atteignais
il   atteignait
nous   atteignions
vous   atteigniez
ils   atteignaient

Plus-que-parfait
j'   avais   atteint
tu   avais   atteint
il   avait   atteint
ns   avions   atteint
vs   aviez   atteint
ils   avaient atteint

Passé simple
j'   atteignis
tu   atteignis
il   atteignit
nous   atteignîmes
vous   atteignîtes
ils   atteignirent

Passé antérieur
j'   eus   atteint
tu   eus   atteint
il   eut   atteint
ns   eûmes   atteint
vs   eûtes   atteint
ils   eurent   atteint

Futur simple
j'   atteindrai
tu   atteindras
il   atteindra
nous   atteindrons
vous   atteindrez
ils   atteindront

Futur antérieur
j'   aurai   atteint
tu   auras   atteint
il   aura   atteint
ns   aurons   atteint
vs   aurez   atteint
ils   auront   atteint

SUBJONCTIF

Présent
que j'   atteigne
que tu   atteignes
qu' il   atteigne
que ns   atteignions
que vs   atteigniez
qu' ils   atteignent

Imparfait
que j'   atteignisse
que tu   atteignisses
qu' il   atteignît
que ns   atteignissions
que vs   atteignissiez
qu' ils   atteignissent

Passé
que j'   aie   atteint
que tu   aies   atteint
qu' il   ait   atteint
que ns   ayons atteint
que vs   ayez   atteint
qu' ils aient atteint

Plus-que-parfait
que j'   eusse   atteint
que tu   eusses   atteint
qu' il   eût   atteint
que ns   eussions atteint
que vs   eussiez atteint
qu' ils eussent atteint

CONDITIONNEL

Présent
j'   atteindrais
tu   atteindrais
il   atteindrait
nous   atteindrions
vous   atteindriez
ils   attendraient

Passé 1re forme
j'   aurais   atteint
tu   aurais   atteint
il   aurait   atteint
ns   aurions   atteint
vs   auriez   atteint
ils   auraient atteint

Passé 2e forme
j'   eusse   atteint
tu   eusses   atteint
il   eût   atteint
ns   eussions atteint
vs   eussiez   atteint
ils   eussent   atteint

IMPÉRATIF

Présent
atteins   atteignons   atteignez

Passé
aie atteint   ayons atteint   ayez atteint

INFINITIF

Présent   **Passé**
atteindre   avoir atteint

PARTICIPE

Présent   **Passé**
atteignant   atteint, te   ayant atteint

58 / CRAINDRE / groupe 3.3

Les trois verbes en **-aindre**, **craindre**, **contraindre** et **plaindre** se conjuguent comme **atteindre** (tableau 57) mais nous leur consacrons un tableau spécial afin de vous aider à ne pas confondre les graphies avec **a** et avec **e** : *j'atteins*, mais *je crains* ; *j'atteignais*, mais *je craignais*.

INDICATIF

Présent
je crains
tu crains
il craint
nous craignons
vous craignez
ils craignent

Passé composé
j' ai craint
tu as craint
il a craint
ns avons craint
vs avez craint
ils ont craint

Imparfait
je craignais
tu craignais
il craignait
nous craignions
vous craigniez
ils craignaient

Plus-que-parfait
j' avais craint
tu avais craint
il avait craint
ns avions craint
vs aviez craint
ils avaient craint

Passé simple
je craignis
tu craignis
il craignit
nous craignîmes
vous craignîtes
ils craignirent

Passé antérieur
j' eus craint
tu eus craint
il eut craint
ns eûmes craint
vs eûtes craint
ils eurent craint

Futur simple
je craindrai
tu craindras
il craindra
nous craindrons
vous craindrez
ils craindront

Futur antérieur
j' aurai craint
tu auras craint
il aura craint
ns aurons craint
vs aurez craint
ils auront craint

SUBJONCTIF

Présent
que je craigne
que tu craignes
qu' il craigne
que ns craignions
que vs craigniez
qu' ils craignent

Imparfait
que je craignisse
que tu craignisses
qu' il craignît
que ns craignissions
que vs craignissiez
qu' ils craignissent

Passé
que j' aie craint
que tu aies craint
qu' il ait craint
que ns ayons craint
que vs ayez craint
qu' ils aient craint

Plus-que-parfait
que j' eusse craint
que tu eusses craint
qu' il eût craint
que ns eussions craint
que vs eussiez craint
qu' ils eussent craint

CONDITIONNEL

Présent
je craindrais
tu craindrais
il craindrait
nous craindrions
vous craindriez
ils craindraient

Passé 1re forme
j' aurais craint
tu aurais craint
il aurait craint
ns aurions craint
vs auriez craint
ils auraient craint

Passé 2e forme
j' eusse craint
tu eusses craint
il eût craint
ns eussions craint
vs eussiez craint
ils eussent craint

IMPÉRATIF

Présent
crains   craignons   craignez

Passé
aie craint   ayons craint   ayez craint

INFINITIF

Présent
craindre

Passé
avoir craint

PARTICIPE

Présent
craignant

Passé
craint, te   ayant craint

groupe 3.3 / JOINDRE / 59

Les verbes en **-oindre** qui se conjuguent sur ce modèle sont :
– les verbes de la famille de **joindre** : **adjoindre, conjoindre, disjoindre, enjoindre, rejoindre** ;
– **oindre**, verbe ancien et rare ;
– **poindre**, verbe ancien et assez rare.

INDICATIF

Présent
je joins
tu joins
il joint
nous joignons
vous joignez
ils joignent

Passé composé
j' ai joint
tu as joint
il a joint
ns avons joint
vs avez joint
ils ont joint

Imparfait
je joignais
tu joignais
il joignait
nous joignions
vous joigniez
ils joignaient

Plus-que-parfait
j' avais joint
tu avais joint
il avait joint
ns avions joint
vs aviez joint
ils avaient joint

Passé simple
je joignis
tu joignis
il joignit
nous joignîmes
vous joignîtes
ils joignirent

Passé antérieur
j' eus joint
tu eus joint
il eut joint
ns eûmes joint
vs eûtes joint
ils eurent joint

Futur simple
je joindrai
tu joindras
il joindra
nous joindrons
vous joindrez
ils joindront

Futur antérieur
j' aurai joint
tu auras joint
il aura joint
ns aurons joint
vs aurez joint
ils auront joint

SUBJONCTIF

Présent
que je joigne
que tu joignes
qu' il joigne
que ns joignions
que vs joigniez
qu' ils joignent

Imparfait
que je joignisse
que tu joignisses
qu' il joignît
que ns joignissions
que vs joignissiez
qu' ils joignissent

Passé
que j' aie joint
que tu aies joint
qu' il ait joint
que ns ayons joint
que vs ayez joint
qu' ils aient joint

Plus-que-parfait
que j' eusse joint
que tu eusses joint
qu' il eût joint
que ns eussions joint
que vs eussiez joint
qu' ils eussent joint

CONDITIONNEL

Présent
je joindrais
tu joindrais
il joindrait
nous joindrions
vous joindriez
ils joindraient

Passé 1re forme
j' aurais joint
tu aurais joint
il aurait joint
ns aurions joint
vs auriez joint
ils auraient joint

Passé 2e forme
j' eusse joint
tu eusses joint
il eût joint
ns eussions joint
vs eussiez joint
ils eussent joint

IMPÉRATIF

Présent
joins   joignons   joignez

Passé
aie joint   ayons joint   ayez joint

INFINITIF

Présent
joindre

Passé
avoir joint

PARTICIPE

Présent
joignant

Passé
joint, te   ayant joint

60 / VAINCRE et CONVAINCRE / groupe 3.3

Vaincre fait : *il vainc* à la 3e personne du singulier du présent de l'indicatif. Notez bien que le **c** de **vaincre** se change en **qu** devant une voyelle, sauf naturellement devant **u** : *vaincu*.

Ne confondez pas l'orthographe du participe présent de **convaincre**, convain**quant**, avec celle de l'adjectif verbal correspondant, convain**cant** : *des arguments convain**cants***.

INDICATIF

Présent
- je vaincs
- tu vaincs
- il vainc
- nous vainquons
- vous vainquez
- ils vainquent

Passé composé
- j' ai vaincu
- tu as vaincu
- il a vaincu
- ns avons vaincu
- vs avez vaincu
- ils ont vaincu

Imparfait
- je vainquais
- tu vainquais
- il vainquait
- nous vainquions
- vous vainquiez
- ils vainquaient

Plus-que-parfait
- j' avais vaincu
- tu avais vaincu
- il avait vaincu
- ns avions vaincu
- vs aviez vaincu
- ils avaient vaincu

Passé simple
- je vainquis
- tu vainquis
- il vainquit
- nous vainquîmes
- vous vainquîtes
- ils vainquirent

Passé antérieur
- j' eus vaincu
- tu eus vaincu
- il eut vaincu
- ns eûmes vaincu
- vs eûtes vaincu
- ils eurent vaincu

Futur simple
- je vaincrai
- tu vaincras
- il vaincra
- nous vaincrons
- vous vaincrez
- ils vaincront

Futur antérieur
- j' aurai vaincu
- tu auras vaincu
- il aura vaincu
- ns aurons vaincu
- vs aurez vaincu
- ils auront vaincu

SUBJONCTIF

Présent
- que je vainque
- que tu vainques
- qu' il vainque
- que ns vainquions
- que vs vainquiez
- qu' ils vainquent

Imparfait
- que je vainquisse
- que tu vainquisses
- qu' il vainquît
- que ns vainquissions
- que vs vainquissiez
- qu' ils vainquissent

Passé
- que j' aie vaincu
- que tu aies vaincu
- qu' il ait vaincu
- que ns ayons vaincu
- que vs ayez vaincu
- qu' ils aient vaincu

Plus-que-parfait
- que j' eusse vaincu
- que tu eusses vaincu
- qu' il eût vaincu
- que ns eussions vaincu
- que vs eussiez vaincu
- qu' ils eussent vaincu

CONDITIONNEL

Présent
- je vaincrais
- tu vaincrais
- il vaincrait
- nous vaincrions
- vous vaincriez
- ils vaincraient

Passé 1re forme
- j' aurais vaincu
- tu aurais vaincu
- il aurait vaincu
- ns aurions vaincu
- vs auriez vaincu
- ils auraient vaincu

Passé 2e forme
- j' eusse vaincu
- tu eusses vaincu
- il eût vaincu
- ns eussions vaincu
- vs eussiez vaincu
- ils eussent vaincu

IMPÉRATIF

Présent
vaincs   vainquons   vainquez

Passé
aie vaincu   ayons vaincu   ayez vaincu

INFINITIF

Présent vaincre   **Passé** avoir vaincu

PARTICIPE

Présent vainquant   **Passé** vaincu, ue   ayant vaincu

groupe 3.3 / FAIRE

Se conjuguent sur **faire** (un des verbes les plus employés) une dizaine de dérivés: **contrefaire, défaire, redéfaire, satisfaire, surfaire**; **parfaire**; **forfaire**; **malfaire** *(faire mal)* et **méfaire** *(faire du mal)* rares, et utilisés seulement à l'infinitif. Attention à *vous faites* (sans accent circonflexe, comme *vous dites*) et à la discordance entre l'orthographe et la prononciation dans: *nous fai**s**ons, je fai**s**ais, fai**s**ant*; **ai** se prononce comme un **e muet** [ə].

INDICATIF

Présent
je	fais
tu	fais
il	fait
nous	faisons
vous	faites
ils	font

Passé composé
j'	ai	fait
tu	as	fait
il	a	fait
ns	avons	fait
vs	avez	fait
ils	ont	fait

Imparfait
je	faisais
tu	faisais
il	faisait
nous	faisions
vous	faisiez
ils	faisaient

Plus-que-parfait
j'	avais	fait
tu	avais	fait
il	avait	fait
ns	avions	fait
vs	aviez	fait
ils	avaient	fait

Passé simple
je	fis
tu	fis
il	fit
nous	fîmes
vous	fîtes
ils	firent

Passé antérieur
j'	eus	fait
tu	eus	fait
il	eut	fait
ns	eûmes	fait
vs	eûtes	fait
ils	eurent	fait

Futur simple
je	ferai
tu	feras
il	fera
nous	ferons
vous	ferez
ils	feront

Futur antérieur
j'	aurai	fait
tu	auras	fait
il	aura	fait
ns	aurons	fait
vs	aurez	fait
ils	auront	fait

SUBJONCTIF

Présent
que je	fasse	
que tu	fasses	
qu'il	fasse	
que ns	fassions	
que vs	fassiez	
qu'ils	fassent	

Imparfait
que je	fisse	
que tu	fisses	
qu'il	fît	
que ns	fissions	
que vs	fissiez	
qu'ils	fissent	

Passé
que j'	aie	fait
que tu	aies	fait
qu'il	ait	fait
que ns	ayons	fait
que vs	ayez	fait
qu'ils	aient	fait

Plus-que-parfait
que j'	eusse	fait
que tu	eusses	fait
qu'il	eût	fait
que ns	eussions	fait
que vs	eussiez	fait
qu'ils	eussent	fait

CONDITIONNEL

Présent
je	ferais
tu	ferais
il	ferait
nous	ferions
vous	feriez
ils	feraient

Passé 1re forme
j'	aurais	fait
tu	aurais	fait
il	aurait	fait
ns	aurions	fait
vs	auriez	fait
ils	auraient	fait

Passé 2e forme
j'	eusse	fait
tu	eusses	fait
il	eût	fait
ns	eussions	fait
vs	eussiez	fait
ils	eussent	fait

IMPERATIF

Présent
fais   faisons   faites

Passé
aie fait   ayons fait   ayez fait

INFINITIF

Présent: faire
Passé: avoir fait

PARTICIPE

Présent: faisant
Passé: fait, te   ayant fait

62 / DISTRAIRE / groupe 3.3

Se conjuguent sur **distraire**: traire, abstraire, extraire, soustraire; braire.

remarques
Ces verbes n'ont ni passé simple, ni subjonctif imparfait.
Le groupe **-ay-** dans les formes en **-ayons, -ayez, -ayions, -ayiez, -ayant** est prononcé [εj] c'est-à-dire **è** ouvert plus yod.

INDICATIF

Présent	Passé composé
je distrais	j' ai distrait
tu distrais	tu as distrait
il distrait	il a distrait
nous distrayons	ns avons distrait
vous distrayez	vs avez distrait
ils distraient	ils ont distrait

Imparfait	Plus-que-parfait
je distrayais	j' avais distrait
tu distrayais	tu avais distrait
il distrayait	il avait distrait
nous distrayions	ns avions distrait
vous distrayiez	vs aviez distrait
ils distrayaient	ils avaient distrait

Passé simple	Passé antérieur
(inusité)	j' eus distrait
	tu eus distrait
	il eut distrait
	ns eûmes distrait
	vs eûtes distrait
	ils eurent distrait

Futur simple	Futur antérieur
je distrairai	j' aurai distrait
tu distrairas	tu auras distrait
il distraira	il aura distrait
nous distrairons	ns aurons distrait
vous distrairez	vs aurez distrait
ils distrairont	ils auront distrait

SUBJONCTIF

Présent
que je distraie
que tu distraies
qu' il distraie
que ns distrayions
que vs distrayiez
qu' ils distraient

Imparfait
(inusité)

Passé
que j' aie distrait
que tu aies distrait
qu' il ait distrait
que ns ayons distrait
que vs ayez distrait
qu' ils aient distrait

Plus-que-parfait
que j' eusse distrait
que tu eusses distrait
qu' il eût distrait
que ns eussions distrait
que vs eussiez distrait
qu' ils eussent distrait

CONDITIONNEL

Présent	Passé 1re forme	Passé 2e forme
je distrairais	j' aurais distrait	j' eusse distrait
tu distrairais	tu aurais distrait	tu eusses distrait
il distrairait	il aurait distrait	il eût distrait
nous distrairions	ns aurions distrait	ns eussions distrait
vous distrairiez	vs auriez distrait	vs eussiez distrait
ils distrairaient	ils auraient distrait	ils eussent distrait

IMPÉRATIF

Présent			Passé	
distrais	distrayons	distrayez	aie distrait	ayons, ayez distrait

INFINITIF

Présent	Passé
distraire	avoir distrait

PARTICIPE

Présent	Passé
distrayant	distrait, aite — ayant distrait

groupe 3.3 / PLAIRE / 63

Se conjuguent se le modèle de **plaire**: **déplaire, complaire** et le verbe **taire**, le plus souvent à la forme pronominale **se taire**.

remarque
À la 3ᵉ personne du singulier de l'indicatif présent, *il se tait* diffère de *il plaît* par l'absence d'accent circonflexe sur le **i**. À la forme pronominale, le participe passé **plu** est en principe toujours invariable: *elles se sont plu à* (cf. p. 39)

INDICATIF		SUBJONCTIF
Présent je plais tu plais il plaît nous plaisons vous plaisez ils plaisent	**Passé composé** j' ai plu tu as plu il a plu ns avons plu vs avez plu ils ont plu	**Présent** que je plaise que tu plaises qu' il plaise que ns plaisions que vs plaisiez qu' ils plaisent
Imparfait je plaisais tu plaisais il plaisait nous plaisions vous plaisiez ils plaisaient	**Plus-que-parfait** j' avais plu tu avais plu il avait plu ns avions plu vs aviez plu ils avaient plu	**Imparfait** que je plusse que tu plusses qu' il plût que ns plussions que vs plussiez qu' ils plussent
Passé simple je plus tu plus il plut ns plûmes vous plûtes ils plurent	**Passé antérieur** j' eus plu tu eus plu il eut plu ns eûmes plu vs eûtes plu ils eurent plu	**Passé** que j' aie plu que tu aies plu qu' il ait plu que ns ayons plu que vs ayez plu qu' ils aient plu
Futur simple je plairai tu plairas il plaira nous plairons vous plairez ils plairont	**Futur antérieur** j' aurai plu tu auras plu il aura plu ns aurons plu vs aurez plu ils auront plu	**Plus-que-parfait** que j' eusse plu que tu eusses plu qu' il eût plu que ns eussions plu que vs eussiez plu qu' ils eussent plu

CONDITIONNEL		
Présent je plairais tu plairais il plairait nous plairions vous plairiez ils plairaient	**Passé 1ʳᵉ forme** j' aurais plu tu aurais plu il aurait plu ns aurions plu vs auriez plu ils auraient plu	**Passé 2ᵉ forme** j' eusse plu tu eusses plu il eût plu ns eussions plu vs eussiez plu ils eussent plu

IMPERATIF	
Présent plais plaisons plaisez	**Passé** aie plu ayons plu ayez plu

INFINITIF		PARTICIPE	
Présent plaire	**Passé** avoir plu	**Présent** plaisant	**Passé** plu (invariable) ayant plu

64 / METTRE / groupe 3.3

Se conjuguent sur **mettre**, verbe très employé, les verbes de sa famille : **admettre, commettre, compromettre, démettre, émettre, entremettre (s'), omettre, permettre, promettre, réadmettre, remettre, retransmettre, soumettre, transmettre**.

INDICATIF

Présent	Passé composé
je mets	j' ai mis
tu mets	tu as mis
il met	il a mis
nous mettons	ns avons mis
vous mettez	vs avez mis
ils mettent	ils ont mis

Imparfait	Plus-que-parfait
je mettais	j' avais mis
tu mettais	tu avais mis
il mettait	il avait mis
nous mettions	ns avions mis
vous mettiez	vs aviez mis
ils mettaient	ils avaient mis

Passé simple	Passé antérieur
je mis	j' eus mis
tu mis	tu eus mis
il mit	il eut mis
nous mîmes	ns eûmes mis
vous mîtes	vs eûtes mis
ils mirent	ils eurent mis

Futur simple	Futur antérieur
je mettrai	j' aurai mis
tu mettras	tu auras mis
il mettra	il aura mis
nous mettrons	ns aurons mis
vous mettrez	vs aurez mis
ils mettront	ils auront mis

SUBJONCTIF

Présent
que je mette
que tu mettes
qu' il mette
que ns mettions
que vs mettiez
qu' ils mettent

Imparfait
que je misse
que tu misses
qu' il mît
que ns missions
que vs missiez
qu' ils missent

Passé
que j' aie mis
que tu aies mis
qu' il ait mis
que ns ayons mis
que vs ayez mis
qu' ils aient mis

Plus-que-parfait
que j' eusse mis
que tu eusses mis
qu' il eût mis
que ns eussions mis
que vs eussiez mis
qu' ils eussent mis

CONDITIONNEL

Présent	Passé 1re forme	Passé 2e forme
je mettrais	j' aurais mis	j' eusse mis
tu mettrais	tu aurais mis	tu eusses mis
il mettrait	il aurait mis	il eût mis
nous mettrions	ns aurions mis	ns eussions mis
vous mettriez	vs auriez mis	vs eussiez mis
ils mettraient	ils auraient mis	ils eussent mis

IMPÉRATIF

Présent	Passé
mets mettons mettez	aie mis ayons mis ayez mis

INFINITIF

Présent	Passé
mettre	avoir mis

PARTICIPE

Présent	Passé
mettant	mis, se ayant mis

groupe 3.3 / BATTRE

Se conjuguent sur **battre** les verbes de sa famille : **abattre, combattre, contrebattre, débattre, ébattre (s'), embattre, rabattre, rebattre**.

Attention aux **-tt-** du radical, malgré *bataille*.

INDICATIF

Présent	Passé composé
je bats	j' ai battu
tu bats	tu as battu
il bat	il a battu
nous battons	ns avons battu
vous battez	vs avez battu
ils battent	ils ont battu

Imparfait	Plus-que-parfait
je battais	j' avais battu
tu battais	tu avais battu
il battait	il avait battu
nous battions	ns avions battu
vous battiez	vs aviez battu
ils battaient	ils avaient battu

Passé simple	Passé antérieur
je battis	j' eus battu
tu battis	tu eus battu
il battit	il eut battu
nous battîmes	ns eûmes battu
vous battîtes	vs eûtes battu
ils battirent	ils eurent battu

Futur simple	Futur antérieur
je battrai	j' aurai battu
tu battras	tu auras battu
il battra	il aura battu
nous battrons	ns aurons battu
vous battrez	vs aurez battu
ils battront	ils auront battu

SUBJONCTIF

Présent
que je batte
que tu battes
qu' il batte
que ns battions
que vs battiez
qu' ils battent

Imparfait
que je battisse
que tu battisses
qu' il battît
que ns battissions
que vs battissiez
qu' ils battissent

Passé
que j' aie battu
que tu aies battu
qu' il ait battu
que ns ayons battu
que vs ayez battu
qu' ils aient battu

Plus-que-parfait
que j' eusse battu
que tu eusses battu
qu' il eût battu
que ns eussions battu
que vs eussiez battu
qu' ils eussent battu

CONDITIONNEL

Présent	Passé 1re forme	Passé 2e forme
je battrais	j' aurais battu	j' eusse battu
tu battrais	tu aurais battu	tu eusses battu
il battrait	il aurait battu	il eût battu
nous battrions	ns aurions battu	ns eussions battu
vous battriez	vs auriez battu	vs eussiez battu
ils battraient	ils auraient battu	ils eussent battu

IMPÉRATIF

Présent			Passé		
bats	battons	battez	aie battu	ayons battu	ayez battu

INFINITIF

Présent	Passé
battre	avoir battu

PARTICIPE

Présent	Passé
battant	battu, ue ayant battu

66 / SUIVRE / groupe 3.3

Se conjuguent sur **suivre** les verbes de sa famille: **poursuivre** et **s'ensuivre**.

S'ensuivre (auxiliaire **être**) ne s'emploie qu'à l'infinitif et aux 3es personnes du singulier et du pluriel: *il s'ensuit que…*; *un grand malheur s'en est ensuivi*, etc.

INDICATIF

Présent	Passé composé
je suis	j' ai suivi
tu suis	tu as suivi
il suit	il a suivi
nous suivons	ns avons suivi
vous suivez	vs avez suivi
ils suivent	ils ont suivi

Imparfait	Plus-que-parfait
je suivais	j' avais suivi
tu suivais	tu avais suivi
il suivait	il avait suivi
nous suivions	ns avions suivi
vous suiviez	vs aviez suivi
ils suivaient	ils avaient suivi

Passé simple	Passé antérieur
je suivis	j' eus suivi
tu suivis	tu eus suivi
il suivit	il eut suivi
nous suivîmes	ns eûmes suivi
vous suivîtes	vs eûtes suivi
ils suivirent	ils eurent suivi

Futur simple	Futur antérieur
je suivrai	j' aurai suivi
tu suivras	tu auras suivi
il suivra	il aura suivi
nous suivrons	ns aurons suivi
vous suivrez	vs aurez suivi
ils suivront	ils auront suivi

SUBJONCTIF

Présent
que je suive
que tu suives
qu' il suive
que ns suivions
que vs suiviez
qu' ils suivent

Imparfait
que je suivisse
que tu suivisses
qu' il suivît
que ns suivissions
que vs suivissiez
qu' ils suivissent

Passé
que j' aie suivi
que tu aies suivi
qu' il ait suivi
que ns ayons suivi
que vs ayez suivi
qu' ils aient suivi

Plus-que-parfait
que j' eusse suivi
que tu eusses suivi
qu' il eût suivi
que ns eussions suivi
que vs eussiez suivi
qu' ils eussent suivi

CONDITIONNEL

Présent	Passé 1re forme	Passé 2e forme
je suivrais	j' aurais suivi	j' eusse suivi
tu suivrais	tu aurais suivi	tu eusses suivi
il suivrait	il aurait suivi	il eût suivi
nous suivrions	ns aurions suivi	ns eussions suivi
vous suivriez	vs auriez suivi	vs eussiez suivi
ils suivraient	ils auraient suivi	ils eussent suivi

IMPERATIF

Présent	Passé
suis suivons suivez	aie suivi ayons suivi ayez suivi

INFINITIF

Présent	Passé
suivre	avoir suivi

PARTICIPE

Présent	Passé
suivant	suivi, ie ayant suivi

groupe 3.3 / VIVRE

Se conjuguent sur **vivre** les verbes de sa famille : **revivre, survivre**.

Outre le passé simple : *je vécus*…, retenez bien : *il a vécu* (en face de *il est mort*).

INDICATIF

Présent
je vis
tu vis
il vit
nous vivons
vous vivez
ils vivent

Passé composé
j' ai vécu
tu as vécu
il a vécu
ns avons vécu
vs avez vécu
ils ont vécu

Imparfait
je vivais
tu vivais
il vivait
nous vivions
vous viviez
ils vivaient

Plus-que-parfait
j' avais vécu
tu avais vécu
il avait vécu
ns avions vécu
vs aviez vécu
ils avaient vécu

Passé simple
je vécus
tu vécus
il vécut
nous vécûmes
vous vécûtes
ils vécurent

Passé antérieur
j' eus vécu
tu eus vécu
il eut vécu
ns eûmes vécu
vs eûtes vécu
ils eurent vécu

Futur simple
je vivrai
tu vivras
il vivra
nous vivrons
vous vivrez
ils vivront

Futur antérieur
j' aurai vécu
tu auras vécu
il aura vécu
ns aurons vécu
vs aurez vécu
ils auront vécu

SUBJONCTIF

Présent
que je vive
que tu vives
qu' il vive
que ns vivions
que vs viviez
qu' ils vivent

Imparfait
que je vécusse
que tu vécusses
qu' il vécût
que ns vécussions
que vs vécussiez
qu' ils vécussent

Passé
que j' aie vécu
que tu aies vécu
qu' il ait vécu
que ns ayons vécu
que vs ayez vécu
qu' ils aient vécu

Plus-que-parfait
que j' eusse vécu
que tu eusses vécu
qu' il eût vécu
que ns eussions vécu
que vs eussiez vécu
qu' ils eussent vécu

CONDITIONNEL

Présent
je vivrais
tu vivrais
il vivrait
nous vivrions
vous vivriez
ils vivraient

Passé 1re forme
j' aurais vécu
tu aurais vécu
il aurait vécu
ns aurions vécu
vs auriez vécu
ils auraient vécu

Passé 2e forme
j' eusse vécu
tu eusses vécu
il eût vécu
ns eussions vécu
vs eussiez vécu
ils eussent vécu

IMPERATIF

Présent
vis vivons vivez

Passé
aie vécu ayons vécu ayez vécu

INFINITIF

Présent vivre
Passé avoir vécu

PARTICIPE

Présent vivant
Passé vécu, ue ayant vécu

68 / SUFFIRE / groupe 3.3

On conjugue sur ce verbe type assez fréquent les quelques verbes rares suivants : **circoncire, confire, déconfire, frire**.

remarque
Attention à l'orthographe des participes passés qui diffère suivant les verbes : en contraste avec suffi (toujours invariable), on écrit : circoncis, confit, déconfit, frit.

INDICATIF

Présent
je suffis
tu suffis
il suffit
nous suffisons
vous suffisez
ils suffisent

Passé composé
j' ai suffi
tu as suffi
il a suffi
ns avons suffi
vs avez suffi
ils ont suffi

Imparfait
je suffisais
tu suffisais
il suffisait
nous suffisions
vous suffisiez
ils suffisaient

Plus-que-parfait
j' avais suffi
tu avais suffi
il avait suffi
ns avions suffi
vs aviez suffi
ils avaient suffi

Passé simple
je suffis
tu suffis
il suffit
nous suffîmes
vous suffîtes
ils suffirent

Passé antérieur
j' eus suffi
tu eus suffi
il eut suffi
ns eûmes suffi
vs eûtes suffi
ils eurent suffi

Futur simple
je suffirai
tu suffiras
il suffira
nous suffirons
vous suffirez
ils suffiront

Futur antérieur
j' aurai suffi
tu auras suffi
il aura suffi
ns aurons suffi
vs aurez suffi
ils auront suffi

SUBJONCTIF

Présent
que je suffise
que tu suffises
qu' il suffise
que ns suffissions
que vs suffissiez
qu' ils suffisent

Imparfait
que je suffisse
que tu suffisses
qu' il suffît
que ns suffissions
que vs suffissiez
qu' ils suffissent

Passé
que j' aie suffi
que tu aies suffi
qu' il ait suffi
que ns ayons suffi
que vs ayez suffi
qu' ils aient suffi

Plus-que-parfait
que j' eusse suffi
que tu eusses suffi
qu' il eût suffi
que ns eussions suffi
que vs eussiez suffi
qu' ils eussent suffi

CONDITIONNEL

Présent
je suffirais
tu suffirais
il suffirait
nous suffirions
vous suffiriez
ils suffiraient

Passé 1re forme
j' aurais suffi
tu aurais suffi
il aurait suffi
ns aurions suffi
vs auriez suffi
ils auraient suffi

Passé 2e forme
j' eusse suffi
tu eusses suffi
il eût suffi
ns eussions suffi
vs eussiez suffi
ils eussent suffi

IMPERATIF

Présent
suffis suffisons suffisez

Passé
aie suffi ayons suffi ayez suffi

INFINITIF

Présent
suffire

Passé
avoir suffi

PARTICIPE

Présent
suffisant

Passé
suffi (invariable) ayant suffi

groupe 3.3 / DIRE

Dire est, après **faire**, le verbe le plus employé du groupe 3 ; **contredire, dédire, interdire, médire, prédire, redire**. Attention à l'orthographe de la 2e personne du pluriel à l'indicatif présent : *vous dites* ; et à l'impératif *dites*. À la même personne, seul **redire** fait : *vous redites, redites*. Les autres composés de **dire** prennent les formes : *vous contredisez, vous dédisez, vous interdisez, vous médisez, vous prédisez* ; et à l'impératif : *contredisez, dédisez, interdisez, médisez, prédisez*.

INDICATIF

Présent
je dis
tu dis
il dit
nous disons
vous dites
ils disent

Passé composé
j' ai dit
tu as dit
il a dit
ns avons dit
vs avez dit
ils ont dit

Imparfait
je disais
tu disais
il disait
nous disions
vous disiez
ils disaient

Plus-que-parfait
j' avais dit
tu avais dit
il avait dit
ns avions dit
vs aviez dit
ils avaient dit

Passé simple
je dis
tu dis
il dit
nous dîmes
vous dîtes
ils dirent

Passé antérieur
j' eus dit
tu eus dit
il eut dit
ns eûmes dit
vs eûtes dit
ils eurent dit

Futur simple
je dirai
tu diras
il dira
nous dirons
vous direz
ils diront

Futur antérieur
j' aurai dit
tu auras dit
il aura dit
ns aurons dit
vs aurez dit
ils auront dit

SUBJONCTIF

Présent
que je dise
que tu dises
qu' il dise
que ns disions
que vs disiez
qu' ils disent

Imparfait
que je disse
que tu disses
qu' il dît
que ns dissions
que vs dissiez
qu' ils dissent

Passé
que j' aie dit
que tu aies dit
qu' il ait dit
que ns ayons dit
que vs ayez dit
qu' ils aient dit

Plus-que-parfait
que j' eusse dit
que tu eusses dit
qu' il eût dit
que ns eussions dit
que vs eussiez dit
qu' ils eussent dit

CONDITIONNEL

Présent
je dirais
tu dirais
il dirait
nous dirions
vous diriez
ils diraient

Passé 1re forme
j' aurais dit
tu aurais dit
il aurait dit
ns aurions dit
vs auriez dit
ils auraient dit

Passé 2e forme
j' eusse dit
tu eusses dit
il eût dit
ns eussions dit
vs eussiez dit
ils eussent dit

IMPÉRATIF

Présent
dis   disons   dites

Passé
aie dit   ayons dit   ayez dit

INFINITIF

Présent
dire

Passé
avoir dit

PARTICIPE

Présent
disant

Passé
dit, ite   ayant dit

70 / LIRE / groupe 3.3

Se conjuguent sur **lire** : relire, élire, réélire.

Le lien entre **lire** et **relire** est évident. En revanche, le rapport entre **lire** et les autres verbes de sa famille, à savoir **élire** et **réélire**, n'est plus senti, parce que ces deux verbes se rattachent, pour la signification, au sens premier du latin **legere** *(choisir)*.

INDICATIF

Présent
je lis
tu lis
il lit
nous lisons
vous lisez
ils lisent

Passé composé
j' ai lu
tu as lu
il a lu
ns avons lu
vs avez lu
ils ont lu

Imparfait
je lisais
tu lisais
il lisait
nous lisions
vous lisiez
ils lisaient

Plus-que-parfait
j' avais lu
tu avais lu
il avait lu
ns avions lu
vs aviez lu
ils avaient lu

Passé simple
je lus
tu lus
il lut
nous lûmes
vous lûtes
ils lurent

Passé antérieur
j' eus lu
tu eus lu
il eut lu
ns eûmes lu
vs eûtes lu
ils eurent lu

Futur simple
je lirai
tu liras
il lira
nous lirons
vous lirez
ils liront

Futur antérieur
j' aurai lu
tu auras lu
il aura lu
ns aurons lu
vs aurez lu
ils auront lu

SUBJONCTIF

Présent
que je lise
que tu lises
qu' il lise
que ns lisions
que vs lisiez
qu' ils lisent

Imparfait
que je lusse
que tu lusses
qu' il lût
que ns lussions
que vs lussiez
qu' ils lussent

Passé
que j' aie lu
que tu aies lu
qu' il ait lu
que ns ayons lu
que vs ayez lu
qu' ils aient lu

Plus-que-parfait
que j' eusse lu
que tu eusses lu
qu' il eût lu
que ns eussions lu
que vs eussiez lu
qu' ils eussent lu

CONDITIONNEL

Présent
je lirais
tu lirais
il lirait
nous lirions
vous liriez
ils liraient

Passé 1re forme
j' aurais lu
tu aurais lu
il aurait lu
ns aurions lu
vs auriez lu
ils auraient lu

Passé 2e forme
j' eusse lu
tu eusses lu
il eût lu
ns eussions lu
vs eussiez lu
ils eussent lu

IMPERATIF

Présent
lis   lisons   lisez

Passé
aie lu   ayons lu   ayez lu

INFINITIF

Présent
lire

Passé
avoir lu

PARTICIPE

Présent
lisant

Passé
lu, lue   ayant lu

groupe 3.3 / ÉCRIRE

Se conjuguent sur ce verbe :
– deux composés où l'on retrouve **écrire** : **décrire**, **récrire** ;
– huit composés en **-scrire** : **circonscrire, inscrire, prescrire, proscrire, réinscrire, retranscrire, souscrire, transcrire**.

INDICATIF

Présent	Passé composé
j' écris	j' ai écrit
tu écris	tu as écrit
il écrit	il a écrit
nous écrivons	ns avons écrit
vous écrivez	vs avez écrit
ils écrivent	ils ont écrit

Imparfait	Plus-que-parfait
j' écrivais	j' avais écrit
tu écrivais	tu avais écrit
il écrivait	il avait écrit
nous écrivions	ns avions écrit
vous écriviez	vs aviez écrit
ils écrivaient	ils avaient écrit

Passé simple	Passé antérieur
j' écrivis	j' eus écrit
tu écrivis	tu eus écrit
il écrivit	il eut écrit
nous écrivîmes	ns eûmes écrit
vous écrivîtes	vs eûtes écrit
ils écrivirent	ils eurent écrit

Futur simple	Futur antérieur
j' écrirai	j' aurai écrit
tu écriras	tu auras écrit
il écrira	il aura écrit
nous écrirons	ns aurons écrit
vous écrirez	vs aurez écrit
ils écriront	ils auront écrit

SUBJONCTIF

Présent
que j' écrive
que tu écrives
qu' il écrive
que ns écrivions
que vs écriviez
qu' ils écrivent

Imparfait
que j' écrivisse
que tu écrivisses
qu' il écrivît
que ns écrivissions
que vs écrivissiez
qu' ils écrivissent

Passé
que j' aie écrit
que tu aies écrit
qu' il ait écrit
que ns ayons écrit
que vs ayez écrit
qu' ils aient écrit

Plus-que-parfait
que j' eusse écrit
que tu eusses écrit
qu' il eût écrit
que ns eussions écrit
que vs eussiez écrit
qu' ils eussent écrit

CONDITIONNEL

Présent	Passé 1re forme	Passé 2e forme
j' écrirais	j' aurais écrit	j' eusse écrit
tu écrirais	tu aurais écrit	tu eusses écrit
il écrirait	il aurait écrit	il eût écrit
nous écririons	ns aurions écrit	ns eussions écrit
vous écririez	vs auriez écrit	vs eussiez écrit
ils écriraient	ils auraient écrit	ils eussent écrit

IMPERATIF

Présent			Passé		
écris	écrivons	écrivez	aie écrit	ayons écrit	ayez écrit

INFINITIF

Présent	Passé
écrire	avoir écrit

PARTICIPE

Présent	Passé
écrivant	écrit, te ayant écrit

72 / RIRE et SOURIRE / groupe 3.3

Attention à la désinence **-s** de *je ris*. **Rire**, n'étant pas un verbe du groupe 1 (type **aimer**, tableau 7), ne peut avoir la terminaison en **-e**.

Les participes passés **ri** et **souri** sont toujours invariables (même à la voix pronominale, pour **rire**) : *elles se sont ri de nous* ; *cf.* p. 39 § 123.

INDICATIF

Présent
je ris
tu ris
il rit
nous rions
vous riez
ils rient

Passé composé
j' ai ri
tu as ri
il a ri
ns avons ri
vs avez ri
ils ont ri

Imparfait
je riais
tu riais
il riait
nous riions
vous riiez
ils riaient

Plus-que-parfait
j' avais ri
tu avais ri
il avait ri
ns avions ri
vs aviez ri
ils avaient ri

Passé simple
je ris
tu ris
il rit
nous rîmes
vous rîtes
ils rirent

Passé antérieur
j' eus ri
tu eus ri
il eut ri
ns eûmes ri
vs eûtes ri
ils eurent ri

Futur simple
je rirai
tu riras
il rira
nous rirons
vous rirez
ils riront

Futur antérieur
j' aurai ri
tu auras ri
il aura ri
ns aurons ri
vs aurez ri
ils auront ri

SUBJONCTIF

Présent
que je rie
que tu ries
qu' il rie
que ns riions
que vs riiez
qu' ils rient

Imparfait
que je risse
que tu risses
qu' il rît
que ns rissions
que vs rissiez
qu' ils rissent

Passé
que j' aie ri
que tu aies ri
qu' il ait ri
que ns ayons ri
que vs ayez ri
qu' ils aient ri

Plus-que-parfait
que j' eusse ri
que tu eusses ri
qu' il eût ri
que ns eussions ri
que vs eussiez ri
qu' ils eussent ri

CONDITIONNEL

Présent
je rirais
tu rirais
il rirait
nous ririons
vous ririez
ils riraient

Passé 1re forme
j' aurais ri
tu aurais ri
il aurait ri
ns aurions ri
vs auriez ri
ils auraient ri

Passé 2e forme
j' eusse ri
tu eusses ri
il eût ri
ns eussions ri
vs eussiez ri
ils eussent ri

IMPERATIF

Présent
ris   rions   riez

Passé
aie ri   ayons ri   ayez ri

INFINITIF

Présent rire
Passé avoir ri

PARTICIPE

Présent riant
Passé ri   ayant ri

groupe 3.3 / CONDUIRE / 73

Se conjuguent sur **conduire** les composés formés sur **-duire**, du latin *ducere*: déduire, éconduire, enduire, induire, introduire, produire, reconduire, réduire, réintroduire, reproduire, retraduire, séduire, traduire; les composés formés sur **-struire**, du latin *struere*: construire, détruire, instruire, reconstruire; **cuire**, recuire; **nuire**, s'entre-nuire; **luire**, reluire. Le participe passé de ces quatre derniers verbes, qui s'écrit sans **t** *(nui, entre-nui, lui, relui)* est toujours invariable.

INDICATIF

Présent
je conduis
tu conduis
il conduit
nous conduisons
vous conduisez
ils conduisent

Passé composé
j' ai conduit
tu as conduit
il a conduit
ns avons conduit
vs avez conduit
ils ont conduit

Imparfait
je conduisais
tu conduisais
il conduisait
nous conduisions
vous conduisiez
ils conduisaient

Plus-que-parfait
j' avais conduit
tu avais conduit
il avait conduit
ns avions conduit
vs aviez conduit
ils avaient conduit

Passé simple
je conduisis
tu conduisis
il conduisit
nous conduisîmes
vous conduisîtes
ils conduisirent

Passé antérieur
j' eus conduit
tu eus conduit
il eut conduit
ns eûmes conduit
vs eûtes conduit
ils eurent conduit

Futur simple
je conduirai
tu conduiras
il conduira
nous conduirons
vous conduirez
ils conduiront

Futur antérieur
j' aurai conduit
tu auras conduit
il aura conduit
ns aurons conduit
vs aurez conduit
ils auront conduit

SUBJONCTIF

Présent
que je conduise
que tu conduises
qu' il conduise
que ns conduisions
que vs conduisiez
qu' ils conduisent

Imparfait
que je conduisisse
que tu conduisisses
qu' il conduisît
que ns conduisissions
que vs conduisissiez
qu' ils conduisissent

Passé
que j' aie conduit
que tu aies conduit
qu' il ait conduit
que ns ayons conduit
que vs ayez conduit
qu' ils aient conduit

Plus-que-parfait
que j' eusse conduit
que tu eusses conduit
qu' il eût conduit
que ns eussions conduit
que vs eussiez conduit
qu' ils eussent conduit

CONDITIONNEL

Présent
je conduirais
tu conduirais
il conduirait
nous conduirions
vous conduiriez
ils conduiraient

Passé 1re forme
j' aurais conduit
tu aurais conduit
il aurait conduit
ns aurions conduit
vs auriez conduit
ils auraient conduit

Passé 2e forme
j' eusse conduit
tu eusses conduit
il eût conduit
ns eussions conduit
vs eussiez conduit
ils eussent conduit

IMPÉRATIF

Présent
conduis   conduisons   conduisez

Passé
aie conduit   ayons, ayez conduit

INFINITIF

Présent
conduire

Passé
avoir conduit

PARTICIPE

Présent
conduisant

Passé
conduit, ite   ayant conduit

74 / BOIRE / groupe 3.3

Seul **emboire** (rare) se conjugue sur ce type.

INDICATIF

Présent	Passé composé
je bois	j' ai bu
tu bois	tu as bu
il boit	il a bu
nous buvons	ns avons bu
vous buvez	vs avez bu
ils boivent	ils ont bu

Imparfait	Plus-que-parfait
je buvais	j' avais bu
tu buvais	tu avais bu
il buvait	il avait bu
nous buvions	ns avions bu
vous buviez	vs aviez bu
ils buvaient	ils avaient bu

Passé simple	Passé antérieur
je bus	j' eus bu
tu bus	tu eus bu
il but	il eut bu
nous bûmes	ns eûmes bu
vous bûtes	vs eûtes bu
ils burent	ils eurent bu

Futur simple	Futur antérieur
je boirai	j' aurai bu
tu boiras	tu auras bu
il boira	il aura bu
nous boirons	ns aurons bu
vous boirez	vs aurez bu
ils boiront	ils auront bu

SUBJONCTIF

Présent
que je boive
que tu boives
qu' il boive
que ns buvions
que vs buviez
qu' ils boivent

Imparfait
que je busse
que tu busses
qu' il bût
que ns bussions
que vs bussiez
qu' ils bussent

Passé
que j' aie bu
que tu aies bu
qu' il ait bu
que ns ayons bu
que vs ayez bu
qu' ils aient bu

Plus-que-parfait
que j' eusse bu
que tu eusses bu
qu' il eût bu
que ns eussions bu
que vs eussiez bu
qu' ils eussent bu

CONDITIONNEL

Présent	Passé 1re forme	Passé 2e forme
je boirais	j' aurais bu	j' eusse bu
tu boirais	tu aurais bu	tu eusses bu
il boirait	il aurait bu	il eût bu
nous boirions	ns aurions bu	ns eussions bu
vous boiriez	vs auriez bu	vs eussiez bu
ils boiraient	ils auraient bu	ils eussent bu

IMPERATIF

Présent	Passé
bois buvons buvez	aie bu ayons bu ayez bu

INFINITIF

Présent	Passé
boire	avoir bu

PARTICIPE

Présent	Passé
buvant	bu, ue ayant bu

groupe 3.3 / CROIRE / 75

Ce verbe est un des plus utilisés du groupe 3.

Beaucoup des formes de **croire** se confondraient avec celles de **croître** (tableau 76), si ces dernières ne se distinguaient pas par l'accent circonflexe : *je croîs*, en face de *je crois*, etc.

INDICATIF

Présent	Passé composé
je crois	j' ai cru
tu crois	tu as cru
il croit	il a cru
nous croyons	ns avons cru
vous croyez	vs avez cru
ils croient	ils ont cru

Imparfait	Plus-que-parfait
je croyais	j' avais cru
tu croyais	tu avais cru
il croyait	il avait cru
nous croyions	ns avions cru
vous croyiez	vs aviez cru
ils croyaient	ils avaient cru

Passé simple	Passé antérieur
je crus	j' eus cru
tu crus	tu eus cru
il crut	il eut cru
nous crûmes	ns eûmes cru
vous crûtes	vs eûtes cru
ils crurent	ils eurent cru

Futur simple	Futur antérieur
je croirai	j' aurai cru
tu croiras	tu auras cru
il croira	il aura cru
nous croirons	ns aurons cru
vous croirez	vs aurez cru
ils croiront	ils auront cru

SUBJONCTIF

Présent
que je croie
que tu croies
qu' il croie
que ns croyions
que vs croyiez
qu' ils croient

Imparfait
que je crusse
que tu crusses
qu' il crût
que ns crussions
que vs crussiez
qu' ils crussent

Passé
que j' aie cru
que tu aies cru
qu' il ait cru
que ns ayons cru
que vs ayez cru
qu' ils aient cru

Plus-que-parfait
que j' eusse cru
que tu eusses cru
qu' il eût cru
que ns eussions cru
que vs eussiez cru
qu' ils eussent cru

CONDITIONNEL

Présent	Passé 1re forme	Passé 2e forme
je croirais	j' aurais cru	j' eusse cru
tu croirais	tu aurais cru	tu eusses cru
il croirait	il aurait cru	il eût cru
nous croirions	ns aurions cru	ns eussions cru
vous croiriez	vs auriez cru	vs eussiez cru
ils croiraient	ils auraient cru	ils eussent cru

IMPÉRATIF

Présent	Passé
crois croyons croyez	aie cru ayons cru ayez cru

INFINITIF

Présent	Passé
croire	avoir cru

PARTICIPE

Présent	Passé
croyant	cru, ue ayant cru

76 / CROÎTRE / groupe 3.3

Se conjuguent sur **croître** ses composés :
– **accroître**,
– **décroître**,
– **recoître**.

Attention à l'accent circonflexe !

Les quatre verbes, comme tous les verbes en **-aître** (tableau 77), prennent l'accent circonflexe sur le **i** du radical qui précède le **t** :
il croît, croître, je croîtrai…, je croîtrais… ;
il accroît ;
il décroîtra ;
ils recroîtront, etc.

Mais **croître** prend aussi l'accent circonflexe sur toutes ses formes qu'il est nécessaire de distinguer des formes correspondantes du verbe **croire** (tableau 75) :
je croîs, tu croîs, je crûs, j'ai crû, que je crûsse, etc.

En revanche, la confusion avec **croire** n'étant pas possible avec les composés, ceux-ci ne suivent pas **croître** pour les accents circonflexes. D'où aucun accent circonflexe sur les formes de

– **accroître** :

j'accrois, tu accrois (à côté de : *il accroît*) ; *accrois* (impératif) ; *j'accrus, tu accrus, il accrut, ils accrurent* ; *que j'accrusse,* etc. ; *accru* ;

– **décroître** :

je décrois, tu décrois (à côté de : *il décroît*) ; *décrois* (impératif) ; *je décrus, tu décrus, il décrut, ils décrurent* ; *que je décrusse,* etc. ; *décru* ;

– **recroître** :

je recrois, tu recrois, etc. ; *je recrus,* etc., *que je recrusse,* etc.
Mais le participe passé de **recroître** s'écrit *recrû* (avec un accent circonflexe) pour éviter la confusion avec l'adjectif **recru** :
recru de fatigue.

---

r e m a r q u e s

Croître : l'Académie distingue l'action (auxiliaire **avoir**) et l'état (auxiliaire **être** ; *cf.* p. 21, § 55), mais on emploie pratiquement **avoir** dans tous les cas.

Les composés **accroître** *(augmenter)* et **s'accroître** *(grandir),* de même que **décroître** *(diminuer, baisser),* se rencontrent assez souvent, mais on peut utiliser à leur place les verbes de remplacement que nous avons mis entre parenthèses.

groupe 3.3 / CROÎTRE / 76

En revanche, **recroître** est un verbe presque inexistant et les formes du verbe type **croître** sont elles-mêmes très peu employées dans la langue courante : on dira plutôt : *le tumulte augmente* ; ou : *les champignons grandissent (poussent) presque à vue d'œil.*

INDICATIF

Présent
je croîs
tu croîs
il croît
nous croissons
vous croissez
ils croissent

Passé composé
j' ai crû
tu as crû
il a crû
ns avons crû
vs avez crû
ils ont crû

Imparfait
je croissais
tu croissais
il croissait
nous croissions
vous croissiez
ils croissaient

Plus-que-parfait
j' avais crû
tu avais crû
il avait crû
ns avions crû
vs aviez crû
ils avaient crû

Passé simple
je crûs
tu crûs
il crût
nous crûmes
vous crûtes
ils crûrent

Passé antérieur
j' eus crû
tu eus crû
il eut crû
ns eûmes crû
vs eûtes crû
ils eurent crû

Futur simple
je croîtrai
tu croîtras
il croîtra
nous croîtrons
vous croîtrez
ils croîtront

Futur antérieur
j' aurai crû
tu auras crû
il aura crû
ns aurons crû
vs aurez crû
ils auront crû

SUBJONCTIF

Présent
que je croisse
que tu croisses
qu' il croisse
que ns croissions
que vs croissiez
qu' ils croissent

Imparfait
que je crûsse
que tu crûsses
qu' il crût
que ns crûssions
que vs crûssiez
qu' ils crûssent

Passé
que j' aie crû
que tu aies crû
qu' il ait crû
que ns ayons crû
que vs ayez crû
qu' ils aient crû

Plus-que-parfait
que j' eusse crû
que tu eusses crû
qu' il eût crû
que ns eussions crû
que vs eussiez crû
qu' ils eussent crû

CONDITIONNEL

Présent
je croîtrais
tu croîtrais
il croîtrait
nous croîtrions
vous croîtriez
ils croîtraient

Passé 1re forme
j' aurais crû
tu aurais crû
il aurait crû
ns aurions crû
vs auriez crû
ils auraient crû

Passé 2e forme
j' eusse crû
tu eusses crû
il eût crû
ns eussions crû
vs eussiez crû
ils eussent crû

IMPÉRATIF

Présent
croîs   croissons   croissez

Passé
aie crû   ayons crû   ayez crû

INFINITIF

Présent   **Passé**
croître   avoir crû

PARTICIPE

Présent   **Passé**
croissant   crû, ue   ayant crû

77 / CONNAÎTRE / groupe 3.3

Se conjuguent sur **connaître** ses composés: méconnaître, reconnaître; **paraître** et ses composés: apparaître, comparaître, disparaître, réapparaître, transparaître.

Les verbes en **-aître**, de même que les verbes en **-oître**, prennent l'accent circonflexe sur le **i qui précède le t**: *il connaît, connaître, je connaîtrai,* etc. Il s'agit du **i du radical**, et *il connaissait* n'a évidemment aucun accent circonflexe.

INDICATIF

Présent
je connais
tu connais
il connaît
nous connaissons
vous connaissez
ils connaissent

Passé composé
j' ai connu
tu as connu
il a connu
ns avons connu
vs avez connu
ils ont connu

Imparfait
je connaissais
tu connaissais
il connaissait
nous connaissions
vous connaissiez
ils connaissaient

Plus-que-parfait
j' avais connu
tu avais connu
il avait connu
ns avions connu
vs aviez connu
ils avaient connu

Passé simple
je connus
tu connus
il connut
nous connûmes
vous connûtes
ils connurent

Passé antérieur
j' eus connu
tu eus connu
il eut connu
ns eûmes connu
vs eûtes connu
ils eurent connu

Futur simple
je connaîtrai
tu connaîtras
il connaîtra
nous connaîtrons
vous connaîtrez
ils connaîtront

Futur antérieur
j' aurai connu
tu auras connu
il aura connu
ns aurons connu
vs aurez connu
ils auront connu

SUBJONCTIF

Présent
que je connaisse
que tu connaisses
qu' il connaisse
que ns connaissions
que vs connaissiez
qu' ils connaissent

Imparfait
que je connusse
que tu connusses
qu' il connût
que ns connussions
que vs connussiez
qu' ils connussent

Passé
que j' aie connu
que tu aies connu
qu' il ait connu
que ns ayons connu
que vs ayez connu
qu' ils aient connu

Plus-que-parfait
que j' eusse connu
que tu eusses connu
qu' il eût connu
que ns eussions connu
que vs eussiez connu
qu' ils eussent connu

CONDITIONNEL

Présent
je connaîtrais
tu connaîtrais
il connaîtrait
nous connaîtrions
vous connaîtriez
ils connaîtraient

Passé 1re forme
j' aurais connu
tu aurais connu
il aurait connu
ns aurions connu
vs auriez connu
ils auraient connu

Passé 2e forme
j' eusse connu
tu eusses connu
il eût connu
ns eussions connu
vs eussiez connu
ils eussent connu

IMPERATIF

Présent
connais connaissons connaissez

Passé
aie connu ayons connu ayez connu

INFINITIF

Présent
connaître

Passé
avoir connu

PARTICIPE

Présent
connaissant

Passé
connu, ue   ayant connu

groupe 3.3 / NAÎTRE et RENAÎTRE / 78

Verbe en **-aître** comme **connaître** (tableau 77), **naître** prend l'accent circonflexe sur le **i qui précède le t** : *naître, il naît, je naîtrai…, je naîtrais…*

Attention à *je **naquis**…* et *je **suis** né…* (auxiliaire **être**).

Le composé **renaître** n'a pas de temps composés.

INDICATIF

Présent	Passé composé
je nais	je suis né
tu nais	tu es né
il naît	il est né
nous naissons	ns sommes nés
vous naissez	vs êtes nés
ils naissent	ils sont nés

Imparfait	Plus-que-parfait
je naissais	j' étais né
tu naissais	tu étais né
il naissait	il était né
nous naissions	ns étions nés
vous naissiez	vs étiez nés
ils naissaient	ils étaient nés

Passé simple	Passé antérieur
je naquis	je fus né
tu naquis	tu fus né
il naquit	il fut né
nous naquîmes	ns fûmes nés
vous naquîtes	vs fûtes nés
ils naquirent	ils furent nés

Futur simple	Futur antérieur
je naîtrai	je serai né
tu naîtras	tu seras né
il naîtra	il sera né
nous naîtrons	ns serons nés
vous naîtrez	vs serez nés
ils naîtront	ils seront nés

SUBJONCTIF

Présent
que je naisse
que tu naisses
qu' il naisse
que ns naissions
que vs naissiez
qu' ils naissent

Imparfait
que je naquisse
que tu naquisses
qu' il naquît
que ns naquissions
que vs naquissiez
qu' ils naquissent

Passé
que je sois né
que tu sois né
qu' il soit né
que ns soyons nés
que vs soyez nés
qu' ils soient nés

Plus-que-parfait
que je fusse né
que tu fusses né
qu' il fût né
que ns fussions nés
que vs fussiez nés
qu' ils fussent nés

CONDITIONNEL

Présent	Passé 1re forme	Passé 2e forme
je naîtrais	je serais né	je fusse né
tu naîtrais	tu serais né	tu fusses né
il naîtrait	il serait né	il fût né
nous naîtrions	ns serions nés	ns fussions nés
vous naîtriez	vs seriez nés	vs fussiez nés
ils naîtraient	ils seraient nés	ils fussent nés

IMPÉRATIF

Présent	Passé
nais naissons naissez	sois né soyons nés soyez nés

INFINITIF

Présent	Passé
naître	être né

PARTICIPE

Présent	Passé
naissant	né, née étant né

79 / PAÎTRE / (défectif) / groupe 3.3

Verbe rare. Un seul composé: **se repaître**.

Verbe en **-aître** comme **connaître** et **naître**, voir tableaux 77 et 78, **paître** prend l'accent circonflexe sur le **i qui précède le t**: *il paît, je paîtrai…, je paîtrais…*

INDICATIF

Présent
je pais
tu pais
il paît
nous paissons
vous paissez
ils paissent

Imparfait
je paissais
tu paissais
il paissait
nous paissions
vous paissiez
ils paissaient

Passé simple
(inusité)

Futur simple
je paîtrai
tu paîtras
il paîtra
nous paîtrons
vous paîtrez
ils paîtront

SUBJONCTIF

Présent
que je paisse
que tu paisses
qu' il paisse
que ns paissions
que vs paissiez
qu' ils paissent

CONDITIONNEL

Présent
je paîtrais
tu paîtrais
il paîtrait
nous paîtrions
vous paîtriez
ils paîtraient

IMPERATIF

Présent
pais   paissons   paissez

INFINITIF

Présent
paître

PARTICIPE

Présent
paissant

TEMPS COMPOSES

(**paître** n'a ni participe passé, ni temps composés).

groupe 3.3 / RÉSOUDRE / 80

Sur ce modèle se conjuguent **absoudre** et **dissoudre**.

Absoudre et **dissoudre** n'ont pas de passé simple, ni d'imparfait du subjonctif. Ils font au participe passé *absous, absoute*; *dissous, dissoute*, ce qui les distingue de **résoudre** qui fait *résolu* (bien que l'on trouve parfois, dans le langage de la chimie, les formes: *résous, résoute*).

INDICATIF

Présent
je résous
tu résous
il résout
nous résolvons
vous résolvez
ils résolvent

Passé composé
j' ai résolu
tu as résolu
il a résolu
ns avons résolu
vs avez résolu
ils ont résolu

Imparfait
je résolvais
tu résolvais
il résolvait
nous résolvions
vous résolviez
ils résolvaient

Plus-que-parfait
j' avais résolu
tu avais résolu
il avait résolu
ns avions résolu
vs aviez résolu
ils avaient résolu

Passé simple
je résolus
tu résolus
il résolut
nous résolûmes
vous résolûtes
ils résolurent

Passé antérieur
j' eus résolu
tu eus résolu
il eut résolu
ns eûmes résolu
vs eûtes résolu
ils eurent résolu

Futur simple
je résoudrai
tu résoudras
il résoudra
nous résoudrons
vous résoudrez
ils résoudront

Futur antérieur
j' aurai résolu
tu auras résolu
il aura résolu
ns aurons résolu
vs aurez résolu
ils auront résolu

SUBJONCTIF

Présent
que je résolve
que tu résolves
qu' il résolve
que ns résolvions
que vs résolviez
qu' ils résolvent

Imparfait
que je résolusse
que tu résolusses
qu' il résolût
que ns résolussions
que vs résolussiez
qu' ils résolussent

Passé
que j' aie résolu
que tu aies résolu
qu' il ait résolu
que ns ayons résolu
que vs ayez résolu
qu' ils aient résolu

Plus-que-parfait
que j' eusse résolu
que tu eusses résolu
qu' il eût résolu
que ns eussions résolu
que vs eussiez résolu
qu' ils eussent résolu

CONDITIONNEL

Présent
je résoudrais
tu résoudrais
il résoudrait
nous résoudrions
vous résoudriez
ils résoudraient

Passé 1re forme
j' aurais résolu
tu aurais résolu
il aurait résolu
ns aurions résolu
vs auriez résolu
ils auraient résolu

Passé 2e forme
j' eusse résolu
tu eusses résolu
il eût résolu
ns eussions résolu
vs eussiez résolu
ils eussent résolu

IMPERATIF

Présent
résous   résolvons   résolvez

Passé
aie résolu   ayons résolu   ayez résolu

INFINITIF

Présent
résoudre

Passé
avoir résolu

PARTICIPE

Présent
résolvant

Passé
résolu, ue   ayant résolu

81 / COUDRE / groupe 3.3

Se conjuguent sur **coudre** ses composés: **découdre, recoudre**.

Notez bien que dans *il coud* (comme dans *il moud*, tableau 82), la consonne **d** du radical n'est ni remplacée par un **t** comme dans: *il résout*, ni suivie d'un **t** comme dans *il interrompt*. Mais ce **d** n'apparaît dans la prononciation [kud] qu'à l'infinitif, au futur et au conditionnel: *coudre, coudrai… coudrais…*

INDICATIF

Présent
je couds
tu couds
il coud
nous cousons
vous cousez
ils cousent

Passé composé
j' ai cousu
tu as cousu
il a cousu
ns avons cousu
vs avez cousu
ils ont cousu

Imparfait
je cousais
tu cousais
il cousait
nous cousions
vous cousiez
ils cousaient

Plus-que-parfait
j' avais cousu
tu avais cousu
il avait cousu
ns avions cousu
vs aviez cousu
ils avaient cousu

Passé simple
je cousis
tu cousis
il cousit
nous cousîmes
vous cousîtes
ils cousirent

Passé antérieur
j' eus cousu
tu eus cousu
il eut cousu
ns eûmes cousu
vs eûtes cousu
ils eurent cousu

Futur simple
je coudrai
tu coudras
il coudra
nous coudrons
vous coudrez
ils coudront

Futur antérieur
j' aurai cousu
tu auras cousu
il aura cousu
ns aurons cousu
vs aurez cousu
ils auront cousu

SUBJONCTIF

Présent
que je couse
que tu couses
qu' il couse
que ns cousions
que vs cousiez
qu' ils cousent

Imparfait
que je cousisse
que tu cousisses
qu' il cousît
que ns cousissions
que vs cousissiez
qu' ils cousissent

Passé
que j' aie cousu
que tu aies cousu
qu' il ait cousu
que ns ayons cousu
que vs ayez cousu
qu' ils aient cousu

Plus-que-parfait
que j' eusse cousu
que tu eusses cousu
qu' il eût cousu
que ns eussions cousu
que vs eussiez cousu
qu' ils eussent cousu

CONDITIONNEL

Présent
je coudrais
tu coudrais
il coudrait
nous coudrions
vous coudriez
ils coudraient

Passé 1re forme
j' aurais cousu
tu aurais cousu
il aurait cousu
ns aurions cousu
vs auriez cousu
ils auraient cousu

Passé 2e forme
j' eusse cousu
tu eusses cousu
il eût cousu
ns eussions cousu
vs eussiez cousu
ils eussent cousu

IMPERATIF

Présent
couds   cousons   cousez

Passé
aie cousu   ayons cousu   ayez cousu

INFINITIF

Présent
coudre

Passé
avoir cousu

PARTICIPE

Présent
cousant

Passé
cousu, ue   ayant cousu

groupe 3.3 / MOUDRE / 82

Se conjuguent sur **moudre** ses composés : **émoudre, remoudre**.

Le thème en **l**, **moul-**, apparaît partout, sauf dans les formes : *je mouds, tu mouds, il moud, mouds,* et dans la série infinitif-futur-conditionnel : *moudre, moudrai, moudrais…*

Retenez bien : *il mou**d*** (*cf. il coud,* tableau 81).

INDICATIF

Présent
je mouds
tu mouds
il moud
nous moulons
vous moulez
ils moulent

Passé composé
j' ai moulu
tu as moulu
il a moulu
ns avons moulu
vs avez moulu
ils ont moulu

Imparfait
je moulais
tu moulais
il moulait
nous moulions
vous mouliez
ils moulaient

Plus-que-parfait
j' avais moulu
tu avais moulu
il avait moulu
ns avions moulu
vs aviez moulu
ils avaient moulu

Passé simple
je moulus
tu moulus
il moulut
nous moulûmes
vous moulûtes
ils moulurent

Passé antérieur
j' eus moulu
tu eus moulu
il eut moulu
ns eûmes moulu
vs eûtes moulu
ils eurent moulu

Futur simple
je moudrai
tu moudras
il moudra
nous moudrons
vous moudrez
ils moudront

Futur antérieur
j' aurai moulu
tu auras moulu
il aura moulu
ns aurons moulu
vs aurez moulu
ils auront moulu

SUBJONCTIF

Présent
que je moule
que tu moules
qu' il moule
que ns moulions
que vs mouliez
qu' ils moulent

Imparfait
que je moulusse
que tu moulusses
qu' il moulût
que ns moulussions
que vs moulussiez
qu' ils moulussent

Passé
que j' aie moulu
que tu aies moulu
qu' il ait moulu
que ns ayons moulu
que vs ayez moulu
qu' ils aient moulu

Plus-que-parfait
que j' eusse moulu
que tu eusses moulu
qu' il eût moulu
que ns eussions moulu
que vs eussiez moulu
qu' ils eussent moulu

CONDITIONNEL

Présent
je moudrais
tu moudrais
il moudrait
nous moudrions
vous moudriez
ils moudraient

Passé 1re forme
j' aurais moulu
tu aurais moulu
il aurait moulu
ns aurions moulu
vs auriez moulu
ils auraient moulu

Passé 2e forme
j' eusse moulu
tu eusses moulu
il eût moulu
ns eussions moulu
vs eussiez moulu
ils eussent moulu

IMPÉRATIF

Présent
mouds   moulons   moulez

Passé
aie moulu   ayons moulu   ayez moulu

INFINITIF

Présent
moudre

Passé
avoir moulu

PARTICIPE

Présent
moulant

Passé
moulu, ue   ayant moulu

83 / CONCLURE / groupe 3.3

Se conjuguent sur **conclure**: **exclure, inclure, occlure** (technique et rare), et **reclure** qui n'existe qu'à l'infinitif et au participe passé *(reclus)*.
N'attribuez pas à l'indicatif présent (sg. 1, 2 et 3) les terminaisons du groupe 1 (**-e, -es, -e**). L'infinitif n'est pas ou pas encore *concluer, mais **conclure**!
Notez bien l'orthographe des participes: *conclu, -ue* et *exclu, -ue* en face de *inclus, -use*.

INDICATIF

Présent
je conclus
tu conclus
il conclut
nous concluons
vous concluez
ils concluent

Passé composé
j' ai conclu
tu as conclu
il a conclu
ns avons conclu
vs avez conclu
ils ont conclu

Imparfait
je concluais
tu concluais
il concluait
nous concluions
vous concluiez
ils concluaient

Plus-que-parfait
j' avais conclu
tu avais conclu
il avait conclu
ns avions conclu
vs aviez conclu
ils avaient conclu

Passé simple
je conclus
tu conclus
il conclut
nous conclûmes
vous conclûtes
ils conclurent

Passé antérieur
j' eus conclu
tu eus conclu
il eut conclu
ns eûmes conclu
vs eûtes conclu
ils eurent conclu

Futur simple
je conclurai
tu concluras
il conclura
nous conclurons
vous conclurez
ils concluront

Futur antérieur
j' aurai conclu
tu auras conclu
il aura conclu
ns aurons conclu
vs aurez conclu
ils auront conclu

SUBJONCTIF

Présent
que je conclue
que tu conclues
qu' il conclue
que ns concluions
que vs concluiez
qu' ils concluent

Imparfait
que je conclusse
que tu conclusses
qu' il conclût
que ns conclussions
que vs conclussiez
qu' ils conclussent

Passé
que j' aie conclu
que tu aies conclu
qu' il ait conclu
que ns ayons conclu
que vs ayez conclu
qu' ils aient conclu

Plus-que-parfait
que j' eusse conclu
que tu eusses conclu
qu' il eût conclu
que ns eussions conclu
que vs eussiez conclu
qu' ils eussent conclu

CONDITIONNEL

Présent
je conclurais
tu conclurais
il conclurait
nous conclurions
vous concluriez
ils concluraient

Passé 1re forme
j' aurais conclu
tu aurais conclu
il aurait conclu
ns aurions conclu
vs auriez conclu
ils auraient conclu

Passé 2e forme
j' eusse conclu
tu eusses conclu
il eût conclu
ns eussions conclu
vs eussiez conclu
ils eussent conclu

IMPÉRATIF

Présent
conclus   concluons   concluez

Passé
aie conclu   ayons conclu   ayez conclu

INFINITIF

Présent
conclure

Passé
avoir conclu

PARTICIPE

Présent
concluant

Passé
conclu, ue   ayant conclu

groupe 3.3 / CLORE / 84

Se conjuguent sur **clore** ses composés: **déclore, éclore, enclore, forclore**.

Clore est un verbe défectif (voir tableau) assez rare.

INDICATIF

Présent
je clos
tu clos
il clôt
ils closent

Passé composé
j' ai clos
tu as clos
il a clos
ns avons clos
vs avez clos
ils ont clos

Imparfait
(inusité)

Plus-que-parfait
j' avais clos
tu avais clos
il avait clos
ns avions clos
vs aviez clos
ils avaient clos

Passé simple
(inusité)

Passé antérieur
j' eus clos
tu eus clos
il eut clos
ns eûmes clos
vs eûtes clos
ils eurent clos

Futur simple
je clorai
tu cloras
il clora
nous clorons
vous clorez
ils cloront

Futur antérieur
j' aurai clos
tu auras clos
il aura clos
ns aurons clos
vs aurez clos
ils auront clos

SUBJONCTIF

Présent
que je close
que tu closes
qu' il close
que ns closions
que vs closiez
qu' ils closent

Imparfait
(inusité)

Passé
que j' aie clos
que tu aies clos
qu' il ait clos
que ns ayons clos
que vs ayez clos
qu' ils aient clos

Plus-que-parfait
que j' eusse clos
que tu eusses clos
qu' il eût clos
que ns eussions clos
que vs eussiez clos
qu' ils eussent clos

CONDITIONNEL

Présent
je clorais
tu clorais
il clorait
nous clorions
vous cloriez
ils cloraient

Passé 1re forme
j' aurais clos
tu aurais clos
il aurait clos
ns aurions clos
vs auriez clos
ils auraient clos

Passé 2e forme
j' eusse clos
tu eusses clos
il eût clos
ns eussions clos
vs eussiez clos
ils eussent clos

IMPERATIF

Présent
clos

Passé
aie clos   ayons clos   ayez clos

INFINITIF

Présent
clore

Passé
avoir clos

PARTICIPE

Présent
closant

Passé
clos, se   ayant clos

LEXIQUE
DES VERBES

COMMENT UTILISER LE LEXIQUE

Numéros

Chaque verbe est suivi d'un chiffre ou d'un nombre. Celui-ci renvoie au **tableau** correspondant où se trouve conjugué le verbe type.

Exemple : **abattre**, 65, se conjugue sur le type de **battre**, tableau 65.

Les petits numéros correspondent aux verbes entièrement réguliers : 7 (type **aimer**) et 23 (type **finir**).

Les numéros plus grands correspondent aux verbes légèrement ou fortement irréguliers : 65 par exemple (verbe **abattre**).

Notes

Les notes indiquent les **particularités** qui n'ont pas pu être expliquées dans les tableaux : n'oubliez pas de les consulter.

Typographie

Les verbes **soulignés** du lexique sont **les verbes types** dont vous trouverez la conjugaison dans les tableaux. Ainsi, <u>acheter</u>, 17, est entièrement conjugué dans le tableau 17. Ces verbes types soulignés peuvent être imprimés, de même que les autres verbes, en caractères gras, romains ou italiques.

Les verbes en caractères **gras** sont **les plus fréquemment employés**[1]. Exemple : **abaisser**.

Les verbes en caractères **romains** sont moins fréquents[1]. Exemple : abasourdir.

Les verbes en caractères *italiques* sont généralement rares[1] : verbes rares de la technique *(abcéder)*, verbes archaïques *(bailler)*, verbes « littéraires » *(bruire)*. Nous avons également mis en italique les verbes très familiers ou populaires qui, même s'ils sont assez fréquents, doivent être employés avec précaution *(attiger)*. Pour le sens et les « niveaux de langue » (familier, littéraire, etc.), on consultera un dictionnaire.

---

[1]. Les verbes en gras correspondent à tous les verbes du *Dictionnaire fondamental* de Gougenheim (Didier). Les verbes considérés comme « rares » sont, la plupart du temps, ceux qui ne figurent pas dans le *Dictionnaire du français contemporain* (Larousse).

LEXIQUE DES VERBES
COMMENT UTILISER LE LEXIQUE

Signes et abréviations

Les verbes suivis du signe **ê** ont toujours l'auxiliaire **être**.
Exemple: **advenir**.
Les verbes suivis du signe **ê?** ont tantôt **être**, tantôt **avoir**.
Exemple: **baisser**. Voir «Les clés du fonctionnement verbal».
t = transitif direct. **i** = intransitif. **imp** = impersonnel.
ti = transitif indirect. **pr** = pronominal[1].

Prononciation

Nous avons indiqué entre crochets la prononciation des verbes lorsque celle-ci fait difficulté. Exemple: **abasourdir** [zur]: [abazurdir][2].
Vous trouverez l'alphabet phonétique à la page 6.

Verbes absents

Nous avons essayé de citer tous les verbes irréguliers. Mais nous rappelons que, si cela garantit leur conjugaison, il n'en va pas de même pour leur emploi. Tous ceux qui posent problème de ce point de vue sont **en italique** et nous invitons, une nouvelle fois, le lecteur à se reporter au dictionnaire. Si vous ne trouvez pas un verbe dans le lexique, cela signifie donc qu'il est entièrement régulier.
Ceux qui sont en **-er** se conjuguent tous sur **aimer** (tableau 7), à une exception près: les nombreux néologismes en **-fier** se conjuguent sur **apprécier** (tableau 10).
Ceux qui sont en **-ir** se conjuguent tous sur **finir** (tableau 23).

---

1. Nous ne mettons pas **pr** lorsque la forme pronominale découle naturellement d'un verbe transitif employé ainsi, soit au sens réfléchi ou réciproque. Exemples: *il se donne en spectacle; il se donne du plaisir; ils se sont donné rendez-vous*), soit au sens réfléchi passif. Exemple: *cela ne se vend pas, cela se donne*).
pr attire donc l'attention sur une forme pronominale irréfléchie dont le sens spécial ne découle pas de l'emploi transitif, voire intransitif. Exemples: *il s'adonne à la lecture* à côté de *le vent adonne* **(i)**; *il s'attend au pire* à côté de *il attend son ami* et *les deux amis s'attendent*. Nous conseillons de vérifier dans un dictionnaire ces emplois pronominaux ainsi signalés.

2. Dans tous les cas où la prononciation d'un verbe est douteuse, nous nous sommes rangés aux avis de Fouché (Klincksieck) et de Warnant (Duculot) qui sont considérés en général comme les plus sûrs.

Les chiffres qui suivent les verbes cités dans ce lexique
renvoient aux numéros des tableaux (verbes réguliers : 7 et 23)

A

abaisser, t 7
abandonner, t 7
abasourdir [zur], t 23
abâtardir, t 23
abattre, t **65**
abcéder, i **12**
abdiquer, i et t 7
aberrer, i 7
abêtir, t 23
abhorrer, t 7
abîmer, t et pr 7
abjurer, t 7
abolir, t 23
abominer, t 7
abonder, i 7
abonner, t 7
abonnir, t 23
aborder, i et t 7
aboucher, t et pr 7
abouter, t et pr 7
aboutir, i 23
aboyer [bwa], i **21**
abraser, t 7
abréger, t **13**
abreuver, t 7
abriter, t 7
abroger, t **9**
abrutir, t 23
absenter (s') [aps] 7
absorber, t 7
absoudre, t **80**
abstenir (s') **26**
absterger, t **9**
abstraire, t et pr **62**
abuser, ti et t 7
accabler, t 7
accaparer, t 7
accastiller, t 7
accéder [aks], ti **12**

accélérer [aks], t et i **12**
accentuer [aks], t 7
accepter [aks], t 7
accidenter [aks], t 7
acclamer, t 7
acclimater, t 7
accointer (s') 7
accoler, t 7
accommoder, t et pr 7
accompagner, t 7
accomplir, t 23
accorder, t 7
accoster, t 7
accoter, t 7
accoucher, i et t 7
accouder (s') 7
accouer, t 7
accoupler, t 7
accourcir, t 23
accourir, i, ê ?, est le seul
verbe du groupe 3 qu'on puisse
employer soit avec l'auxiliaire
avoir, soit avec l'auxiliaire **être**
(*cf.* p. 21) : *j'ai accouru, je suis
accouru* **29**
accoutrer, t 7
accoutumer, t 7
accréditer, t 7
accrocher, t 7
accroire n'est guère utilisé
qu'à l'infinitif, dans l'expression : *en faire accroire à quelqu'un (le tromper).*
accroître, t et pr, se rencontre assez souvent mais
peut être remplacé par **augmenter** et sa forme pronominale par **grandir** **76**
accroupir (s') 23
accueillir [kœj], t **34**
acculer, t 7
acculturer, t 7

accumuler, t 7
accuser, t 7
acérer, t **12**
acétifier, t **10**
achalander, t 7
acharner (s') 7
acheminer, t 7
acheter, t **17**
achever, t **14**
achopper, i 7
acidifier, t **10**
aciduler, t 7
aciérer, t **12**
aciseler, t **15**
acoquiner (s') 7
acquérir , t, on ne confondra
pas le participe **acquis,** substantivé, par exemple dans
l'expression : *avoir de l'acquis
(du savoir)* avec le substantif
acquit qui se rattache au verbe
acquitter : *par acquit de conscience, pour l'acquit* **37**
acquiescer, ti **8**
acquitter, t et pr 7
actionner, t 7
activer, t 7
actualiser, t 7
adapter, t 7
additionner, t 7
adhérer, ti, attention à ne
pas confondre le participe présent : *adhérant* avec l'adjectif
et substantif : *adhérent* **12**
adjectiver, t 7
adjoindre, t **59**
adjuger, t **9**
adjurer, t 7
admettre, t **64**
administrer, t 7
admirer, t 7
admonester, t 7

LEXIQUE DES VERBES

adonner

adonner, i et pr	7	
adopter, t	7	
adorer, t	7	
adosser, t	7	
adouber, t	7	
adoucir, t	23	
adresser, t	7	
aduler, t	7	
adultérer, t	**12**	
advenir, i, **ê**, est utilisé seulement à l'infinitif et aux 3es personnes du singulier et du pluriel	26	
aérer, t	**12**	
affadir, t et pr	23	
affaiblir, t et pr	23	
affairer (s')	7	
affaisser, t et pr	7	
affaler, t et pr	7	
affamer, t	7	
afféager, t	**9**	
affecter, t	7	
affectionner, t	7	
afférer, i	**12**	
affermer, t	7	
affermir, t et pr	23	
afficher, t	7	
affiler, t	7	
affilier, t	**10**	
affiner, t et pr	7	
affirmer, t	7	
affleurer, t	7	
affliger, t	**9**	
afflouer, t	7	
affluer, i	7	
affoler, t	7	
affouager, t	**9**	
affourager, t	**9**	
affourcher, t	7	
affranchir, t	23	
affréter, t	**12**	
affriander, t	7	
affrioler, t	7	
affronter, t	7	
affruiter, i	7	

affubler, t	7	
affûter, t	7	
africaniser, t	7	
agacer, t	**8**	
agencer, t	**8**	
agenouiller (s')	7	
agglomérer, t	**12**	
agglutiner, t et pr	7	
aggraver, t et pr	7	
agioter, i	7	
agir, i et pr imp	23	
agiter, t	7	
agneler, i	**16**	
agonir, t	23	
agoniser, i	7	
agrafer, t	7	
agrandir, t et pr	23	
agréer, t et ti	**11**	
agréger, t	**13**	
agrémenter, t	7	
agresser, t	7	
agriffer (s')	7	
agripper, t et pr	7	
aguerrir [ge], t	23	
aguicher [gi], t	7	
ahaner, i	7	
ahurir, t	23	
aider, t et ti	7	
aigrir, t et pr	23	
aiguiller [gɥi], t	7	
aiguilleter [gɥi], t	**18**	
aiguillonner [gɥi], t	7	
aiguiser [gi]	7	
ailer, t	7	
ailler, t	7	
aimanter, t	7	
aimer, t	7	
airer, i	7	
ajointer, t	7	
ajourer, t	7	
ajourner, t	7	
ajouter, t	7	
ajuster, t	7	
alambiquer, t	7	
alanguir [gi], t	23	

alarmer, t	7	
alcaliniser, t	7	
alcooliser, t	7	
alentir, t	23	
alerter, t	7	
aléser, t	**12**	
aleviner, t	7	
aliéner, t	**12**	
aligner, t	7	
alimenter, t	7	
aliter, t	7	
allaiter, t	7	
allécher, t	**12**	
alléger, t	**13**	
allégir, t	23	
allégoriser, t	7	
alléguer, t	**12**	
aller, i, **ê**	**25**	
aller (s'en), **ê**	**25**	
allier, t	**10**	
allonger, t	**9**	
allouer, t	7	
allumer, t et pr	7	
alluvionner, i	7	
alourdir, t et pr	23	
alpaguer, t	7	
alphabétiser, t	7	
altérer, t	**12**	
alterner, t	7	
aluner, t	7	
alunir, i	23	
amadouer, t	7	
amaigrir, t et pr	23	
amalgamer, t	7	
amariner, t	7	
amarrer, t	7	
amasser, t	7	
amatir, t	23	
ambitionner, t	7	
ambler, i	7	
ambrer, t	7	
améliorer, t	7	
aménager, t	**9**	
amender, t	7	
amener, t	**14**	

amenuiser

amenuiser, t et pr	7
américaniser, t	7
amerrir, i	23
ameublir, t	23
ameuter, t	7
amidonner, t	7
amincir, t	23
amnistier, t	10
amodier, t	10
amoindrir, t	23
amollir, t	23
amonceler, t	16
amorcer, t	8
amordancer, t	8
amortir, t	23
amouracher (s')	7
amplifier, t	10
amputer, t	7
amuïr(s')	23
amurer, t	7
amuser, t	7
analgésier, t	10
analyser, t	7
anastomoser, pr	7
anathématiser, t	7
ancrer, t	7
anéantir, t	23
anémier, t	10
anesthésier, t	10
anglaiser, t	7
angliciser, t	7
angoisser, t	7
anhéler, i	12
animaliser, t	7
animer, t	7
aniser, t	7
ankyloser, t et pr	7
anneler, t	16
annexer, t	7
annihiler, t	7
annoncer, t	8
annoter, t	7
annuler, t	7
anoblir, t	23
ânonner, t	7
anordir, i	23
anticiper, t et ti	7
antidater, t	7
apaiser, t	7
apanager, t	9
apercevoir, t et pr	42
apeurer, t	7
apiquer, t	7
apitoyer, t	21
aplanir, t	23
aplatir, t	23
apostasier, i	10
aposter, t	7
apostiller, t	7
apostropher, t	7
appairer, t	7
apparaître, i, ê ?, a, généralement l'auxiliaire **être** : *cet homme m'est apparu au moment où je le croyais bien loin* (Académie)	77
appareiller, i et t	7
apparenter (s')	7
apparier, t	10
apparoir, i, est un verbe rare, employé dans le langage juridique à l'infinitif et à la 3e personne du singulier de l'indicatif présent : *il appert que...* (impersonnel).	
appartenir, ti	26
appâter, t	7
appauvrir, t	23
appeler, t	16
appendre, t	55
appesantir, t et pr	23
appéter, t	12
applaudir, t et ti	23
appliquer, t	7
appointer, t	7
apponter, i	7
apporter, t	7
apposer, t	7
apprécier, t	10
appréhender, t	7
apprendre, t	56
apprêter, t	7
apprivoiser, t	7
approcher, t et ti	7
approfondir, t	23
approprier, t et pr	10
approuver, t	7
approvisionner, t	7
appuyer, t	20
apurer, t	7
arabiser, t	7
araser, t	7
arbitrer, t	7
arborer, t	7
arboriser, i	7
arc-bouter, t et pr	7
architecturer, t	7
archiver, t	7
arçonner, t	7
ardoiser, t	7
argenter, t	7
arguer [arge], t	7
arguer, [argɥe], t et ti	7
argumenter, i	7
ar(r)iser, i	7
armer, t	7
armorier, t	10
arnaquer, t	7
aromatiser, t	7
arpéger, t	13
arpenter, t	7
arquer [k], t	7
arracher, t	7
arraisonner, t	7
arranger, t	9
arrenter, t	7
arrérager, t	9
arrêter, t et i	7
arriérer, t	12
arrimer, t	7
arriver, i et imp, ê	7
arroger (s')	9
arrondir, t	23
arroser, t	7
arsouiller, pr	7

articuler

articuler, t	7
aseptiser, t	7
asperger, t	**9**
asphalter, t	7
asphyxier, t	**10**
aspirer, t et ti	7
assagir, t	23
assaillir, [ajir], t	**35**
assainir, t	23
assaisonner, t	7
assarmenter, t	7
assassiner, t	7
assécher, t	**12**
assembler, t	7
assener, t	**14**
asseoir, pr et t	**50**
assermenter, t	7
asservir, t, ne se conjugue pas sur **servir**, mais sur **finir** : *nous asservissons*	23
assibiler, t et pr	7
assiéger, t	**13**
assigner, t	7
assimiler, t	7
assister, ti et t	7
associer, t	**10**
assoler, t	7
assombrir, t et pr	23
assommer, t	7
assoner, i	7
assortir, t, ne se conjugue pas sur **sortir**, mais sur **finir** : *nous assortissons*	23
assoupir, pr et t	23
assouplir, pr et t	23
assourdir, t	23
assouvir, t	23
assujettir, t	23
assumer, t	7
assurer, t	7
asticoter, t	7
astiquer, t	7
astreindre, t	**57**
atermoyer [mwa], t	**21**
atomiser, t	7

atrophier, pr et t	**10**
attabler, t et pr	7
attacher, t	7
attaquer, t et pr	7
attarder, pr et t	7
atteindre, t	**57**
atteler, t	**16**
attendre, t et pr	**55**
attendrir, t	23
attenter, ti	7
atténuer, t	7
atterrer, t	7
atterrir, i	23
attester, t	7
attiédir, t	23
attifer, t	7
attiger, i	**9**
attirer, i	7
attiser, t	7
attraper, t	7
attribuer, t	7
attrister, t	7
attrouper, t et pr	7
auditionner, t	7
augmenter, t et i	7
augurer, t	7
auréoler, t	7
aurifier, t	**10**
ausculter, t	7
authentifier, t	**10**
authentiquer, t	7
autodéterminer (s')	7
autofinancer (s')	**8**
autographier, t	**10**
automatiser, t	7
autopsier, t	**10**
autoriser, t	7
autosuggestionner (s').	7
avachir, pr et t	23
avaler, t	7
avaliser, t	7
avancer, t et i	**8**
avantager, t	**9**
avarier, t et pr	**10**
aventurer, t	7

avérer, t et pr, s'emploie au participe passé : *la chose est avérée (reconnue comme vraie)*. La forme pronominale se conjugue complètement et signifie maintenant **se révéler**, **apparaître** : *L'entreprise s'avéra difficile.* **12**

avertir, t	23
aveugler, t	7
aveulir, t	23
avilir, t	23
aviner, t et pr	7
aviser, t	7
avitailler, t	7
aviver, t	7
avoir, t, les 3 premières personnes du singulier du subjonctif mélangent les terminaisons du groupe 1 (**-e,-es**) et une terminaison des groupes 2 ou 3 (**-t**)	**2**
avoisiner, t	7
avorter, i	7
avouer, t	7
avoyer, t	**21**
axer, t	7
axiomatiser, t	7
azurer, t	7

B

babiller [je], i	7
bâcher, t	7
bachoter, i	7
bâcler, t	7
badauder, i	7
badigeonner, t	7
badiner, i	7
baffer, t	7
bafouer, t	7
bafouiller, t et i	7
bâfrer, t et i	7
bagarrer, i et pr	7

baguenauder

baguenauder, i 7
baguer, t 7
baigner, t et i 7
bailler, t, est un terme vieilli et rare qui signifie : **donner** : *bailler par contrat* ; rapprocher de: *un bailleur de fonds.* L'expression : *vous me la baillez belle (vous cherchez à me tromper)* est rare et vieillie elle aussi 7
bâiller, i, avec **à** est le plus usuel: *on bâille d'ennui ; cette porte bâille (est entrouverte)* 7
bâillonner, t 7
baiser, t 7
baisoter, t 7
baisser, t et i 7
balader, t et pr 7
balafrer, t 7
balancer, t **8**
balayer, t **19**
balbutier [sje], t **10**
baliser, t 7
balkaniser, t et pr 7
ballaster, t 7
baller, i 7
ballonner, t 7
ballotter, t et i 7
bambocher, i 7
banaliser, t 7
bancher, t 7
bander, t 7
banner, t 7
bannir, t 23
banquer, i et t 7
banqueter, i **18**
baptiser [bati], t 7
baqueter, t **18**
baragouiner, i et t 7
baratiner, i et t 7
baratter, t 7
barber, t 7
barbifier, t **10**
barboter, i 7

barbouiller, t 7
barder, t 7
baréter, i **12**
barguigner [gi], i 7
barioler, t 7
barouder, i 7
barrer, t 7
barricader, t 7
barrir, i 23
basaner, t 7
basculer, i et t 7
baser, t 7
bassiner, t 7
bastionner, t 7
batailler, i 7
bateler, t et i **16**
bâter, t 7
batifoler, i 7
bâtir, t 23
bâtonner, t 7
battre, t et pr **65**
bauger (se) **9**
bavarder, i 7
bavasser, i 7
baver, i 7
bavocher, i 7
bayer i, est rare et archaïque. Il survit dans l'expression *bayer aux corneilles.*
bazarder, t 7
béatifier, t **10**
bêcher, t 7
bécoter, t 7
becqueter, t **18**
bedonner, i 7
béer, i, rare et archaïque, n'existe plus guère que dans le participe adjectif *béant,* ainsi que dans *rester bouche bée.*
bégayer [gεje], i et t **19**
bégueter, i **18**
bêler, i 7
bémoliser, t 7
bénéficier, ti **10**
bénir,t, **bénit, bénite,** se dit

uniquement pour les objets consacrés par une cérémonie religieuse et s'emploie comme adjectif : *le pain bénit, l'eau bénite.* **Béni, bénie,** s'emploie dans tous les autres sens, tantôt comme adjectif: *un jour béni,* tantôt comme participe passé : *le prêtre a béni la maison. Il est béni par tous.*
béqueter, t **18**
béquiller, i et t 7
bercer, t **8**
berner, t 7
besogner, i 7
bêtifier, i **10**
bêtiser, i 7
bétonner, t 7
beugler, i 7
beurrer, t 7
biaiser, i 7
bibeloter, i 7
biberonner, i 7
bicher, i, verbe populaire employé dans l'expression: *ça biche* 7
bichonner, t 7
bidonner, pr 7
biffer, t 7
bifurquer, i 7
bigarrer, t 7
bigler, i 7
bigorner, t 7
biler (se) 7
biloquer, t 7
biner, t et i 7
biqueter, i **18**
biscuiter, t 7
biseauter, t 7
bisegmenter, t 7
biser, i et t 7
bisquer, i 7
bissecter, t 7
bisser, t 7
bistourner, t 7

bistrer, t.	7	
bit(t)urer, pr	7	
bitter, t	7	
bitumer, t	7	
bituminer, t	7	
bivouaquer, i	7	
bizuter, t	7	
blackbouler, t	7	
blaguer, i et t	7	
blairer, t	7	
blâmer, t	7	
blanchir, t et i	23	
blaser, t	7	
blasonner, t	7	
blasphémer, i et t	12	
blatérer, i	12	
blêmir, i	23	
bléser, i	12	
blesser, t	7	
blettir, i	23	
bleuir, t et i	23	
bleuter, t	7	
blinder, t	7	
blondir, i et t	23	
blondoyer, i	21	
bloquer, t	7	
blottir (se)	23	
blouser, t et i	7	
bluffer [œ], t et i	7	
bluter, t	7	
bobiner, t	7	
boire, t	74	
boiser, t	7	
boiter, i	7	
boitiller, i	7	
bolchéviser, t	7	
bombarder, t	7	
bomber, t et i	7	
bonder, t	7	
bondir, t	23	
bonifier, t	10	
bonimenter, i	7	
border, t	7	
borner, t	7	
bornoyer, t	21	
bosseler, t	**16**
bosser, t	7
bossuer, t	7
botteler, t	**16**
botter, t	7
boubouler, i	7
boucaner, t	7
boucharder, t	7
boucher, t	7
bouchonner, t	7
boucler, t et i	7
bouder, i et t	7
boudiner, t	7
bouffer, t et i	7
bouffir, t et i	23
bouffonner, i	7
bouger, i	**9**
bougonner, i	7
bouillir, i	**38**
bouillonner, i	7
bouillotter, i	7
boulanger, t	**9**
bouler, t et i	7
bouleverser, t	7
boulonner, t	7
boulotter, t	7
boumer, i, verbe populaire employé dans l'expression: ça boume	7
bouquiner, i et t	7
bourdonner, i	7
bourgeonner, i	7
bourlinguer, i	7
bourreler, t	**16**
bourrer, t	7
boursicoter, i	7
boursoufler, t	7
bousculer, t	7
bousiller, t et i	7
bouter, t	7
boutonner, t et i	7
bouturer, i	7
boxer, i et t	7
boycotter [bɔj], t	7
braconner, i	7
brader, t	7
brailler, i et t	7
braire, i, n'est guère employé qu'à l'infinitif et aux troisièmes personnes du singulier et du pluriel de l'indicatif présent: *brait, braient*, du futur: *braira, brairont* et du conditionnel: *brairait, brairaient*	**62**
braiser, t	7
bramer, i	7
brancher, t	7
brandiller, t et i	7
brandir, t	23
branler, t et i	7
braquer, t	7
braser, t	7
brasiller, t et i	7
brasser, t	7
braver, t	7
brayer, t	**19**
bredouiller, i et t	7
brêler, t	7
brésiller, t et i	7
bretauder, t	7
bretteler, t	**16**
bretter, t	7
breveter, t	**18**
bricoler, i	7
brider, t	7
bridger, i	**9**
brigander, i et t	7
briguer, t	7
brillanter, t	7
briller, i	7
brimbaler, t et i	7
brimer, t	7
bringueballer, i et t	7
brinquebal(l)er, i et t	7
briquer, t	7
briqueter, t	**18**
briser, t	7
brocanter, t	7
brocarder, t	7

brocher, t 7
broder, t 7
broncher, i 7
bronzer, t 7
brosser, t 7
brouetter, t 7
brouillasser, imp 7
brouiller, t 7
brouillonner, t 7
brouter, t 7
broyer [brwa], t **21**
bruiner, imp 7
bruir, t 23
bruire, i, appartenait d'abord au groupe 3 comme le prouve son ancien participe devenu adjectif : *bruyant.* Mais il est passé dans le groupe 2 régulier (type **finir,** 23), et les seules formes employées sont le participe présent *bruissant* et les troisièmes personnes suivantes : *il bruit, ils bruissent ; il bruissait, ils bruissaient ; qu'il bruisse, qu'ils bruissent.* On notera que certains écrivains ont même fait passer ce verbe dans le groupe 1 en créant l'infinitif : *bruisser et des formes dérivées qui sont des barbarismes à éviter.
bruiter, i 7
brûler, t et i 7
brumasser, imp 7
brumer, imp 7
brunir, i et t 23
brusquer, t 7
brutaliser, t 7
bûcher, t et i 7
budgétiser, t 7
bureaucratiser, t 7
buriner, t 7
buter, t et i, **buter** contre une pierre signifie : *la heurter* 7

butiner, i 7
butter, t, **butter** une plante signifie : *amasser de la terre autour de son pied* (famille de **butte**) 7
buvoter, i 7

C

cabaler, i 7
câbler, t 7
cabosser, t 7
caboter, i 7
cabotiner, i 7
cabrer, t 7
cabrioler, i 7
cacaber, i 7
cacarder, i 7
cacher, t 7
cacheter, t **18**
cadastrer, t 7
cadenasser, t 7
cadencer, t **8**
cadrer, t et i 7
cafarder, i et t 7
cafouiller, i 7
cafter, i et t 7
cagnarder, i 7
cahoter, i 7
cailler, i 7
cailleter, i **18**
caillouter, t 7
cajoler, t 7
calamistrer, t 7
calandrer, t 7
calciner, t 7
calculer, t 7
caler, t 7
calfater, t 7
calfeutrer, t 7
calibrer, t 7
câliner, t 7
calligraphier, t **10**
calmer, t 7

calmir, i 23
calomnier, t **10**
calorifuger, t **9**
calotter, t 7
calquer, t 7
calter, i et pr 7
cambrer, t 7
cambrioler, t 7
cameloter, i et t 7
camionner, t 7
camoufler, t 7
camper, i et t, **ê ?** 7
canaliser, t 7
canarder, t et i 7
cancaner, i 7
candir, i et pr 23
caner, i 7
caneter, i **18**
canneler, t **16**
canner, t 7
canoniser, t 7
canonner, t 7
canoter, i 7
cantonner, t et i 7
canuler, t 7
caoutchouter, t 7
caparaçonner, t 7
capéer, i **11**
capeler, t **16**
capeyer, i 7
capitaliser, t 7
capitonner, t 7
capituler, i 7
caponner, i 7
caporaliser, t 7
capoter, i et ti 7
capsuler, t 7
capter, t 7
captiver, t 7
capturer, t 7
capuchonner, t 7
caquer, t 7
caqueter, i **18**
caracoler, i 7
caractériser, t 7

LEXIQUE DES VERBES
caramboler

caramboler, i et t	7
caraméliser, t	7
carapater (se)	7
carbonater, t	7
carboniser, t	7
carburer, i et t	7
carcailler, i	7
carder, t	7
carencer, t	**8**
caréner, t	**12**
caresser, t	7
carguer, t	7
caricaturer, t	7
carier, pr et t	**10**
carillonner, i et t	7
carnifier (se)	**10**
carotter, i et t	7
carreler, t	**16**
carrer, t et pr	7
carrosser, t	7
carroyer, t	21
cartayer, i	**19**
cartonner, t	7
cascader, i	7
caséifier, t	**10**
casemater, t	7
caser, t	7
caserner, t	7
casquer, t et i	7
casser, t	7
castagner (se)	7
castrer, t	7
cataloguer, t	7
catalyser, t	7
catapulter, t	7
catastropher, t	7
catéchiser [ʃ], t	7
catir, t	23
cauchemarder, i	7
causer, t et i	7
cautériser, t	7
cautionner, t	7
cavalcader, i	7
cavaler, i et t	7
caver, t et i	7
caviarder, t	7
céder, t, le **é** de *céderai* et *céderais* tend à s'ouvrir en **è** par analogie avec *je cède,* etc., bien que le **e** muet [ə] de la 2ᵉ syllabe se prononce, ce qui rend la 1ʳᵉ syllabe ouverte [se dɔ re]	**12**
ceindre, t	57
ceinturer, t	7
célébrer, t	**12**
celer, t	**15**
cémenter, t	7
cendrer, t	7
censurer, t	7
centraliser, t	7
centrer, t	7
centrifuger, t et i	**9**
centupler, t et i	7
cercler, t	7
cerner, t	7
certifier, t	**10**
cesser, t et i	7
chabler, t	7
chagriner, t	7
chahuter, t et i	7
chaîner, t	7
challenger, t	**9**
chalouper, i	7
chamailler (se)	7
chamarrer, t	7
chambarder, t	7
chambouler, t	7
chambrer, t	7
chamoiser, t	7
champagniser, t	7
champlever, t	**14**
chanceler, i	**16**
chancir, i	23
chanfreiner, t	7
changer, i et t, ê ?	**9**
chansonner, t	7
chanter, t	7
chantonner, t et i	7
chantourner, t	7
chaparder, t	7
chapeauter, t	7
chapeler, t	**16**
chaperonner, t	7
chapitrer, t	7
chaponner, t	7
chaptaliser, t	7
charbonner, t et i	7
charcuter, t	7
charger, t	**9**
charmer, t	7
charpenter, t	7
charrier, t	**10**
charroyer [rwa], t	**21**
chasser, t et i	7
châtier, t	**10**
chatonner, i	7
chatouiller, i	7
chatoyer [twa], i	**21**
châtrer, t	7
chauffer, t et i	7
chauler, t	7
chaumer, t	7
chausser, t	7
chaut, **chaloir** (infinitif) ; ce verbe vieilli n'apparaît guère que dans l'expression figée et archaïque : *peu me chaut (peu m'importe).*	
chauvir, i	23
chavirer, i et t	7
cheminer, i	7
chemiser, t	7
chercher, t	7
chérir, t	23
chevaler, t	7
chevaucher, i et t	7
cheviller, t	7
chevreter, i	**18**
chevronner, t	7
chevroter, i	7
chiader, t	7
chialer, i	7
chicaner, i et t	7
chicoter, i	7

LEXIQUE DES VERBES

chienner

chienner, i 7	**citer,** t 7	coder, t 7
chier, i et t **10**	civiliser, t 7	codifier, t **10**
chiffonner, t et i 7	clabauder, i 7	cœxister, i 7
chiffrer, t et i 7	claironner, t et i 7	*coffrer,* t 7
chiner, t 7	clamer, t 7	cogiter, i 7
chinoiser, i 7	*clamser,* i 7	cogner, i et t 7
chiper, t 7	clapir, i et pr 23	cohabiter, i 7
chipoter, i 7	clapoter, i 7	*cohériter,* i 7
chiquer, i et t 7	clapper, i 7	**coiffer,** t 7
chirographier, t **10**	claquemurer, t 7	coincer, t **8**
chlorer, t 7	claquer, t et i 7	coïncider, i 7
chloroformer [k], t 7	*claqueter,* i **18**	*cokéfier,* t **10**
chlorurer, t 7	clarifier, t **10**	collaborer, i 7
choir, i **54**	**classer,** t 7	collationner [s], t 7
choisir, t 23	classifier, t **10**	collecter, t 7
chômer, i et t 7	claudiquer, i 7	collectionner, t 7
choper, t 7	claustrer, t 7	collectiviser, t 7
chopper, i 7	claver, t 7	**coller,** t et i 7
choquer, t 7	*claveter,* t **18**	*colleter,* t **18**
chosifier, t **10**	clayonner, t 7	*colliger,* t **9**
chouchouter, t 7	clicher, t 7	*colloquer,* t et i 7
choyer [wa], t **21**	cligner, t et i 7	colmater, t 7
christianiser [k], t 7	clignoter, i 7	coloniser, t 7
chromer [k], t 7	climatiser, t 7	colorer, t 7
chroniquer, i 7	cliqueter, i **18**	colorier, t **10**
chronométrer [k], t **12**	clisser, t 7	colporter, t 7
chuchoter, i et t 7	cliver, t 7	*coltiner,* t 7
chuinter, i 7	*clochardiser,* t et pr 7	**combattre,** t et i **65**
chuter, i 7	clocher, i 7	**combiner,** t 7
cicatriser, t et pr 7	cloisonner, t 7	**combler,** t 7
ciller [je], i 7	cloîtrer, t 7	**commander,** t et ti 7
cimenter, t 7	clopiner, i 7	commanditer, t 7
cinématographier, t **10**	cloquer, i 7	commémorer, t 7
cingler, t et i 7	**clore** , t, est un verbe défectif assez rare **84**	**commencer,** t et i **8**
cintrer, t 7		commenter, t 7
circoncire, t **68**	clôturer, t 7	commercer, i **8**
circonscrire, t **71**	clouer, t 7	commercialiser, t 7
circonstancier, t **10**	clouter, t 7	commérer, i **12**
circonvenir, t, étant transitif direct, se construit normalement avec **avoir** **26**	coaguler, i et t 7	**commettre,** t **64**
	coaliser, t 7	commissionner, t 7
	coasser, i 7	commotionner, t 7
circuler, i 7	cocher, t 7	commuer, t 7
cirer, t 7	côcher, t 7	communier, i et t **10**
cisailler, t 7	*cochonner,* t et i 7	**communiquer,** t 7
ciseler, t **15**	*cocufier,* t **10**	commuter, t 7

147

comparaître, i, peut prendre tantôt l'auxiliaire **avoir** pour marquer une action, tantôt l'auxiliaire **être** pour marquer un résultat ... **77**
comparer, t 7
compartimenter, t 7
compasser, t 7
compatir, ti 23
compenser, t 7
compéter, ti **12**
compiler, t 7
complaire, ti et pr, à la forme pronominale son participe passé *complu* reste invariable mais de bons écrivains font quelquefois l'accord ... **63**
compléter, t **12**
complexer, t 7
complexifier, ... **10**
complimenter, t 7
compliquer, t 7
comploter, t et i 7
comporter, t et pr 7
composer, t 7
composter, t 7
comprendre, t **56**
comprimer, t 7
compromettre, t **64**
comptabiliser, t 7
compter [kôte], t et i 7
compulser, t 7
computer, t 7
concasser, t 7
concéder, t **12**
concélébrer, t **12**
concentrer, t 7
conceptualiser, t 7
concerner, t 7
concerter, t et pr 7
concevoir, t **42**
concilier, t **10**
conclure, t **83**
concocter, t 7
concorder, i 7

concourir, i **29**
concréter, t **12**
concrétiser, t 7
concurrencer, t **8**
condamner [dane], t 7
condenser, t 7
condescendre, ti **55**
conditionner, t 7
conduire, t **73**
confectionner, t 7
conférer, t et i **12**
confesser, t 7
confier, t **10**
configurer, t 7
confiner, t et ti 7
confire, t **68**
confirmer, t 7
confisquer, t 7
confluer, i 7
confondre, t **55**
conformer, t 7
conforter, t 7
confronter, t 7
congédier, t **10**
congeler, t **15**
congestionner, t 7
conglomérer, t **12**
congluginer, t 7
congratuler, t 7
congréer, t **11**
conjecturer, t 7
conjoindre, t **59**
conjuguer, t 7
conjurer, t 7
connaître, t **77**
connecter, t 7
connoter, t 7
conquérir, t **37**
consacrer, t 7
conseiller, t 7
consentir, i et t **27**
conserver, t 7
considérer, t **12**
consigner, t 7
consister, ti 7

consoler, t 7
consolider, t 7
consommer, t 7
consoner, i 7
conspirer, i et t 7
conspuer, t 7
constater, t 7
consteller, t 7
consterner, t 7
constiper, t 7
constituer, t 7
constitutionnaliser, t 7
construire, t **73**
consulter, t 7
consumer, t 7
contacter, t 7
containeriser, t 7
contaminer, t 7
contempler, t 7
contenir, t **26**
contenter, t 7
conter, t 7
contester, t 7
contingenter, t 7
continuer, t 7
contorsionner, t 7
contourner, t 7
contracter, t 7
contractualiser, t 7
contracturer, t 7
contraindre, t **58**
contrarier, t **10**
contraster, i et t 7
contre-attaquer, t 7
contre-indiquer, t 7
contre-manifester, i 7
contre-miner, t 7
contre-murer, t 7
contre-passer, t 7
contre-plaquer, t 7
contre-tirer, t 7
contrebalancer, t **8**
contrebattre, t **65**
contrebuter, t 7
contrecarrer, t 7

contredire

contredire, t. **69**	coopter, t. 7	courtiser, t. 7
contrefaire, t. **61**	coordonner, t. 7	*cousiner,* i. 7
contreficher, pr. 7	*copartager,* t. **9**	**coûter,** i et t, pour l'accord du participe passé, voir p. 28.
contremander, t. 7	copier, t. **10**	
contremarquer, t. 7	*coposséder,* t. **12**	couturer, t. 7
contrer, t et i. 7	*coqueter,* i. **18**	couver, t et i. 7
contresigner, t. 7	coquiller, i. 7	**couvrir,** t. **31**
contretirer, t. 7	*cordeler,* t. **16**	**cracher,** i et t. 7
contrevenir, ti, quoique étant transitif indirect, a l'auxiliaire **avoir** **26**	corder, t. 7	*crachiner,* imp. 7
	cordonner, t. 7	crachoter, i. 7
	corner, t et i. 7	crailler, i. 7
contribuer, ti. 7	correctionnaliser, t. 7	**craindre,** t. **58**
contrister, t. 7	correspondre, ti. **55**	*cramer,* t et i. 7
contrôler, t. 7	corriger, t. **9**	cramponner, t. 7
controuver, t. 7	corroborer, t. 7	*craner,* t. 7
controverser, t et i. 7	corroder, t. 7	crâner, i. 7
contusionner, t. 7	corrompre, t. **55**	cranter, i. 7
convaincre, t. **60**	*corroyer,* t. **21**	*crapahuter,* i et pr. 7
convenir, ti, peut toujours prendre l'auxiliaire **avoir** (Grevisse) :	corser, t. 7	crapuler, i. 7
	corseter, t. **17**	craqueler, t. **16**
	cosmétiquer, t. 7	craquer, i. 7
– au sens de *plaire*: *cette maison m'a convenu* (Académie) ;	cosser, i. 7	craqueter, i. **18**
	costumer, t. 7	crasser, t. 7
– dans le sens *de faire un accord* : *nous avions convenu d'un rendez-vous.*	coter, t. 7	cravacher, t et i. 7
	cotir, t. 23	cravater, t. 7
	cotiser, i et pr. 7	crawler, i. 7
Mais, dans ce cas, il vaut mieux suivre le conseil de l'Académie qui préfère : *nous étions convenus,* tour qui, bien qu'ayant un peu vieilli, est seul de très bonne langue ..**26**	cotonner (se). 7	crayonner [krɛ], t. 7
	côtoyer, t. **21**	*crécher,* i. **12**
	coucher, t et i. 7	créditer, t. 7
	couder, t. 7	**créer,** t. **11**
	coudoyer, t. **21**	crémer, i. **12**
	coudre, t. **81**	créneler, t. **16**
conventionner, t. 7	*couiner,* i. 7	créner, t. **12**
converger, i, son participe présent s'écrit: *convergeant,* et l'adjectif: *convergent*. **9**	**couler,** i et t. 7	créosoter, t. 7
	coulisser, i et t. 7	crêper, t. 7
	coupailler, t. 7	crépir, t. 23
converser, i. 7	**couper,** t et i. 7	crépiter, i. 7
convertir, t. 23	coupler, t. 7	*crétiniser,* t. 7
convier, t. **10**	courailler, i. 7	**creuser,** t. 7
convoiter, t. 7	courbaturer, t. 7	crevasser, t. 7
convoler, i. 7	courber, t. 7	**crever,** t et i, ê ? **14**
convoquer, t. 7	**courir,** i et t. **29**	criailler, i. 7
convoyer [wa], t. **21**	couronner, t. 7	cribler, t. 7
convulser, t. 7	courroucer, t. **8**	**crier,** t et i. **10**
coopérer, ti. **12**	court-circuiter, t. 7	criminaliser, t. 7

149

crisper

Verbe	Groupe
crisper, t	7
crisser, i	7
cristalliser, t et i	7
criticailler, i et t	7
critiquer, t	7
croasser, i	7
crocher, t	7
crocheter, t	**17**
croire, t et ti	**75**
croiser, t	7
croître, i, l'Académie distingue l'action (auxiliaire **avoir**) et l'état (auxiliaire **être**; *cf.* p. 21), mais on emploie pratiquement **avoir** dans tous les cas	**76**
croquer, t et i	7
crosser, t	7
crotter, t	7
crouler, i	7
croupir, i, **ê ?**	23
croustiller [ije], i	7
croûter, i et t	7
crucifier, t	**10**
cuber, t et i	7
cueillir [kœj], t, les formes du futur et du conditionnel ne sont pas faites sur l'infinitif mais sur l'indicatif présent : *je cueille ; cueillerai, cueillerais*	**34**
cuirasser, t	7
cuire, t	**73**
cuisiner, t et i	7
cuivrer, t	7
culbuter, t et i	7
culer, i	7
culminer, i	7
culotter	7
culpabiliser, t	7
cultiver, t	7
cumuler, t	7
curer, t	7
cureter, t	**18**
cuveler, t	**16**
cuver, t	7
cylindrer, t	7

D

Verbe	Groupe
dactylographier, t	**10**
daguer, t	7
daigner, i	7
daller, t	7
damasquiner, t	7
damasser, t	7
damer, t	7
damner [dane], t	7
dandiner, t et pr	7
danser, t et i	7
darder, t	7
dater, t et i	7
dauber, t et ti	7
déambuler, i	7
débâcler, t et i	7
débagouler, i et t	7
déballer, t	7
déballonner, pr	7
débalourder, t	7
débander, t et pr	7
débanquer, t et i	7
débaptiser [bati], t	7
débarbouiller, t	7
débarder, t	7
débarquer, t et pr, **ê ?**	7
débarrasser, t	7
débarrer, t	7
débâter, t	7
débâtir, t	23
débattre, t et pr	**65**
débaucher, t	7
débecter, t	7
débiliter, t	7
débiner, t et pr	7
débiriliser, t	7
débiter, t	7
déblatérer, i	**12**
déblayer, [dɛje], t	7
débloquer, t	7
débobiner, t	7
déboiser, t	7
déboîter, t	7
déborder, i et t, **ê ?**	7
débosseler, t	**16**
débotter, t	7
déboucher, t et i	7
déboucler, t	7
débouillir, t	**38**
débouler, i et t	7
déboulonner, t	7
débouquer, i	7
débourber, t	7
débourrer, i et t	7
débourser, t	7
déboussoler, t	7
débouter, t	7
déboutonner, t	7
débrailler (se)	7
débrancher, t	7
débrayer [brɛ]	**19**
débrider, t	7
débrocher, t	7
débrouiller, t	7
débroussailler, t	7
débucher, t et i	7
débudgétiser, t	7
débureaucratiser, t	7
débusquer, t	7
débuter, i	7
décacheter, t	**18**
décaféiner, t	7
décaisser, t	7
décalaminer, t	7
décalcifier, t	**10**
décaler, t	7
décalotter, t	7
décalquer, t	7
décamper, i	7
décaniller, i	7
décanter, t	7
décapeler, t	**16**
décaper, t	7
décapiter, t	7
décapoter, t	7

décapsuler

décapsuler, t 7	décoffrer, t 7	*décrépi, -ie (qui a perdu son crépi)* avec *décrépit -ite (qui tombe en décrépitude)* 23
décapuchonner, t 7	décoiffer, t 7	
décarburer, t 7	*décoincer*, t **8**	
décarcasser (se) 7	décolérer, i **12**	décrépiter, t 7
décarreler, t **16**	décoller, t et i 7	décréter, t **12**
décatir, t 23	décolleter, t **18**	décrétiser, t 7
décéder, i, ê **12**	décoloniser, t 7	décrier, t **10**
déceler, t **18**	décommander, t 7	**décrire,** t **71**
décélérer, i **12**	*décommettre*, t **64**	décrisper, t 7
décentraliser, t 7	*décompléter*, t **12**	décrocher, t et i 7
décentrer, t 7	décomplexer, t 7	décroiser, t 7
décercler, t 7	décomposer, t 7	décroître, i, se rencontre assez souvent mais peut être remplacé par **diminuer, baisser** **76**
décerner, t 7	décomprimer, t 7	
décevoir, t **42**	décompter [kɔ̃te], t 7	
déchaîner, t 7	déconcentrer, t 7	
déchanter, i 7	déconcerter, t 7	décrotter, t 7
déchaperonner, t 7	*déconfire*, t, ne s'emploie plus guère qu'au participe adjectif: *une mine déconfite.*	décrypter, t 7
décharger, t **9**		*décuire*, t **73**
décharner, t 7		décuivrer, t 7
déchaumer, t 7	décongeler, t **15**	déculasser, t 7
déchausser, t 7	décongestionner, t 7	déculotter, t 7
décheveler, t **16**	déconnecter, t 7	déculpabiliser, t 7
déchiffonner, t 7	déconseiller, t 7	décupler, t 7
déchiffrer, t 7	déconsidérer, t **12**	décuver, t 7
déchiqueter, t **18**	déconsigner, t 7	dédaigner, t 7
déchirer, t 7	*déconstruire*, t **73**	dédicacer, t **8**
déchoir, i, ê ? **54**	décontaminer, t 7	dédier, t **10**
déchristianiser, [k], t 7	décontenancer, t **8**	*dédire*, pr et t **69**
décider, t 7	décontracter, t 7	dédommager, t **9**
décimer, t 7	décorder, t 7	dédorer, t 7
décintrer, t 7	**décorer,** t 7	dédouaner, t 7
déclamer, t et i 7	décorner, t 7	dédoubler, t 7
déclarer, t 7	décortiquer, t 7	dédramatiser, t 7
déclasser, t 7	découcher, t 7	déduire, t **73**
déclaveter, t **18**	découdre, t **81**	défâcher (se) 7
déclencher, t 7	découler, i 7	défaillir, i **35**
décliner, t et i 7	**découper,** t 7	**défaire,** t **61**
décliqueter, t **18**	découpler, t 7	défalquer, t 7
décloisonner, t 7	**décourager,** t **9**	*défatiguer*, t et pr 7
déclore, t, n'est guère utilisé qu'à l'infinitif et au participe passé: *déclos, déclose* **84**	découronner, t 7	défaufiler, t et pr 7
	découvrir, t **31**	*défausser*, t et pr 7
	décrasser, t 7	défavoriser, t 7
déclouer, t 7	décrêper, t 7	**défendre,** t **55**
décocher, t 7	décrépir, t, attention à ne pas confondre le participe passé:	déféquer, t **12**
décoder, t 7		déférer, t **12**

déferler

déferler, i et t	7	
déferrer, t	7	
défeuiller, t	7	
défibrer, t	7	
déficeler, t	**16**	
défier, t et pr	**10**	
défiger, t	**9**	
défigurer, t	7	
défiler, i et t	7	
définir, t	23	
déflagrer, i	7	
défleurir, i et t	23	
déflorer, t	7	
défoncer, t	**8**	
déformer, t et pr	7	
défouler, t et pr	7	
défourner, t	7	
défraîchir, t et pr	23	
défrayer, t	**19**	
défricher, t	7	
défringuer, t et pr	7	
défriper, t	7	
défriser, t	7	
défroisser, t	7	
défroncer, t	**8**	
défroquer, t et pr	7	
défruiter, t	7	
dégager, t	**9**	
dégainer, t	7	
dégalonner, t	7	
déganter, t	7	
dégarnir, t et pr	23	
dégasoliner, t	7	
dégauchir, t	23	
dégazer, t	7	
dégazoliner, t	7	
dégazonner, t	7	
dégeler, i et t, ê ?	**15**	
dégénérer, i, ê ?	**12**	
dégermer, t	7	
dégivrer, t	7	
déglacer, t	**8**	
déglinguer, t	7	
dégluer, t	7	
déglutir, t	23	
dégobiller, t et i	7
dégoiser, t	7
dégommer, t	7
dégonfler, t	7
dégorger, t et i	**9**
dégot(t)er, t et i	7
dégouliner, i	7
dégoupiller, t	7
dégourdir, t	23
dégoûter, t	7
dégoutter, i et t	7
dégrader, t	7
dégrafer	7
dégraisser, t	7
dégraveler, t	**16**
dégravoyer, t	**21**
dégréer, t	**11**
dégrever, t	**14**
dégringoler, i et t	7
dégriser, t	7
dégrosser, t	7
dégrossir, t	23
dégrouiller, pr	7
déguerpir [g]	23
dégueuler, i et t	7
déguiser [g], t	7
dégurgiter, t	7
déguster, t	7
déhaler, t	7
déhancher, t et pr	7
déharnacher, t	7
déifier, t	**10**
déjanter, t	7
déjauger, i	**9**
déjaunir, t	23
déjeter, t	**18**
déjeuner, t	7
déjouer, t	7
déjuger (se)	**9**
délabrer, t et pr	7
délacer, t	**8**
délainer, t	7
délaisser, t	7
délaiter, t	7
délarder, t	7
délasser, t	7
délaver, t	7
délayer [εje], t	**19**
déléaturer, t	7
délecter, t et pr	7
déléguer, t	**12**
délester, t	7
délibérer, i	**12**
délier, t	**10**
délimiter, t	7
délinéer, t	**11**
délirer, i	7
délisser, t	7
délivrer, t	7
déloger, i et t	**9**
délurer, t	7
délustrer, t	7
déluter, t	7
démagnétiser, t	7
démaigrir, t	23
démailler, t et pr	7
démailloter, t	7
démancher, t	7
demander, t	7
démanger, i	**9**
démanteler, t	**15**
démantibuler, t	7
démaquiller, t	7
démarger, t	**9**
démarier, t	**10**
démarquer, t	7
démarrer, i et t	7
démascler, t	7
démasquer, t	7
démastiquer, t	7
démâter, t	7
démêler, t	7
démembrer, t	7
déménager, i et t	**9**
démener (se)	**14**
démentir, t	**27**
démerder, pr	7
démériter, i	7
démettre, t	**64**
démeubler, r	7

demeurer, i, ê ?, avec **avoir,** signifie **habiter** ; avec **être,** signifie **rester** : *il est demeuré silencieux* (voir p. 22)........... 7
démieller, t........... 7
démilitariser, t........... 7
déminéraliser, t........... 7
déminer, t........... 7
démissionner, i........... 7
démobiliser, t........... 7
démocratiser, t........... 7
démoder, t et pr........... 7
démolir, t........... **23**
démonétiser, t........... 7
démonter, t........... 7
démoraliser, t........... 7
démordre, ti........... **55**
démoucheter, t........... **18**
démouler, t........... 7
démoustiquer, t........... 7
démultiplier, t........... **10**
démunir, t........... 23
démuseler, t........... **16**
démystifier, t........... **10**
démythifier, t........... **10**
dénantir, t........... 23
dénasaliser, t........... 7
dénationaliser, t........... 7
dénatter, t........... 7
dénaturaliser, t........... 7
dénaturer, t........... 7
dénazifier, t........... **10**
déneiger, t........... **9**
déniaiser, t........... 7
dénicher, t et i........... 7
dénicotiniser, t........... 7
dénier, t........... **10**
dénigrer, t........... 7
dénitrifier, t........... **10**
déniveler, t........... **16**
dénombrer, t........... 7
dénommer, t........... 7
dénoncer, t........... **8**
dénoter, t........... 7
dénouer, t........... 7

dénoyauter, t........... 7
dénoyer, t........... **21**
denteler, t........... **16**
dénucléariser, t........... 7
dénuder, t........... 7
dénuer (se)........... 7
dépailler, t........... 7
dépaisseler, t........... **16**
dépalisser, t........... 7
dépanner, t........... 7
dépaqueter, t........... **18**
dépareiller, t........... 7
déparer, t........... 7
déparier, t........... **10**
départager, t........... **9**
départir, t et pr, se conjugue comme **partir**. Malgré l'exemple de quelques auteurs, on se gardera de rattacher ce verbe au type régulier du groupe 2, **finir** : *il ne se *départissait pas* demeure un barbarisme........... **27**
dépasser, t........... 7
dépassionner, t........... 7
dépatouiller (se)........... 7
dépaver, t........... 7
dépayser, t........... 7
dépecer, t, se conjugue comme **lever** (tableau 14), mais prend la cédille devant **a** et **o** comme **placer** (tableau 8).. **14**
dépêcher, t et pr........... 7
dépeigner, t........... 7
dépeindre, t........... **57**
dépendre, ti et t........... **55**
dépenser, t........... 7
dépérir, t........... 23
dépersonnaliser, t........... 7
dépêtrer, t........... 7
dépeupler, t........... 7
déphaser, t........... 7
dépiauter, t........... 7
dépiler, t........... 7
dépiquer, t........... 7

dépister, t........... 7
dépiter, t et pr........... 7
déplacer, t........... **8**
déplafonner, t........... 7
déplaire, ti, à la forme pronominale son participe passé *déplu* reste invariable, mais de bons écrivains font quelquefois l'accord........... **63**
déplanter, t........... 7
déplâtrer, t........... 7
déplier, t........... **10**
déplisser, t........... 7
déplomber, t........... 7
déplorer, t........... 7
déployer, t........... **21**
déplumer, t........... 7
dépoétiser, t........... 7
dépointer, t........... 7
dépolariser, t........... 7
dépolir, t........... 23
dépolitiser, t........... 7
dépolluer, t........... 7
déporter, t et pr........... 7
déposer, t et i........... 7
déposséder, t........... **12**
dépoter, t........... 7
dépoudrer, t........... 7
dépouiller, t........... 7
dépourvoir, t........... **41**
dépoussiérer, t........... **12**
dépraver, t........... 7
déprécier, t........... **10**
déprendre (se)........... **56**
déprimer, t........... 7
dépriser, t........... 7
dépuceler, t........... **16**
dépulper, t........... 7
dépurer, t........... 7
députer, t........... 7
déquiller, t........... 7
déraciner, t........... 7
dérader, i........... 7
dérager, i........... **9**
déraidir, t........... 23

LEXIQUE DES VERBES

dérailler

dérailler, i. 7
déraisonner, i. 7
déranger, t **9**
déraper, i. 7
déraser, t 7
dérater, t 7
dératiser, t 7
dérayer, t **19**
dérégler, t **12**
dérelier, t **10**
dérider, t 7
dériver, t, i et ti 7
dérober, t 7
dérocher, t 7
déroder, t 7
déroger, ti **9**
dérouiller, t 7
dérouler, t et pr 7
dérouter, t 7
désabonner, t 7
désabuser, t 7
désaccorder (se) 7
désaccoutumer, t et pr. 7
désacraliser, t 7
désactiver, t 7
désadapter, t 7
désaffecter, t 7
désaffectionner (se) 7
désaffilier (se) **10**
désagencer, t **8**
désagréger, t et pr **13**
désaimanter, t 7
désaliéner, t **12**
désaltérer, t **12**
désamorcer, t **8**
désapparier, t **10**
désappointer, t 7
désapprendre, t **56**
désapprouver, t 7
désapprovisionner, t. 7
désarçonner, t 7
désargenter, t 7
désarmer, t 7
désarrimer, t 7
désarticuler, t 7

désassembler, t 7
désassimiler, t 7
désassortir, t 23
désavantager, t **9**
désaveugler, t 7
désavouer, t 7
désaxer, t 7
desceller, t 7
descendre, i et t, ê ?, employé transitivement, il a l'auxiliaire **avoir** : *il a descendu ses valises* ; employé intransitivement, il prend toujours l'auxiliaire **être** pour marquer le résultat : *il est descendu depuis une heure*, et presque toujours pour indiquer l'action : *il est descendu à sept heures* **55**
déséchouer, t 7
désembouteiller, t 7
désembrayer, t **19**
désemparer, t, ne s'emploie guère qu'à l'infinitif dans : *sans désemparer.* 7
désempeser, t **14**
désemplir, i et t, est rare, sauf lorsqu'il est accompagné d'une négation : *la maison ne désemplit pas.* 23
désencadrer, t 7
désenchaîner, t 7
désenchanter, t 7
désenclaver, t 7
désencombrer, t 7
désenflammer, t 7
désenfler, i et t 7
désenfumer, t 7
désengager, t **9**
désengorger, t **9**
désengrener, t **14**
désenivrer, t 7
désenlacer, t **8**
désenlaidir, i et t 23
désennuyer, t **20**
désenrayer, t **19**

désensabler, t 7
désensibiliser, i 7
désensorceler, t **16**
désentoiler, t 7
désentortiller, t 7
désentraver, t 7
désentrelacer, t **8**
désenvaser, t 7
désenvelopper, t 7
désenvenimer, t 7
désépaissir, t 23
déséquilibrer, t 7
déséquiper, t 7
déserter, t et i 7
désespérer, t et i **12**
désessencier, t **10**
désétablir, t **25**
déshabiller, t 7
déshabituer, t 7
désherber, t 7
déshériter, t 7
déshonorer, t 7
déshuiler, t 7
déshumaniser, t 7
déshumidifier, t **10**
déshydrater, t 7
déshydrogéner, t **12**
désigner, t 7
désillusionner, t 7
désincarner, t **12**
désinfecter, t 7
désintégrer, t **12**
désintéresser, t 7
désintoxiquer, t 7
désinvestir, t 23
désirer, t 7
désister (se) 7
désobéir, ti 23
désobliger, t **9**
désobstruer, t 7
désodoriser, t 7
désoler, t 7
désolidariser, t et pr 7
désopiler (se) 7
désorbiter, t 7

LEXIQUE DES VERBES
désorganiser

désorganiser, t 7	détonneler, t **16**	diamanter, t 7
désorienter, t 7	détonner, i 7	diaphragmer, t 7
désosser, t 7	détordre, t **55**	diaprer, t 7
désoxyder, t 7	détortiller [ije] 7	dicter, t 7
désoxygéner, t **12**	détourer, t 7	*diéser,* t **12**
desquamer, t 7	**détourner,** t 7	diffamer, t 7
dessaisir, t et pr 23	détracter, t 7	différencier, t **10**
dessaler, t 7	détraquer, t 7	différer, t et i, attention à ne pas confondre le participe présent : *différant,* l'adjectif : *différent* et le substantif : *un différend* **12**
dessangler, t 7	détremper, t 7	
dessaouler, t et i 7	détromper, t 7	
dessécher, t **12**	détrôner, t 7	
desseller, t 7	détrousser, t 7	
desserrer, t 7	**détruire,** t **73**	diffracter, t 7
dessertir, t 23	dévaler, t 7	diffuser, t 7
desservir, t **32**	dévaliser, t 7	**digérer,** t **12**
dessiller, t 7	dévaloriser, t 7	*dilacérer,* t **12**
dessiner, t 7	dévaluer, t 7	dilapider, t 7
dessoler, t 7	devancer, t **8**	dilater, t 7
dessoucher, t 7	dévaster, t 7	diluer, t 7
dessouder, t 7	**développer,** t 7	**diminuer,** t et i, ê ? 7
dessouler, t et i 7	**devenir,** i, ê ? **26**	dindonner, t 7
dessuinter, t 7	déverdir, i et t 23	**dîner,** i 7
destaliniser, t 7	dévergonder (se) 7	*dinguer,* t 7
destiner, t 7	dévernir, t 23	diphtonguer, t 7
destituer, t 7	déverrouiller, t 7	diplômer, t 7
destructurer, t 7	déverser, t 7	**dire**, t, est, après **faire**, le verbe le plus employé du groupe 3 ..... **69**
désunir, t 23	dévêtir, t **28**	
désynchroniser, t 7	dévider, t 7	
détacher, t 7	dévier, t et i **10**	
détailler, t 7	**deviner,** t 7	**diriger,** t **9**
détaler, i 7	déviriliser, t 7	discerner, t 7
détartrer, t 7	dévisager, t **9**	discipliner, t 7
détaxer, t 7	deviser, i et ti 7	discontinuer, i 7
détecter, t ..... /	dévisser, t et i 7	disconvenir, ti, ê, peu employé, garde toujours, à la différence de **convenir,** l'auxiliaire **être** : *il n'en est pas disconvenu* (Robert) **26**
déteindre, i et t **57**	dévitaliser, t 7	
dételer, t **16**	*dévitrifier,* t **10**	
détendre, t **55**	dévoiler, t 7	
détenir, t **26**	**devoir,** t **45**	
déterger, t **9**	**dévorer,** t 7	discorder, i 7
détériorer, t 7	**dévouer,** t et pr 7	discourir, ti et i **29**
déterminer, t 7	*dévoyer,* t **21**	discréditer, t 7
déterrer, t 7	diagnostiquer [gn], t 7	discriminer, t 7
détester, t 7	*dialectiser,* t 7	disculper, t 7
détirer, t 7	dialoguer, i et t 7	discutailler, i et t 7
détoner, i 7	dialyser, t 7	**discuter,** t, ti, i 7
		disgracier, t **10**

155

disjoindre, t. **59**	domicilier, t. **10**	ébaucher, t. 7
disjoncter, i. 7	**dominer,** t et i. 7	ébaudir, t. 23
disloquer, t. 7	dompter [dɔ̃te], t. 7	ébavurer, t. 7
disparaître, i, ê ?, voir note sur **comparaître**. **77**	**donner,** t. 7	éberluer, t. 7
	doper, t. 7	éblouir, t. 23
dispenser, t. 7	dorer, t. 7	éborgner, t. 7
disperser, t. 7	dorloter, t. 7	ébouer, t. 7
disposer, t. 7	**dormir,** i. **33**	ébouillanter, t. 7
disproportionner, t. 7	doser, t. 7	ébouler, t et i. 7
disputailler, i. 7	doter, t. 7	ébourgeonner, t. 7
disputer, t et pr. 7	**doubler,** t et i. 7	ébouriffer, t. 7
disqualifier, t. **10**	doucher, t. 7	ébouter, t. 7
disséminer, t. 7	doucir, t. 23	ébrancher, t. 7
disséquer, t. **12**	douer, t. 7	ébranler, t. 7
disserter, ti. 7	**douter,** ti et i. 7	ébrécher, t. **12**
dissimuler, t. 7	dragéifier, t. **10**	*ébroudir,* t. 23
dissiper, t. 7	drageonner, i. 7	ébrouer, t et pr. 7
dissocier, t. **10**	draguer, t. 7	ébruiter, t. 7
dissoner, i. 7	drainer, t. 7	écacher, t. 7
dissoudre, t. **80**	dramatiser, t. 7	écailler, t. 7
dissuader, t. 7	*drapeler,* t. **16**	écaler, t. 7
distancer, t. **8**	draper, t. 7	écanguer, t. 7
distancier, t et pr. **10**	*drayer,* t. **19**	écarquiller [ije], t. 7
distendre, t. **55**	**dresser,** t. 7	écarteler, t. **15**
distiller [tile], t. 7	dribbler, i et t. 7	écarter, t. 7
distinguer, t. 7	*driver,* t. 7	*écatir,* t. 23
distordre, t. **55**	droguer, t. 7	échafauder, t. 7
distraire, t. **62**	drosser, t. 7	*échampir,* t. 23
distribuer, t. 7	*dulcifier,* t. **10**	échancrer, t. 7
divaguer, t. 7	duper, t. 7	échanger, t. **9**
diverger, i, attention à ne pas confondre le participe présent: *divergeant* et l'adjectif : *divergent*. **9**	*duplexer,* t. 7	échantillonner, t. 7
	dupliquer, t. 7	**échapper,** pr et ti, ê ?, dans le sens de **n'être pas compris**, a l'auxiliaire **avoir** : *le sens de la phrase lui a échappé* ; dans le sens de **être dit par mégarde**, a l'auxiliaire **être** : *une expression incorrecte lui est échappée* (voir p. 23). 7
	durcir, t et i. 23	
	durer, i. 7	
	duveter (se). **18**	
diversifier, t. **10**	dynamiser, t. 7	
divertir, t. 23	dynamiter, t. 7	
diviniser, t. 7		
diviser, t. 7		
divorcer, i, ê ?. **8**	**E**	échardonner, t. 7
divulguer, t. 7		écharner, t. 7
documenter, t. 7	ébahir, t. 23	écharper, t. 7
dodeliner, i et t. 7	ébarber, t. 7	échauder, t. 7
dogmatiser, i. 7	ébattre (s'). **65**	échauffer, t. 7
doigter, t. 7	ébaubir, t. 23	*écheler,* t. **16**
domestiquer, t. 7		

LEXIQUE DES VERBES
échelonner

échelonner, t 7	**écrier (s')** **12**	égrapper, t 7
écheniller, t 7	**écrire**, t **71**	égratigner, t 7
écheveler, t **16**	écrivailler, i 7	égrener, t **14**
échiner, t et pr 7	écrivasser, i 7	égriser, t 7
échoir, ti, ê **54**	écrouer, t 7	égruger, t **9**
échouer, i et t, ê ? 7	écrouir, t 23	égueuler, t 7
écimer, t 7	écrouler (s') 7	éjaculer, t 7
éclabousser, t 7	écroûter, t 7	éjecter, t 7
éclaircir, t 23	écuisser, t 7	éjointer, t 7
éclairer, t 7	éculer, t 7	élaborer, t 7
éclater, i, ê ? 7	écumer, t et i 7	élaguer, t 7
éclipser, t 7	écussonner, t 7	**élancer,** i et pr **9**
éclisser, t 7	édenter, t 7	élargir, t, i et pr 23
écloper, t 7	édicter, t 7	électrifier, t **10**
éclore, i, ê, s'emploie presque uniquement aux troisièmes personnes et aux temps pour lesquels **clore** a des formes. Le participe **éclos** peut se construire avec l'auxiliaire **avoir** pour marquer l'action : *ces fleurs ont éclos ce matin* ; ou l'auxiliaire **être** pour marquer le résultat : *ces fleurs-là sont déjà écloses.* Mais on peut utiliser l'auxiliaire **être** dans les deux cas **84**	édifier, t **10**	électriser, t 7
	éditer, t 7	électrocuter, t 7
	éditionner, t 7	électrolyser, t 7
	édulcorer, t 7	élégir, t 23
	éfaufiler, t 7	**élever,** t et pr **14**
	effacer, t **8**	élider, t 7
	effaner, t 7	élimer, t 7
	effarer, t 7	éliminer, t 7
	effaroucher, t 7	élinguer, t 7
	effectuer, t 7	**élire,** t **70**
	efféminer, t 7	**éloigner,** t 7
	effeuiller, t 7	*élonger,* t **9**
écluser, t 7	*effigier,* t **10**	élucider, t 7
écobuer, t 7	effiler, t 7	élucubrer, t 7
écœurer, t 7	effilocher, t 7	éluder, t 7
éconduire, t **73**	efflanquer, t 7	**émacier (s')** **10**
économiser, t 7	effleurer, t 7	émailler, t 7
écoper, t et ti 7	effleurir, i et pr 23	émanciper, t 7
écorcer, t **8**	effondrer, t et pr 7	émaner, i 7
écorcher, t 7	**efforcer (s')** **8**	émarger, t et ti **9**
écorner, t 7	*effranger,* t **9**	émasculer, t 7
écornifler, t 7	**effrayer,** t **19**	embabouiner, t 7
écosser, t 7	effriter, t et pr 7	emballer, t et pr 7
écouler, pr et t 7	égailler (s') [gaje] 7	embarbouiller, t et pr 7
écourter, t 7	égaler, t 7	embarder, t et i 7
écouter, t 7	égaliser, t et i 7	embarquer, t et i 7
écrabouiller, t 7	égarer, t 7	**embarrasser,** t 7
écraser, t 7	égayer, [gɛje], t **19**	*embarrer,* i et t 7
écrémer, t **12**	égorger, t **9**	embastiller, t 7
écrêter, t 7	égosiller (s') [ije] 7	embâter, t 7
	égoutter, t et pr 7	*embattre,* t **65**

LEXIQUE DES VERBES
embaucher

embaucher, t 7
embaumer, t et i 7
embecquer, t 7
embéguiner, t 7
embellir, t et i, **ê ?** ...23
emberlificoter, t 7
embêter, t 7
emblaver, t 7
embobeliner, t 7
embobiner, t 7
emboire, t **74**
emboîter, t 7
embosser, t 7
embotteler, t **16**
emboucher, t 7
embouer, i et t 7
embouquer, t 7
embourber, t 7
embourgeoiser, t et pr . 7
embourrer, t et pr 7
embouteiller, t 7
emboutir, t 23
embrancher, t et pr 7
embraquer, t 7
embraser, t 7
embrasser, t 7
embrayer [brɛje], t **19**
embreler, t **15**
embrener (s') **14**
embrever, t **14**
embrigader, t 7
embringuer, t 7
embrocher, t 7
embroncher, t 7
embrouiller, t 7
embroussailler, t 7
embrumer, t 7
embrunir, t 23
embuer, t 7
embusquer, t 7
émécher, t **12**
émerger, i **9**
émeriser, t 7
émerveiller, t et pr 7
émettre, t **64**

émier, t **10**
émietter, t 7
émigrer, i 7
émincer, t **8**
emmagasiner [ã], t 7
emmailloter [ã], t 7
emmancher[ã], t 7
emmarger [ã], t **9**
emmêler [ã], t 7
emménager [ã], t et i .**9**
emmener [ã], t **14**
emmétrer [ã], t **12**
emmieller[ã], t 7
emmitoufler [ã], t 7
emmouscailler, t 7
emmurer [ã], t 7
émonder, t 7
émorfiler, t 7
émotionner [s], t, ce doublet régulier de l'irrégulier **émouvoir** est de plus en plus employé, mais beaucoup le considèrent encore comme familier ou peu correct 7
émotter, t 7
émoucher, t 7
émoucheter, t **17**
émoudre, t **82**
émousser, t 7
émoustiller, t 7
émouvoir, t **53**
empailler, t 7
empaler, t 7
empanacher, t 7
empanner, t et i 7
empaqueter, t **18**
emparer (s') 7
empâter, t 7
empatter, t 7
empaumer, t 7
empêcher, t **12**
empêner, t et i 7
empenner, t 7
emperler, t 7
empeser, t **14**

empester, t 7
empêtrer, t et pr 7
empiéger, t **9**
empierrer, t 7
empiéter, i **12**
empiffrer, t et pr 7
empiler, t 7
empirer, i et t 7
emplâtrer, t 7
emplir, t, i et pr 23
employer, t **21**
emplumer, t 7
empocher, t 7
empoigner, t 7
empoisonner, t 7
empoisser, t 7
empoissonner, t 7
emporter, t 7
empoter, t 7
empourprer, t et pr 7
empoussiérer, t **12**
empreindre, t et pr ...**57**
empresser (s') 7
emprésurer, t 7
emprisonner, t 7
emprunter, t 7
empuantir, t 23
émulsifier, t **10**
émulsionner, t 7
enamourer (s') [e] ou énamourer, pr 7
encabaner, t 7
encadrer, t 7
encager, t **9**
encaisser, t 7
encanailler, t 7
encapuchonner, t 7
encarter, t 7
encartonner, t 7
encaserner, t 7
encasteler (s') **16**
encastrer, t 7
encaustiquer, t 7
encaver, t 7
enceindre, t **57**

encenser

encenser, t et i 7
encercler, t 7
enchaîner, t 7
enchanter, t 7
enchâsser, t 7
enchatonner, t 7
enchaussener, t **14**
enchemiser, t 7
enchérir, t et i 23
enchevaucher, t 7
enchevêtrer, t 7
enchifrener, t **14**
enclaver, t 7
enclencher, t 7
encliqueter, t **18**
enclore, t, ajoute aux formes de **clore** les formes d'ailleurs assez rares : *nous enclosons, vous enclosez ; enclosons ! enclosez !* On trouve même un imparfait : *j'enclosais,* etc ... **84**
enclouer, t 7
encocher, t 7
encoder, t 7
encoffrer, t 7
encoller, t 7
encombrer, t 7
encorder, t et pr 7
encorner, t 7
encourager, t **9**
encourir, t **29**
encrasser, t 7
encrer, t 7
encroûter, t et pr 7
encuver, t 7
endenter, t 7
endetter, t 7
endeuiller, t 7
endêver, i 7
endiabler, i et t 7
endiguer, t 7
endimancher, t 7
endivisionner, t 7
endoctriner, t 7
endolorir, t, s'emploie presque uniquement au participe passé adjectif : *des pieds endoloris, une âme endolorie* 23
endommager, t **9**
endormir, t et pr **33**
endosser, t 7
enduire, t **73**
endurcir, t 23
endurer, t 7
énerver, t et pr 7
enfaîter, t 7
enfanter, t et i 7
enfariner, t 7
enfermer, t 7
enferrer, t et pr 7
enfieller, t 7
enfiévrer, t **12**
enfiler, t 7
enflammer, t 7
enflécher, t **12**
enfler, t et i 7
enfoncer, t et pr **8**
enforcir, i 23
enfouir, t 23
enfourcher, t 7
enfourner, t 7
enfreindre, t **57**
enfuir (s') **36**
enfumer, t 7
enfutailler, enfûter, t 7
engager, t **9**
engainer, t 7
engamer, t 7
engaver, t 7
engazonner, t 7
engendrer, t 7
engerber, t 7
englober, t 7
engloutir, t 23
engluer, t 7
engober, t 7
engoncer, t **8**
engorger, t **9**
engouer (s') 7
engouffrer, t 7
engourdir, t et pr 23
engraisser, t et i 7
engranger, t **9**
engraver, t 7
engrener, t **14**
engrosser, t 7
engrumeler, t et pr **16**
engueuler, t 7
enguirlander, t 7
enhardir, t et pr 23
enharnacher, t 7
enherber, t 7
enivrer [ã], t 7
enjamber, t et i 7
enjaveler, t **16**
enjoindre, t **59**
enjôler, t 7
enjoliver, t 7
enjoncer, t **8**
enjuguer, t 7
enjuponner, t 7
enkyster, t 7
enlacer, t **8**
enlaidir, t et i, ê ? 23
enlever, t **14**
enliasser, t 7
enlier, t **10**
enliser, t 7
enluminer, t 7
enneiger [ã], t **9**
ennoblir [ã], t 23
ennuager [ã], t et pr **9**
ennuyer [ã], t et pr **20**
énoncer, t **8**
enorgueillir [ãnɔrg], t 23
enquérir (s') **37**
enquêter, ti 7
enquiquiner, t et pr 7
enraciner, t 7
enrager, i **9**
enrayer [rɛje], t **19**
enrégimenter, t 7
enregistrer, t 7
enrêner, t 7
enrhumer, t et pr 7

enrichir, t 23
enrober, t 7
enrocher, t 7
enrôler, t 7
enrouer, t et pr 7
enrouler, t et pr 7
enrubanner, t 7
ensabler, t 7
ensacher, t 7
ensaisiner, t 7
ensanglanter, t 7
enseigner, t 7
ensemencer, t **8**
enserrer, t 7
ensevelir, t 23
ensiler, t 7
ensoleiller, t 7
ensorceler, t **16**
ensoufrer, t 7
ensoutaner, t 7
enstérer, t **12**
ensuivre (s') **66**
entabler, t 7
entacher, t 7
entailler, t 7
entamer, t 7
entartrer, t 7
entasser, t 7
entendre, t **55**
enténébrer, t **12**
enter, t 7
entériner, t 7
enterrer, t 7
entêter, t et pr 7
enthousiasmer, t et pr .. 7
enticher (s') 7
entoiler, t 7
entôler, t 7
entonner, t 7
entortiller, t 7
entourer, t 7
entr(e)- : pour les composés non cités, cf. le verbe simple.
entraider (s') 7
entr'aimer (s') 7

entraîner, t 7
entr'apercevoir, t **42**
entraver, t 7
entrebâiller, t 7
entrebattre (s') **65**
entrechoquer, t 7
entrecouper, t 7
entrecroiser, t 7
entre-déchirer (s') 7
entre-détruire (s') **73**
entre-dévorer, pr 7
entr'égorger (s') **9**
entre-frapper (s') **9**
entre-haïr (s') **24**
entrelacer, t **8**
entrelarder, t 7
entre-manger (s') **9**
entremêler, t 7
entremettre (s') **44**
entre-nuire (s'), voir note sur **nuire** **73**
entreposer, t 7
entreprendre, t **56**
entrer, t et i, ê ? 7
entretailler, pr 7
entretenir, t **26**
entretoiser, t 7
entre-tuer (s') 7
entrevoir, t **40**
entrouvrir, t **31**
énucléer, t **11**
énumérer, t **12**
envahir, t 23
envaser, t et pr 7
envelopper, t 7
envenimer, t 7
enverger, t **9**
enverguer, t 7
envider, t 7
envier, t **10**
environner, t 7
envisager, t **9**
envoiler (s') 7
envoler (s') 7
envoûter, t 7

envoyer, t **22**
épaissir, t, i et pr 23
épamprer, t 7
épancher, t 7
épandre, t **55**
épanneler, t **16**
épanouir, t et pr 23
épargner, t 7
éparpiller [ije], t 7
épater, t 7
épauler, t 7
épeler, t **16**
épépiner, t 7
éperonner, t 7
épeurer, t 7
épicer, t **8**
épier, t **10**
épierrer, t 7
épiler, t 7
épiloguer, ti 7
épinceler, t **15**
épincer, t **8**
épinceter, t **18**
épingler, t 7
épisser, t 7
éployer, t **21**
éplucher, t 7
épointer, t 7
éponger, t **9**
épouiller, t 7
époumoner, t et pr 7
épouser, t 7
épousseter, t **18**
époustoufler, t 7
époutier, t **10**
époutir, t 23
épouvanter, t 7
épreindre, t **57**
éprendre (s') **56**
éprouver, t 7
épucer, t **8**
épuiser, t 7
épurer, t 7
équarrir, t 23
équilibrer, t 7

équiper, t 7
équivaloir, ti, il ne faut pas confondre le participe présent, **équivalant** (*un succès diplomatique équivalant à une victoire militaire*) avec l'adjectif, dont l'orthographe est différente, **équivalent** (*deux méthodes équivalentes*) **49**
équivoquer, i 7
érafler, t 7
érailler, t 7
érayer, t **19**
éreinter, t 7
ergoter, i 7
ériger, t **9**
éroder, t 7
érotiser, t 7
errer, i 7
éructer, i et t 7
esbaudir, pr 23
esbigner, pr 7
esbroufer, t 7
escalader, t 7
escamoter, t 7
escamoucher, i 7
escarrifier, t **10**
esclaffer (s') 7
escoffier, t **10**
escompter [kɔ̃te], t 7
escorter, t 7
escrimer (s') 7
escroquer, t 7
espacer, t **8**
espérer, t **12**
espionner, t 7
esquicher, t 7
esquinter, t 7
esquisser, t 7
esquiver, t et pr 7
essaimer, t 7
essanger, t **9**
essarter, t 7
essayer [sɛje], t **19**
essorer, t 7

essoriller, t 7
essoucher, t 7
essouffler, t et pr 7
essuyer [sɥije], t **20**
estamper, t 7
estampiller, t 7
ester, i, est utilisé seulement à l'infinitif et presque exclusivement dans l'expression de la langue judiciaire : *ester en justice (soutenir une action en justice).*
estérifier, t **10**
estimer, t 7
estiver, t et i 7
estomaquer, t 7
estomper, t et pr 7
estoquer, t 7
estourbir, t 23
estrapasser, t 7
estropier, t **10**
établer, t 7
établir, t **23**
étager, t **9**
étalager, t **9**
étaler, t 7
étalonner, t 7
étamer, t 7
étamper, t 7
étancher, t 7
étançonner, t 7
étarquer, t 7
étatiser, t 7
étayer [tɛje], t **19**
éteindre, t et pr **57**
étendre, t **55**
éterniser, t et pr 7
éternuer, i 7
étêter, t 7
éthérifier, t **10**
étinceler, i **16**
étioler [etjɔ], t et pr 7
étiqueter, t **18**
étirer, t 7
étoffer, t 7

étoiler, t 7
étonner, t et pr 7
étouffer, t et i 7
étoupiller, t 7
étourdir, t 23
étrangler, t 23
être, son participe passé, *été* (contrairement à *eu*), est toujours invariable 1
étrécir, t 23
étreindre, t **57**
étrenner, t 7
étresillonner, t 7
étriller [ije], t 7
étriper, t 7
étriquer, t 7
étronçonner, t 7
étudier, t et i **10**
étuver, t 7
euphoriser, t 7
européaniser, t 7
évacuer, t 7
évader (s') 7
évaluer, t 7
évangéliser, t 7
évanouir (s') 23
évaporer, t et pr 7
évaser, t et pr 7
éveiller, t et pr 7
éventer, t 7
éventrer, t 7
évertuer (s') 7
évider, t 7
évincer, t **8**
éviter, t et i 7
évoluer, i 7
évoquer, t 7
exacerber [egza], t 7
exagérer, i et t **12**
exalter, t et pr 7
examiner, t 7
exaspérer, t **12**
exaucer, t **8**
excaver, t 7
excéder [ekse], t **12**

exceller, i, son participe passé s'écrit : *excellent*, et l'adjectif : *excellent* ... 7
excentrer, t ... 7
excepter, t ... 7
exciper, ti ... 7
exciser, t ... 7
exciter, t ... 7
exclamer (s') ... 7
exclure, t ... **83**
excommunier, t ... **10**
excorier, t ... **10**
excréter, t ... **12**
excursionner, i ... 7
excuser, t ... 7
exécrer, t ... **12**
exécuter, t et pr ... 7
exempter [εgzɑ̃te], t ... 7
exercer, t, i et pr ... **8**
exfolier, t et pr ... **10**
exhaler, t ... 7
exhausser, t ... 7
exhéréder, t ... **12**
exhiber, t ... 7
exhorter, ... 7
exhumer, ... 7
exiger, t ... **9**
exiler, t ... 7
exister, i et imp ... 7
exonder (s') ... 7
exonérer, t ... **12**
exorciser, t ... 7
expatrier, t et pr ... **10**
expectorer, t ... 7
expédier, t, attention à ne pas confondre le participe présent : *expédiant*, avec l'adjectif et substantif : *expédient* ... **10**
expérimenter, t ... 7
expertiser, t ... 7
expier, t ... **10**
expirer, i, ê ? et t ... 7
expliciter, t ... 7
expliquer, t ... 7

exploiter, t ... 7
explorer, t ... 7
exploser, i ... 7
exporter, t ... 7
exposer, t ... 7
exprimer, t et pr ... 7
exproprier, t ... **10**
expulser, t ... 7
expurger, t ... **9**
exsuder, i et t ... 7
extasier (s') ... **10**
exténuer, t ... 7
extérioriser, t ... 7
exterminer, t ... 7
extirper, t ... 7
extorquer, t ... 7
extrader, t ... 7
extraire, t ... **62**
extrapoler, i et t ... 7
extravaguer, i, son participe présent s'écrit : *extravaguant*, et l'adjectif : *extravagant* ... 7
extravaser, t ... 7
exulcérer, t ... **12**
exulter, i ... 7

F

fabriquer, t, au participe présent s'écrit : *fabriquant*, tandis que le substantif s'écrit : *un fabricant de* ... 7
fabuler, i ... 7
facetter, t ... 7
fâcher, t et pr ... 7
faciliter, t ... 7
façonner, t ... 7
facturer, t ... 7
fagoter, t et pr ... 7
faiblir, i ... 23
faillir, i ... **35**
fainéanter, i ... 7
faire, t ... **61**
faisander, t et pr ... 7

falloir, imp ... **47**
falsifier, t ... **10**
familiariser, t ... 7
fanatiser, t ... 7
faner, t et pr ... 7
fanfaronner, i ... 7
fanfrelucher, t ... 7
fantasmer, i ... 7
farcir, t ... 23
farder, i et t ... 7
farfouiller, i ... 7
fariner, t et i ... 7
farter, t ... 7
fasciner, t ... 7
fasciser, t ... 7
faseyer, i
ou *faséyer,* i ... **12**
fatiguer, ti et pr, ne pas confondre : *fatiguant* (participe présent) et *fatigant* (adjectif) ... 7
faucarder, t ... 7
faucher, t ... 7
faufiler, t et pr ... 7
fausser, t ... 7
fauter, i ... 7
favoriser, t ... 7
fayot(t)er, i ... 7
féconder, t ... **12**
féculer, t ... 7
fédéraliser, t et pr ... 7
fédérer, t ... **12**
feindre, i et t ... **57**
feinter, i et t ... 7
fêler, t ... 7
féliciter, t ... 7
féminiser, t ... 7
fendiller, t et pr ... 7
fendre, t et pr ... **55**
fenêtrer, t ... 7
férir, t, archaïque, ne s'emploie plus qu'à l'infinitif dans : *sans coup férir* et au participe adjectif : *féru de*...
fermenter, i ... 7

162

LEXIQUE DES VERBES
fermer

fermer, t et i 7
ferrailler, i 7
ferrer, t 7
fertiliser, t 7
fesser, t 7
festonner, t 7
festoyer [twaje], et t et i. **21**
fêter, t 7
feuiller, i et t 7
feuilleter, t **18**
feuler, i 7
feutrer, t 7
fiancer, t **8**
ficeler, t **16**
ficher, t, le participe passé normal est fiché: *la flèche s'est fichée dans la cible*; lorsque le verbe s'emploie par euphémisme pour «foutre», le participe passé est fichu, familier: *il s'est fichu par terre, l'affaire est fichue* 7
fienter, i 7
fier (se) **10**
figer, t, i et pr **9**
fignoler [ɲ], t 7
figurer, pr et t 7
filer, i et t 7
fileter, t **18**
filigraner, t 7
filmer, t 7
filouter, t 7
filtrer, t et i 7
financer, t **8**
finasser, i 7
finir, t et i 23
fiscaliser, t 7
fissurer, t 7
fixer, t 7
flageller, t 7
flageoler, i 7
flagorner, t 7
flairer, t 7
flamber, i et t 7
flamboyer, i **21**

flancher, i 7
flâner, i 7
flanquer, t 7
flaquer, t 7
flasher, i 7
flatter, t 7
flécher, t **12**
fléchir, t et i 23
flemmarder, i 7
flétrir, t 23
fleurer, i et t 7
fleurir, i et t, au sens propre (être en fleurs, orner de fleurs), **fleurir** se conjugue normalement sur **finir**; au sens figuré (prospérer), **fleurir** a pour participe présent adjectif: *florissant (une mine florissante)* et on trouve parfois l'imparfait *florissait* à côté de *fleurissait* 23
flibuster, i et t 7
flinguer, t 7
flipper, i 7
flirter, [flœr], i 7
floconner, i 7
floculer, i 7
flotter, i et t 7
flouer, t 7
fluctuer, i 7
fluer, i 7
fluidifier, t **10**
flûter, i 7
focaliser, t 7
foirer, i 7
foisonner, i 7
folâtrer, i 7
folichonner, i 7
folioter, t 7
fomenter, t 7
foncer, i et t **8**
fonctionnariser, t 7
fonctionner, i 7
fonder, t 7
fondre, i et t **55**

forcer, t et i **8**
forcir, i 23
forclore, ne s'emploie qu'à l'infinitif et au participe passé: *forclos* (langage juridique ou administratif) **84**
forer, t 7
forfaire, ti **61**
forger, t **9**
forjeter, t et i **18**
forlancer, t **8**
forligner, i 7
forlonger, i et t **9**
formaliser (se) 7
former, t 7
formuler, t 7
forniquer, i 7
fortifier, t **10**
fossiliser, t et pr 7
fossoyer, t **21**
fouailler, t 7
foudroyer, t **21**
fouetter, t et i 7
fouger, i **9**
fouiller, t et i 7
fouiner, i 7
fouir, t 23
fouler, t et pr 7
fourber, t 7
fourbir, t 23
fourcher, i et t 7
fourgonner, i et t 7
fourguer, t 7
fourmiller, i 7
fournir, t et pr 23
fourrager, i et t **9**
fourrer, t et pr 7
fourvoyer, t et pr **21**
foutre, t et pr, ce verbe grossier se conjugue sur **attendre** (55); le **d** est simplement remplacé par un **t**: *nous foutons, je foutrai, il est foutu*; mais le **t** disparaît à la première et à la deuxième personne du singu-

163

fracasser

lier du présent de l'indicatif et à l'impératif singulier : *je fous ; tu fous ; fous-le dehors*, le verbe est inusité au passé simple de l'indicatif et à l'imparfait du subjonctif.

fracasser, t	7
fractionner, t	7
fracturer, t	7
fragmenter, t	7
fraîchir, i	23
fraiser, t	7
framboiser,	7
franchir, t	23
franciser, t	7
franger, t	**9**
frapper, t et i	7
fraterniser, i	7
frauder, t	7
frayer, t et i	**19**
fredonner, t et i	7
freiner, i et t	7
frelater, t	7
frémir, i	23
fréquenter, t	7
fréter, t	**12**
frétiller, i	7
fretter, t	7
fricasser, t	7
fricoter, t et i	7
frictionner, t	7
frigorifier, t	**10**
frigorifuger, t	**9**
frimer, i et t	7
fringuer, i et t	7
friper, t	7
friponner, t	7

frire, t et i, est défectif. Les seules formes **possibles** sont les trois personnes du singulier du présent de l'indicatif, la 2ᵉ personne du singulier de l'impératif, les temps composés avec **avoir** et, à la rigueur, le futur et le conditionnel. En réalité, ces formes possibles elles-mêmes sont rarement employées et on n'utilise couramment que le participe passé : **fri-frite** et l'infinitif **frire**. Dans l'emploi transitif de **frire**, on tourne par **faire frire** : *on fera frire les poissons.* Dans l'emploi intransitif de **frire**, on tourne par **être en train de frire** : *les poissons étaient en train de frire* ... **68**

friser, i et t	7
frisotter, i et ti	7
frissonner, i	7
fritter, i et t	7
froidir, t et i	23
froisser, t	7
frôler, t	7
froncer, t	**8**
fronder, i et t	7
frotter, t et i	7
frouer, i	7
froufrouter, i	7
fructifier, i	**10**
frustrer, t	7
fuguer, i	7
fuir, i et t	**36**
fulgurer, i	7
fulminer, i et t	7
fumer, t et i	7
fumiger, t	**9**
fureter, i	**17**
fuseler, t	**16**
fuser, i	7
fusiller, t	7
fusionner, i et t	7
fustiger, t	**9**

G

gâcher, i et t	7
gaffer, i et t	7
gager, t	**9**
gagner, i et t	7
gainer, t	7
galantiser, i et t	7
galber, t	7
galéjer, i	**12**
galonner, t	7
galoper, i et t	7
galvaniser, t	7
galvauder, t et i	7
gambader, i	7
gamberger, i	**9**
gambiller, i	7
gangrener, t	**14**
ganser, t	7
ganter, i	7
garancer, t	**8**
garantir, t	23
garder, t	7
garer, t	7
gargariser (se)	7
gargoter, i	7
gargouiller, i	7
garnir, t	23
garrotter, t	7
gasconner, i	7
gaspiller, t	7
gâter, t	7
gauchir, t et i	23
gaufrer, t	7
gauler, t	7
gausser (se)	7
gaver, t	7
gazéifier, t	**10**
gazer, t et i	7
gazonner, t et i	7
gazouiller, i	7
geindre, i	**57**
geler, imp, i et t	**15**
gélifier, t	**10**
géminer, t	7
gémir, i	23
gemmer, t	7
gendarmer (se)	7
gêner, t	7
généraliser, t	7

générer

générer, t **12**	*gouailler*, t et i 7	*gribouiller*, i et t 7
gerber, i et t 7	*goudronner*, t 7	**griffer**, t 7
gercer, t et i **8**	*goujonner*, t 7	*griffonner*, t 7
gérer, t **12**	*goupiller*, t 7	*grigner*, i 7
germaniser, t 7	*gourer*, t et pr 7	*grignoter*, t 7
germer, i 7	*gourmander*, t 7	*grillager*, t **9**
gésir, i **39**	**goûter**, t, i et ti 7	**griller**, t et i 7
gesticuler, i 7	*goutter*, i 7	*grimacer*, i et t **8**
giboyer, i **21**	**gouverner**, t 7	*grimer*, t 7
gicler, i 7	*gracier*, t **10**	**grimper**, i et t 7
gifler, t 7	*graduer*, t 7	*grincer*, i **8**
gigoter, i 7	*grailler*, i 7	*grincher*, i 7
gîter, i 7	*graillonner*, i 7	*gripper*, i, t et pr 7
givrer, t 7	**graisser**, t 7	*grisailler*, t et i 7
glacer, t **8**	*grammaticaliser*, t 7	*griser*, t 7
glairer, t 7	**grandir**, i et t **23**	*grisoller*, i 7
glaiser, t 7	*granuler*, t 7	*grisonner*, i 7
glandouiller, i 7	*graphiter*, t 7	*griveler*, t et i **16**
glaner, t 7	*grappiller* [ije], i et t 7	*grogner*, i 7
glapir, i et t **23**	*grasseyer*, i, est tout à fait régulier. Les terminaisons du groupe 1 doivent être ajoutées au radical *grassey* (d'où des rencontres **yi**, comme dans l'imparfait: *nous grasseyions*). 7	*grognonner*, i 7
glatir, i **23**		*grommeler*, i et t **16**
glaviot(t)er, i 7		**gronder**, t et i 7
gléner, t **12**		**grossir**, i et t **23**
glisser, i et t 7		*grossoyer*, t **21**
globaliser, t 7		*grouiller*, i 7
glorifier, t **10**	*gratifier*, t **10**	**grouper**, t 7
gloser, i et t 7	*gratiner*, i et t 7	*gruger*, t **9**
glouglouter, i 7	*gratter*, t et i 7	*grumeler (se)* **16**
glousser, i 7	*graver*, t 7	*guéer*, t **11**
glycériner, t 7	*gravir*, t **23**	**guérir**, i et t **23**
gober, t 7	*graviter*, i 7	*guerroyer*, i **21**
goberger (se) **9**	*gréciser*, t 7	*guêtrer*, t 7
gobeter, t **18**	*grecquer*, t 7	*guetter*, t 7
gobichonner, t 7	*gréer*, t **11**	*gueuler*, i et t 7
godailler, i 7	*greffer*, t 7	*gueuser*, i et t 7
goder, i 7	**grêler**, imp et tr 7	**guider**, t 7
godiller [ije], i 7	*grelotter*, i 7	*guigner*, t 7
godronner, t 7	*grenailler*, t 7	*guillemeter*, t **18**
goguenarder, i 7	*greneler*, t **16**	*guillocher*, t 7
goinfrer, i 7	*grener*, i et t 7	*guillotiner*, t 7
gommer, t 7	*grenouiller*, i 7	*guincher*, i 7
gondoler, i et pr 7	*gréser*, t **12**	*guinder*, t et pr 7
gonfler, t et i 7	*grésiller* [zije], i 7	*guiper*, t 7
gorger, t **9**	*grever*, t **14**	
gouacher, t 7		

LEXIQUE DES VERBES
habiliter

H

* h = h aspiré

habiliter, t.	7
habiller, t.	7
habiter, t et i	7
habituer, t.	7
habler, i	7
*hacher, t.	7
*hachurer, t.	7
haïr, t.	**24**
*haler, t.	7
*hâler, t.	7
*haleter, i	**17**
halluciner, t.	7
hameçonner, t.	7
*hancher, i et t.	7
*handicaper, t.	7
*hanter, t.	7
*happer, t.	7
*haranguer, t.	7
*harasser, t.	7
*harceler, t.	**15** ou **16**
*harder, t.	7
harmoniser, t.	7
*harnacher, t.	7
**harper,* t et i	7
*harponner, t.	7
*hasarder, t.	7
*hâter, t.	7
*haubaner, t.	7
*hausser, t.	7
*haver, t.	7
*havir, i et t	23
héberger, t.	**9**
hébéter, t.	**12**
hébraïser, t et i	7
*héler, t.	**12**
helléniser, t.	7
hennir, i	23
herbager, t.	**9**
herboriser, i	7
*hérisser, t.	7
hériter, t et ti	7
herser, t	7
hésiter, i	7
***heurter,** t	7
hiberner, i	7
hiérarchiser [ʃi], t	7
*hisser, t	7
historier, t	**10**
hiverner, i et t	7
*hocher, t	7
homogénéifier, t.	**10**
homogénéiser, t.	7
homologuer, t.	7
*hongrer, t.	7
hongroyer, t	**21**
* honnir, t.	23
honorer, t	7
*hoqueter, i	**18**
horrifier, t.	**10**
horripiler, t.	7
hospitaliser, t.	7
*houblonner, t.	7
*houer, t.	7
*houpper, t.	7
*hourder, t.	7
*hourdir, t.	23
*houspiller [ije]	7
housser, t.	7
*hucher, t.	7
*huer, t et i	7
huiler, t.	7
*hululer, i	7
humaniser, t.	7
humecter, t.	7
*humer, t.	7
humidifier, t.	**10**
humilier, t.	**10**
***hurler,** i et t	7
hybrider, t et pr	7
hydrater, t.	7
hydrofuger, t.	**9**
hydrogéner, t	**12**
hydroliser, t.	7
hypertrophier, t et pr	**10**
hypnotiser, t.	7
hypostasier, t.	**10**
hypothéquer, t	**12**

I

idéaliser, t	7
identifier, t.	**10**
idiotifier, t.	**10**
idolâtrer, t.	7
ignifuger [igni], t.	**9**
ignorer, t.	7
illuminer, t.	7
illusionner, t.	7
illustrer, t	7
imager, t.	**9**
imaginer, t et pr	7
imbiber, t et pr	7
imbriquer, t.	7
imiter, t	7
immatriculer, t.	7
immerger, t	**9**
immigrer, i	7
immiscer (s')	**8**
immobiliser, t.	7
immoler, t.	7
immortaliser, t.	7
immuniser, t.	7
impartir, t	23
impatienter, t et pr	7
impatroniser, t.	7
imperméabiliser, t	7
impétrer, t.	**12**
implanter, t.	7
impliquer, t.	7
implorer, t.	7
imploser, i	7
importer, t, ti et imp	7
importuner, t.	7
imposer, t.	7
imprégner, t.	**12**
impressionner, t.	7
imprimer, t	7
improuver, t.	7
improviser, t et i	7
impulser, t.	7

imputer

imputer, t 7	infuser, t et ti 7	intercepter, t 7
inaugurer, t 7	ingénier (s') **10**	interclasser, t 7
incarcérer, t **12**	ingérer, t et pr **12**	**interdire,** t **69**
incarner, t 7	ingurgiter, t 7	**intéresser,** t 7
incendier, t **10**	inhaler, t 7	interférer, i **12**
incidenter, i 7	inhiber, t 7	*interfolier,* t **10**
incinérer, t **12**	inhumer, t 7	intérioriser, t 7
inciser, t 7	initier, t **10**	interjeter, t **12**
inciter, t 7	injecter, t 7	interligner, t 7
incliner, t, i et pr 7	injurier, t **10**	interloquer, t 7
inclure, t **83**	innerver, t 7	internationaliser, t 7
incomber, ti 7	innocenter, t 7	interner, t 7
incommoder, t 7	innover, t et i 7	interpeller, t 7
incorporer, t 7	inoculer, t 7	interpénétrer (s') **12**
incriminer, t 7	**inonder,** t 7	interpoler, t 7
incruster, t 7	**inquiéter,** t **12**	interposer, t 7
incuber, t 7	inscrire, t **71**	interpréter, t **12**
inculper, t 7	*insculper,* t 7	**interroger,** t **9**
inculquer, t 7	inséminer, t 7	**interrompre,** t **55**
incurver, t et pr 7	insensibiliser, t 7	**intervenir,** i, ê **26**
indemniser, t 7	insérer, t **12**	intervertir, t 23
indexer, t 7	insinuer, t 7	interviewer [vju], t 7
indifférer, t **12**	**insister,** i et ti 7	intimer, t 7
indigner, t 7	insoler, t 7	intimider, t 7
indiquer, t 7	insolubiliser, t 7	intituler, t 7
indisposer, t 7	insonoriser, t 7	intoxiquer, t 7
individualiser, t 7	**inspecter,** t 7	intriguer, t et i, au participe présent s'écrit : *intriguant* ; mais l'adjectif et le substantif s'écrivent : *intrigant (un politicien intrigant, des intrigants)* 7
induire, t **73**	inspirer, t et i 7	
indulgencier, t **10**	**installer,** t 7	
indurer, t 7	instaurer, t 7	
industrialiser, t 7	instiller, t 7	
infantiliser, t 7	instituer, t 7	
infatuer, t 7	institutionnaliser, t 7	
infecter, t et pr 7	**instruire,** t **93**	**introduire,** t **73**
inféoder, t 7	instrumenter, i et t 7	introniser, t 7
inférer, t **12**	insuffler, t 7	intuber, t 7
infester, t 7	insulter, t et ti 7	invaginer, t et pr 7
infiltrer, t et pr 7	insurger (s') **9**	invalider, t 7
infirmer, t 7	intailler, t 7	invectiver, t et ti 7
infléchir, t et pr 23	intégrer, t **12**	**inventer,** t 7
infliger, t **9**	intellectualiser, t 7	inventorier, t 7
influencer, t **8**	intensifier, t **10**	inverser, t 7
influer, ti 7	intenter, t 7	invertir, t 23
informatiser, t 7	intercaler, t 7	investir, t 23
informer, t et pr 7	intercéder, ti **12**	*invétérer (s')* **12**
		inviter, t 7

invoquer, t 7	joncher, t 7	langer, t **9**
ioder, t 7	jongler, i 7	*langueyer,* t 7
iodler, i et t 7	**jouer,** i et t 7	languir [oi], i 23
ioniser, t 7	**jouir,** ti et i 23	lanterner, i et t 7
iouler, i et t 7	jouter, i 7	laper, t 7
iriser, t 7	jouxter, t 7	lapider, t 7
ironiser, ti 7	jubiler, i 7	*lapidifier,* t et pr **10**
irradier, i et t **10**	jucher, i et t 7	lapiner, i 7
irriguer, t 7	judaïser, i 7	laquer, t 7
irriter, t et pr 7	**juger,** t et i **9**	larder, t 7
islamiser, t et pr 7	juguler, t 7	lardonner, t 7
isoler, t 7	jumeler, t **16**	larguer, t 7
issir, le seul vestige de cet ancien verbe est le participe passé : *issu.*	juponner, i et t 7	larmoyer, i **21**
	jurer, t et i 7	lasser, t et pr 7
	justifier, t, ti et pr **10**	latiniser, t et i 7
italianiser, i et t 7	juter, i 7	latter, t 7
itérer, t **12**	juxtaposer, t 7	**laver,** t 7
		layer, [lɛ], t **19**
		lécher, t **12**
J	**K**	légaliser, t 7
		légiférer, i **12**
jaboter, i 7	kidnapper, t 7	légitimer, t 7
jacasser, i 7	kilométrer, t **12**	léguer, t **12**
jachérer, t **12**	klaxonner, i 7	*lénifier,* t **10**
jacter, i et t 7		léser, t **12**
jaillir, i 23		lésiner, i 7
jalonner, t et i 7	**L**	lessiver, t 7
jalouser, t 7		lester, t 7
japper, i 7	labialiser, t 7	leurrer, t 7
jardiner, i et t 7	**labourer,** t 7	**lever,** t **14**
jargonner, i et t 7	lacer, t **8**	*léviger,* t **9**
jarreter, i **18**	lacérer, t **12**	levretter, t et i 7
jaser, i 7	**lâcher,** t 7	lexicaliser, t 7
jasper, t 7	laïciser, t 7	lézarder, t, i et pr 7
jauger, t et i **9**	lainer, t 7	liaisonner, t 7
jaunir, t et i 23	**laisser,** t 7	liarder, i 7
javeler, t et i **16**	lambiner, i 7	libeller, t 7
javelliser, t 7	lambrisser, t 7	libéraliser, t 7
jeter, t **18**	lamenter, t, i et pr 7	**libérer,** t **12**
jeûner, i 7	lamer, t 7	licencier, t **10**
jobarder, t 7	laminer, t 7	licher, t 7
jodler, t 7	lamper, t 7	liciter, t 7
joindre, t **59**	**lancer,** t **8**	liéger, t **13**
jointoyer, t **21**	lanciner, i et t 7	**lier,** t **10**
joncer, t **8**		ligaturer, t 7

LEXIQUE DES VERBES
ligner

ligner, t............................. 7
lignifier (se) **10**
ligoter, t........................... 7
liguer, t............................ 7
limer, t........................... 7
limiter, t......................... 7
limoger, t......................... **9**
liquéfier [ke], t............. **10**
liquider [ki], t.................. 7
lire, t............................ **70**
liserer, t......................... **14**
ou lisérer, t.................... **12**
lisser, t............................. 7
lister, t............................. 7
lithographier, t............. **10**
livrer, t........................... 7
lober, t............................. 7
localiser, t........................ 7
locher, i et t..................... 7
lock-outer, t..................... 7
loger, t et i..................... **9**
longer, t............................ **9**
lorgner, t.......................... 7
lotionner, t....................... 7
lotir, t.............................23
louanger, t....................... **9**
loucher, i.......................... 7
louchir, i........................23
louer, t............................ 7
louper, t........................... 7
lourder, t......................... 7
louver, t............................ 7
louveter, t..................... **18**
louvoyer, i..................... **21**
lover, t.............................. 7
lubrifier, t...................... **10**
luger, i............................. **9**
luire, i, forme le participe passé sans **t** : *lui*, et est toujours invariable. Il est donné comme défectif par l'Académie et diverses grammaires ; en fait, il s'emploie surtout à l'infinitif, au participe présent, passé et aux temps composés, aux troisièmes personnes du singulier et du pluriel des temps usuels. Le passé simple et l'imparfait du subjonctif sont rares. Mais, comme le remarquait déjà Littré, rien n'empêche d'employer ce verbe à toutes les personnes, et à ces deux temps. Le passé simple suit la conjugaison de **conduire** : *je luisis, les étoiles luisirent* ; l'imparfait du subjonctif est : *luisisse, luisît* (qu'emploie Bossuet). Toutefois, beaucoup d'écrivains ont employé un passé simple formé sur **dire** : *je luis, nous lûmes, ils luirent.* En général, les puristes déclarent ce passé simple incorrect **73**
luncher, i......................... 7
lustrer, t........................... 7
luter, t.............................. 7
lutiner, t et i.................... 7
lutter, i........................... 7
luxer, t............................. 7
lyncher [lɛ̃ʃe], t.............. 7
lyophiliser, t.................... 7

M

macadamiser, t................ 7
macérer, t et i................ **12**
mâcher, t......................... 7
machiner, t...................... 7
mâchonner, t................... 7
mâchurer, t...................... 7
macler, i et t.................... 7
maçonner, t...................... 7
maculer, t......................... 7
madéfier, t..................... **10**
magasiner, t..................... 7
magner, pr....................... 7
magnétiser [ɲe], t........... 7
magnétoscoper, t............. 7
magnifier [ɲi], t............ **10**
magouiller, t................... 7
maigrir, i et t................23
mailler, t et i................... 7
maintenir, t.................. **26**
maîtriser, t....................... 7
majorer, t........................ 7
malaxer, t......................... 7
malfaire, i..................... **61**
malléabiliser, t................ 7
malmener, t................... **14**
malter, t............................ 7
maltraiter, t...................... 7
manager, t........................ **9**
mandater, t....................... 7
mander, t.......................... 7
manéger, t..................... **13**
mangeotter, t................... 7
manger, t........................ **9**
manier, t....................... **10**
maniérer, t.................... **12**
manifester, t................... 7
manigancer, t.................. **8**
manipuler, t..................... 7
manœuvrer, t et i............ 7
manquer, t et ti.............. 7
manucurer, t..................... 7
manufacturer, t................ 7
manutentionner, t............ 7
maquer, t.......................... 7
maquignonner, t.............. 7
maquiller, t...................... 7
marauder, i....................... 7
marbrer, t......................... 7
marchander, t et i............ 7
marcher, i........................ 7
marcotter, t...................... 7
marger, t......................... **9**
marginaliser, t.................. 7
marginer, t........................ 7
marier, t......................... **10**
mariner, t et i................... 7
marivauder, i.................... 7
marmiter, t....................... 7

marmonner

marmonner, t et i	7	
marmoriser, t	7	
marmotter, i et t	7	
marner, t et i	7	
maronner, i	7	
maroquiner, t	7	
maroufler, t	7	
marquer, t et i	7	
marqueter, t	**18**	
marrer (se)	7	
marteler, t	**15**	
martyriser, t	7	
masculiniser, t	7	
masquer, t et i	7	
massacrer, t	7	
masser, t	7	
massicoter, t	7	
mastiquer, t	7	
masturber, t et pr	7	
matelasser, t	7	
mater, t	7	
mâter, t	7	
matérialiser, t	7	
materner, t	7	
materniser, t	7	
mathématiser, t	7	
mâtiner, t	7	
matir, t	23	
matraquer, t	7	
matricer, t	**8**	
matriculer, t	7	
maudire, t, bien qu'il soit composé sur **dire**, groupe 3, se conjugue sur **finir**, groupe 2 : *nous maudissons, maudissant*. Seul le participe passé *maudit, -ite* garde une terminaison du groupe 3 (comparer **fini**)	23	
maugréer, i	**11**	
maximaliser, t	7	
maximiser, t	7	
mazouter, i et t	7	
mécaniser, t	7	
mécher, t	**12**	
méconnaître, t	**77**	

mécontenter, t	7
médailler, t	7
médiatiser, t	7
médicamenter, t	7
médire, ti	**69**
méditer, t et ti	7
méduser, t	7
méfaire, i	**61**
méfier (se)	**10**
mégir, t	23
mégisser, t	7
mégoter, i et t	7
méjuger, t, ti et pr	**9**
mélanger, t	**9**
mêler, t	7
mémoriser, i et t	7
menacer, t et i	**8**
ménager, t	**9**
mendier, i et t	**10**
mendigoter, i et t	7
mener, t et i	**14**
mensualiser, t	7
mensurer, t	7
mentionner, t	7
mentir, i	**27**
menuiser, t	7
méprendre (se)	**56**
mépriser, t	7
merceriser, t	7
merdoyer, i	**21**
meringuer, t	7
mériter, t	7
mésallier, t	**10**
mésestimer, t	7
messeoir, ti	**52**
mesurer, t et i	7
mésurer, ti	7
métalliser, t	7
métamorphiser, t	7
métamorphoser, t	7
météoriser, t	7
métisser, t	7
métrer, t	**12**
mettre, t	**64**
meubler, t	7

meugler, i	7
meuler, t	7
meurtrir, t	23
mévendre, t	**55**
miauler, i	7
mignarder, t	7
mignoter, t	7
migrer, i	7
mijoter, t et i	7
militariser, t	7
militer, i	7
millésimer, t	7
mimer, t	7
minauder, i et t	7
mincer, t	**8**
mincir, i	23
miner, t	7
minéraliser, t	7
miniaturer, t	7
miniaturiser, t	7
minimiser, t	7
minorer, t	7
minuter, t	7
mirer, t et pr	7
miroiter, i	7
miser, t et i	7
miter (se)	7
mithridatiser, t	7
mitiger, t	**9**
mitonner, i et t	7
mitrailler, t	7
mixer, t	7
mobiliser, t	7
modeler, t	**15**
modéliser, t	7
modérer, t	**12**
moderniser, t	7
modifier, t	**10**
moduler, t	7
moirer, t	7
moisir, i et t	23
moissonner, t	7
moitir, t	23
molester, t	7
moleter, t	**18**

mollarder, i et t 7
molletonner, t 7
mollir, i et t 23
momifier, t **10**
monder, t 7
mondialiser, t 7
monétiser, t 7
monnayer, t **19**
monologuer, i 7
monopoliser, t 7
monter, i et t, ê **?**, dans les emplois transitifs, l'auxiliaire est naturellement **avoir** ; dans les emplois intransitifs, on utilise **être** pour marquer l'état *(il est monté depuis une heure),* et même pour marquer l'action *(il est monté à midi).* Cependant, pour insister sur l'action, il arrive qu'on utilise **avoir** dans certaines expressions : *les prix ont monté ; la température a monté* 7
montrer, t 7
moquer, t et pr 7
moraliser, t et i 7
morceler, t **16**
mordancer, t **8**
mordiller [ije], t et i 7
mordorer, t 7
mordre, t et i **55**
morfler, t 7
morfondre (se) **55**
morigéner, t **12**
mortaiser, t 7
mortifier, t **10**
motiver, t 7
motoriser, t 7
motter (se) 7
moucharder, t et i 7
moucher, t et pr 7
moucheronner, i 7
moucheter, t **18**
moudre, t **82**

moufter, i 7
mouiller, t et i 7
mouler, t 7
mouliner, t 7
moulurer, t 7
mourir, i, ê **30**
mousser, i 7
moutonner, i et pr 7
mouvementer, t 7
mouver, t 7
mouvoir, t et pr, se conjugue sur **émouvoir,** à un détail près : son participe passé **masculin singulier** prend l'**accent circonflexe** : masculin *mû* ; féminin *mue* ; pluriel *mus, mues* **53**
moyenner, t 7
mucher, t et pr 7
muer, i et t 7
mugir, i 23
mugueter, t **18**
multiplier, t **10**
municipaliser, t 7
munir, t 23
murailler, t 7
murer, t 7
mûrir, i et t 23
murmurer, i et t 7
musarder, i 7
muscler, t 7
museler, t **16**
muser, i 7
musiquer, t et i 7
musser, t et pr 7
muter, t 7
mutiler, t 7
mutiner (se) 7
mystifier, t **10**

N

nacrer, t 7
nager, i et t **9**

naître, i, ê **78**
nantir, t 23
napper, t 7
narguer, t 7
narrer, t 7
nasaliser, t 7
nasiller, [zije], i 7
nationaliser, t 7
natter, t 7
naturaliser, t 7
naufrager, i **9**
naviguer, i 7
navrer, t 7
nazifier, t **10**
néantiser, t 7
nécessiter, t 7
nécroser, t et pr 7
négliger, t, attention à ne pas confondre le participe présent : *négligeant* et l'adjectif : *négligent.* **9**
négocier, t et i **10**
neiger, imp **9**
nervurer, t 7
nettoyer, t **21**
neutraliser, t 7
niaiser, i 7
nicher, i et t 7
nickeler, t **16**
nidifier, i **10**
nieller, t 7
nier, t **10**
nimber, t 7
nipper, t 7
nitrater, t 7
nitrer, t 7
nitrifier, t **10**
nitrurer, t 7
niveler, t **16**
noircir, t et i 23
noliser, t 7
nombrer, t 7
nominaliser, t 7
nommer, t 7
nordir, i 23

LEXIQUE DES VERBES

normaliser

normaliser, t ... 7
noter, t ... 7
notifier, t ... **10**
nouer, t et i ... 7
nourrir, t ... 23
nover, t et i ... 7
noyauter, t ... 7
noyer, t ... **21**
nuancer, t ... **8**
nucléer, t ... **11**
nuer, t ... 7
nuire, ti, son participe passé s'écrit sans t (= conduit) : *nui*, et est toujours invariable **73**
numériser, t ... 7
numéroter, t ... 7

O

obéir, ti ... 23
obérer, t ... **12**
objecter, t ... 7
objectiver, t ... 7
obliger, t ... **9**
obliquer, i ... 7
oblitérer, t ... **12**
obnubiler, t ... 7
obombrer, t ... 7
obscurcir, t ... 23
obséder, t ... **12**
observer, t ... 7
obstiner (s') ... 7
obstruer, t ... 7
obtempérer, ti ... **12**
obtenir, t ... **26**
obturer, t ... 7
obvenir, i, **ê** ... **26**
obvier, i ... **10**
occasionner, t ... 7
occidentaliser, t et pr ... 7
occire, t, n'est employé qu'à l'infinitif, au participe passé *(occis, -ise)* et aux temps composés. Même ces formes possibles sont rarement utilisées et presque uniquement dans le style plaisant.
occlure, t ... **83**
occulter, t ... 7
occuper, t ... 7
ocrer, t ... 7
octavier, i et t ... **10**
octroyer, t ... **21**
octupler, t ... 7
œdématier, t ... **10**
œilletonner, t ... 7
œuvrer, i ... 7
offenser, t ... 7
officialiser, t ... 7
officier, i ... **10**
offrir, t ... **31**
offusquer, t ... 7
oindre, t ... **59**
oiseler, t et i ... **16**
ombrager, t ... **9**
ombrer, t ... 7
omettre, t ... **64**
ondoyer, i et t ... **21**
onduler, i et t ... 7
opacifier, t ... **10**
opaliser, t ... 7
opérer, t et i ... **12**
opiacer, t ... **8**
opiner, i ... 7
opiniâtrer (s') ... 7
opposer, t ... 7
oppresser, t ... 7
opprimer, t ... 7
opter, i ... 7
optimaliser, t ... 7
optimiser, t ... 7
oranger, t ... **9**
orchestrer [k], t ... 7
ordonnancer, t ... **8**
ordonner, t ... 7
organiser, t ... 7
orientaliser, t et pr ... 7
orienter, t ... 7
ornementer, t ... 7
orner, t ... 7
orthographier, t ... **10**
osciller [ile], i ... 7
oser, t ... 7
ossifier, t et pr ... **10**
ostraciser, t ... 7
ôter, t ... 7
ouater, t ... 7
ouatiner, t ... 7
oublier, t ... **10**
ouiller, t ... 7
ouïr, t, on trouve, de façon extrêmement rare, les formes archaïques suivantes : *j'ois, nous oyons, j'oyais, que j'oie, que nous oyons*, ainsi que les impératifs : *ois, oyons, oyez.* Les futurs archaïques : *j'oirai, j'orrai* et les conditionnels archaïques : *j'oirais, j'orrais* sont encore plus rares ... **39**
ourdir, t ... 23
ourler, t ... 7
outiller [tije], t ... 7
outrager, t ... **9**
outrepasser, t ... 7
outrer, t ... 7
ouvrager, t ... **9**
ouvrer, t et i ... 7
ouvrir, t et i ... **31**
ovaliser, t ... 7
ovationner, t ... 7
oxyder, t et pr ... 7
oxygéner, t et pr ... **12**
ozoniser, t ... 7

P

pacager, i et t ... **9**
pacifier, t ... **10**
pacquer, t ... 7
pactiser, t ... 7
paganiser, i et t ... 7
pagayer [gɛje], i ... **19**

LEXIQUE DES VERBES
paginer

paginer, t 7
paillarder, i 7
paillassonner, t 7
pailler, t 7
pailleter, t **18**
paisseler, t **16**
paître, i et t **79**
palabrer, i 7
palataliser, t 7
paleter, t et i **18**
palettiser, t 7
pâlir, i et t 23
palissader, t 7
palisser, t 7
palissonner, t 7
pallier [lje], t **10**
palmer, t 7
palper, t 7
palpiter, i 7
pâmer, i et pr 7
panacher, t et i 7
paner, t 7
panifier, t **10**
paniquer, t et i 7
panneauter, t et i 7
panner, t 7
panser, t 7
panteler, i **16**
pantoufler, i 7
papillonner [jɔne], i 7
papilloter [jɔte], t 7
papoter, i 7
parachever, t **14**
parachuter, t 7
parader, i 7
parafer, t 7
paraffiner, t 7
paraître, i, ê ?, prend presque toujours **avoir**, dans tous les sens du verbe : *le soleil a paru derrière les nuages* (a fait son apparition) ; *ton ami m'a paru fatigué* (m'a semblé). Pourtant, s'il s'agit de publications, l'alternance **avoir**

(action) / **être** (résultat) peut jouer (voir p. 21). Il sera donc possible d'opposer : *ce livre a paru le mois dernier* (action) à: *ce livre est paru depuis longtemps* (résultat) **77**
paralyser, t 7
parangonner, t 7
parapher, t 7
paraphraser, t 7
parasiter, t 7
parcellariser, t 7
parceller, t 7
parcelliser, t 7
parcheminer, t 7
parcourir, t **29**
pardonner, t et ti 7
parementer, t 7
parer, t 7
paresser, i 7
parfaire, t **61**
parfiler, t 7
parfondre, t **55**
parfumer, t 7
parier, t et i **10**
parjurer (se) 7
parlementer, i 7
parler, t, ti et i 7
parodier, t **10**
parquer, t et i 7
parqueter, t **18**
parrainer, t 7
parsemer, t **14**
partager, t **9**
participer, ti 7
particulariser, t et pr 7
partir, i, ê, était autrefois transitif, au sens de **partager**. On ne trouve plus que l'infinitif dans l'expression : *avoir maille à partir avec quelqu'un* (être en querelle avec lui) **27**
parvenir, i, ê **26**
passementer, t 7

passepoiler, t 7
passer, t et i, ê ?, au sens transitif a toujours **avoir** ; au sens intransitif, peut toujours prendre l'auxiliaire **être**. Mais on peut aussi opposer l'action (avec **avoir**) : *ce mot a passé dans notre langue au XVIIIe siècle,* et le résultat (avec **être**): *ce mot est passé en français depuis trois siècles.*
passionner, t 7
pasteuriser, t 7
pasticher, t 7
patauger, i **9**
pateliner, i et t 7
patenter, t 7
patienter, i 7
patiner, t et i 7
pâtir, i 23
patoiser, i 7
patouiller, i et t 7
patronner, t 7
patrouiller, i 7
pâturer, i et t 7
paumer, t 7
paumoyer, t **21**
paupériser, t 7
pauser, i 7
pavaner (se) 7
paver, t 7
pavoiser, t et i 7
payer, t et i **19**
peautiner, t 7
pécher, i **12**
pêcher, t 7
pédaler, i 7
peigner, t 7
peindre, t **57**
peiner, t et i 7
peinturer, t 7
peinturlurer, t 7
peler, t et i **15**
pelleter, t, les formes où se succèdent deux sons [ɛ] (*je*

173

peloter

pellette, etc.) sont prononcés :
[zəpɛlt] **18**
peloter [plɔ], t i 7
pelotonner, t et pr 7
pelucher, i 7
pénaliser, t 7
pencher, t et i 7
pendiller, i 7
pendre, t et i **55**
pénétrer, i et t **12**
penser, t, ti et i 7
pensionner, t 7
pépier, i **10**
percer, t et i **8**
percevoir, t **42**
percher, i et t 7
percuter, t et i 7
perdre, t et i **55**
pérégriner, i 7
pérenniser, t 7
perfectionner, t 7
perforer, t 7
péricliter, i 7
périmer, i et pr 7
périr, i 23
perler, i et t 7
permettre, t **64**
permuter, t et i 7
pérorer, i 7
perpétrer, t **12**
perpétuer, t 7
perquisitionner, i 7
perreyer, t 7
persécuter, t 7
persévérer, i **12**
persifler, t 7
persister, i 7
personnaliser, t 7
personnifier, t **10**
persuader, t 7
perturber, t 7
pervertir, t 23
peser, i et t **14**
pester, ti et i 7
pestiférer, t **12**

pétarader, i 7
péter, i et t **12**
pétiller [ije], i 7
pétitionner, i 7
pétrifier, t **10**
pétrir, t 23
peupler, t 7
phagocyter, t 7
philosopher, i 7
phosphater, t 7
phosphorer, t 7
photocopier, t **10**
photographier, t **10**
phraser, t et i 7
piaffer, i 7
piailler, i 7
pianoter, i 7
piauler, i 7
picoler, i et t 7
picorer, i et t 7
picoter, t 7
piéger, t **13**
piéter, i **12**
piétiner, i et t 7
pieuter, i et pr 7
pigeonner, t 7
piger, t **9**
pigmenter, t 7
pignocher [ɲɔ], i et t 7
piler, t 7
piller, t 7
pilonner, t 7
piloter, t 7
pimenter, t 7
pinailler, i 7
pincer, t **8**
pindariser, i 7
pinter, i et t 7
piocher, t et i 7
pioncer, i **8**
piper, i et t 7
pique-niquer, i 7
piquer, t et i 7
piqueter, t **18**
pirater, i 7

pirouetter, i 7
pisser, i et t 7
pister, t 7
pistonner, t 7
pitonner, i 7
pivoter, i et t 7
placarder, t 7
placer , t **8**
plafonner, i et t 7
plagier, t **10**
plaider, t et i 7
plaindre, t **58**
plaire , i et ti, à la forme pronominale son participe passé est en principe toujours invariable : *elles se sont plu à* (cf. p. 36) **63**
plaisanter, i et t 7
plancher, i 7
planchéier, t **10**
planer, i et t 7
planifier, t **10**
planquer, t et pr 7
planter, t 7
plaquer, t 7
plasmifier, t **10**
plastifier, t **10**
plastiquer, t 7
plastronner, t et i 7
platiner, t 7
platiniser, t 7
plâtrer, t 7
plébisciter, t 7
pleurer, i et t 7
pleurnicher, i 7
pleuvasser, imp 7
pleuviner, imp 7
pleuvoir, imp et i **48**
pleuvoter, imp 7
plier, t et i **10**
plisser, i 7
plomber, t 7
plonger, i et t **9**
ployer, t et i **21**
plucher, i 7

plumer, t 7
pluviner, imp 7
pocher, t 7
poêler, t 7
poétiser, t 7
poignarder, t 7
poiler, pr 7
poinçonner, t 7
poindre, i et t, au sens intransitif de commencer à paraître, ne s'emploie guère qu'aux 3 personnes suivantes : *l'aube point, poindra, poindrait* (littéraire). On le remplace souvent par **pointer** (groupe 1) ; au sens transitif de piquer, blesser, faire souffrir, on trouve surtout les formes simples : *une grande tristesse le poignait* (littéraire). On le remplace parfois par **piquer** ou **percer** (groupe 1). Le participe présent adjectif *poignant* est assez usuel. Mais **poigner*, formé sur ce participe, est un grossier barbarisme **59**
pointer, t et i 7
poireauter ou
poiroter, i 7
poisser, t 7
poivrer, t 7
polariser, t 7
polémiquer, t 7
policer, t **8**
polir, t 23
polissonner, i 7
politiser, t 7
polluer, t 7
polycopier, t **10**
polymériser, t 7
pommader, t 7
pommeler (se) **16**
pommer, i 7
pomper, t 7

pomponner, t 7
poncer, t **8**
ponctionner, t 7
ponctuer, t 7
pondérer, t **12**
pondre, t et i **55**
ponter, t et i 7
pontifier, i **10**
populariser, t 7
poquer, i 7
porter, t, i et pr 7
portraiturer, t 7
poser, t et i 7
positionner, t 7
posséder, t **12**
postdater, t 7
poster, t 7
postillonner, i 7
postposer, t 7
postsynchroniser, t 7
postuler, t 7
potasser, t 7
potiner, i 7
poudrer, t 7
poudroyer, i **21**
pouffer, i 7
pouliner, i 7
pouponner, i et t 7
pourchasser, t 7
pourfendre, t **55**
pourlécher, t et pr **12**
pourrir, t et i, ê ? 23
poursuivre, t **66**
pourvoir, t et ti, ê ? **41**
pousser, t et i, ê? 7
pouvoir, t **43**
praliner, t 7
pratiquer, t et i 7
précautionner, t et pr, . 7
précéder, t, attention à ne pas confondre le participe présent *précédant*, et l'adjectif et le substantif : *précédent*.
prêcher, t 7
précipiter, t et pr 7

préciser, t et pr 7
précompter, t 7
préconiser, t 7
prédestiner, t 7
prédéterminer, t 7
prédire, t **69**
prédisposer, t 7
prédominer, i 7
préétablir, t 23
préexister, i 7
préfacer, t **8**
préférer, t **12**
préfigurer, t 7
préfixer, t 7
préformer, t 7
préjudicier, ti **10**
préjuger, t et i **9**
prélasser (se) 7
prélever, t **14**
préluder, i et ti 7
préméditer, t 7
prémunir, t 23
prendre, t et i **56**
prénommer, t 7
préoccuper, t 7
préparer, t 7
préposer, t 7
présager, t **9**
prescrire, t **71**
présenter, t et i 7
préserver, t 7
présider, t et ti 7
pressentir, t **27**
presser, t et i 7
pressurer, t 7
pressuriser, t 7
présumer, t et ti 7
présupposer, t 7
présurer, t 7
prétendre, t et ti **55**
prêter, t et i 7
prétexter, t 7
prévaloir, i et pr, se conjugue comme **valoir**, sauf aux trois premières personnes du

175

subjonctif présent : *(que) je prévale, que tu prévales, qu'il prévale,* à côté de *(que) nous prévalions.* Autrement dit, il ne fait pas l'alternance [vaj], [val] comme **valoir.** À la voix pronominale, avec le sens spécial de *prétendre tirer avantage,* il appartient à la deuxième catégorie des pronominaux (cf. p. 36) et le participe passé s'accorde donc avec le sujet : *elles se sont prévalues de leurs droits* **49**
prévariquer, i 7
prévenir, t, étant transitif direct, se construit avec **avoir** **26**
prévoir, t **40**
prier, t **10**
primer, i et t 7
priser, t 7
privatiser, t 7
priver, t 7
privilégier, t **10**
procéder, i et ti **12**
processionner, i 7
proclamer, t 7
procréer, t **11**
procurer, t 7
prodiguer, t 7
produire, t **73**
profaner, t 7
proférer, t **12**
professer, t 7
profiler, t, i et pr 7
profiter, i 7
programmer, t et i 7
progresser, i 7
prohiber, t 7
projeter, t **18**
prolétariser, t 7
proliférer, i **12**
prolonger, t **9**
promener, t et pr **14**

promettre, t **64**
promouvoir, t, suit exactement la conjugaison de **émouvoir.** Ce verbe s'emploie surtout à l'infinitif, aux participes présent et passé, ainsi qu'aux temps composés (actif et passif) 53
promulguer, t 7
prôner, t 7
prononcer, t **8**
pronostiquer, t 7
propager, t **9**
prophétiser, t et i 7
proportionner, t 7
proposer, t et i 7
propulser, t 7
proroger, t **9**
proscrire, t **71**
prosodier, t et i **10**
prospecter, t 7
prospérer, i **12**
prosterner (se) 7
prostituer, t 7
protéger, t **13**
protester, i et ti 7
prouver, t 7
provenir, i, ê, est assez peu employé aux formes composées 26
provigner, t et i 7
provoquer, t 7
psalmodier, t **10**
psychanalyser [k], t 7
psychiatriser, i 7
publier, t **10**
puer, i et t, à l'imparfait (1re et 2e personnes du pluriel), le passé simple et le subjonctif imparfait sont peu usités. 7
puiser, t 7
pulluler, i 7
pulvériser, t 7
punir, t 23
purger, t **9**

purifier, t **10**
putréfier, t **10**
pyrograver, t 7

Q

quadriller [k], t 7
quadrupler, t et i 7
qualifier, t **10**
quantifier, t **10**
quartager, t **9**
quarter, t 7
quémander, t et i 7
quereller, t et pr 7
querir ou quérir, vieux synonyme de **chercher,** peu usité ; il ne s'emploie guère qu'à l'infinitif après **aller, venir, envoyer** **37**
questionner, t 7
quêter, t et i 7
queuter, i 7
quintessencier, t et i **10**
quintupler, t et i 7
quittancer, t **8**
quitter, t 7

R

rabâcher, t et i 7
rabaisser, t 7
rabattre, t **65**
rabibocher, t 7
rabioter, i et t 7
râbler, t 7
rabonnir, t et i 23
raboter, t 7
rabougrir, t et i 23
rabouter, t 7
rabrouer, t 7
raccommoder, t 7
raccompagner, t 7

raccorder

raccorder, t 7	**ralentir,** t et i 23	rasséréner, t **12**
raccourcir, t et i 23	râler, i 7	rassir, i, est un infinitif qui a été forgé par la langue parlée (et employé par divers écrivains) à partir de *rassis, -ise*, participe passé de **rasseoir** (tableau 50), qui n'est plus senti comme tel, lorsqu'il s'applique au pain qui n'est plus frais sans être encore dur : *du pain rassis ; une brioche rassise*. L'expression *laisser rassir son pain* paraît tolérée. Mais **rassir** ne peut se conjuguer, ni à l'actif, ni au passif. À l'actif on peut dire *laisser, faire rassir*, au passif, *devenir rassis*.
raccoutrer, t 7	ralinguer, t 7	
raccrocher, t 7	rallier, t **10**	
racheter, t **17**	rallonger, t et i **9**	
raciner, i et t 7	rallumer, t 7	
racler, t 7	ramager, t et i **9**	
racoler, t 7	**ramasser,** t 7	
raconter, t 7	ramender, t 7	
racornir, t et pr 23	**ramener,** t **14**	
rader, t 7	**ramer,** i et t 7	
radicaliser, t 7	rameuter, t 7	
radier, t **10**	ramifier, (se) **10**	
radiner, i et pr 7	ramollir, t et pr 23	
radiobaliser, t 7	ramoner, t 7	
radiodiffuser, t 7	**ramper,** i 7	
radiographier, t **10**	rancarder, t 7	
radioguider, t 7	rancir, i et pr 23	**rassurer,** t 7
radioscoper, t 7	rançonner, t 7	ratatiner, t et pr 7
radiotélégraphier, t **10**	**ranger,** t **9**	*râteler,* t **16**
radoter, i 7	ranimer, t 7	**rater,** t et i 7
radouber, t 7	rapatrier, t **10**	*ratiboiser,* t 7
radoucir, t 23	râper, t 7	ratifier, t **10**
raffermir, t 23	rapetasser [rapta], t 7	ratiociner [rasjɔ], i 7
raffiner, t 7	rapetisser [rapti], t et i.	rationaliser, t 7
raffoler, ti 7	rapiécer, t, attention au **ç** devant **a** et **o** (voir t. 8) **12**	rationner, t 7
rafistoler, t 7		ratisser, t 7
rafler, t 7	*rapiéceter,* t **18**	rattacher, t 7
rafraîchir, t 23	rapiner, i et t 7	rattraper, t 7
ragaillardir, t 23	raplatir, t 23	raturer, t 7
rager, i **9**	*rapointir,* t 23	**ravager,** t **9**
ragoter, i 7	rappareiller, t 7	ravaler, t 7
ragoûter, t 7	*rapparier,* t **10**	ravauder, t et ı 7
ragrafer, t 7	**rappeler,** t et pr **16**	ravigoter, t 7
ragréer, t **11**	*rappliquer,* t et i 7	ravilir, t 23
raguer, i, t et pr 7	**rapporter,** t et i 7	raviner, t 7
raidir, t 23	**rapprocher,** t 7	ravir, t 23
railler, i et t 7	*raquer,* t 7	raviser (se) 7
rainer, t 7	*raréfier,* t et pr **10**	ravitailler, t 7
raineter, t **18**	**raser,** t 7	raviver, t 7
rainurer, t 7	rassasier, t **10**	ravoir, t, n'est utilisé qu'à l'infinitif présent.
raire, i **62**	**rassembler,** t 7	
raisonner, i et t 7	rasseoir, pr et t, suit exactement la conjugaison de **s'asseoir** **50**	rayer, t **19**
rajeunir, t et i, **ê ?** 23		rayonner, i et t 7
rajouter, t 7		

177

razzier

razzier [zje] t **10**	recaser, t et pr 7	réconforter, t 7
réabonner, t 7	recéder, t **12**	*recongeler*, t **15**
réabsorber, t 7	receler, t **15**	**reconnaître,** t **77**
r(é)accoutumer, t 7	recéler, t **12**	reconquérir, t **37**
réactiver, t 7	recenser, t 7	reconsidérer, t **12**
réadapter, t 7	*receper*, t **15**	reconstituer, t 7
réadjuger, t **9**	*recéper*, t **12**	reconstruire, t **73**
réadmettre, t **64**	réceptionner, t 7	reconvertir, t 23
réaffirmer, t 7	recercler, t 7	recopier, t **10**
réagir, i et ti 23	recevoir, t **42**	recoquiller, t et pr 7
r(é)ajuster, t 7	réchampir, t 23	recorder, t 7
réaléser, t **12**	*rechanger*, t **9**	recorriger, t **9**
réaliser, t 7	rechanter, t 7	recoucher, t et pr 7
réamorcer, t **8**	rechaper, t 7	recoudre, t **81**
réanimer, t 7	rechapper, ti 7	recouper, t 7
réapparaître, i, ê ? **77**	recharger, t 7	recourber, t 7
r(é)apprendre, t **56**	rechasser, i et t 7	recourir, i et ti **29**
r(é)approvisionner, t 7	**réchauffer,** t 7	recouvrer, t 7
réargenter, t 7	rechausser, t et pr 7	**recouvrir,** t **31**
réarmer, t 7	**rechercher,** t 7	recracher, t 7
réarranger, t **9**	rechigner, i et ti 7	recréer, t **11**
réassigner, t 7	rechristianiser, t 7	récréer, t **11**
r(é)assortir, t 23	rechuter, i 7	recrépir, t 23
réassurer, t 7	récidiver, i 7	récrier (se) **10**
rebaptiser, t 7	réciter, t 7	récriminer, t 7
rebâtir, t 23	**réclamer,** t et i 7	récrire, t **71**
rebattre, t **65**	reclasser, t 7	recroître, i, est un verbe presque inexistant. Son participe passé s'écrit *recrû* (avec un accent circonflexe) pour éviter la confusion avec l'adjectif *recru* : *recru de fatigue* **76**
rebeller (se) 7	récliner, i 7	
rebiffer (se) 7	*reclore*, t **84**	
rebiquer, i et t 7	reclouer, t 7	
reblanchir, t 23	reclure, t **83**	
reboiser, t 7	recoiffer, t 7	
rebondir, i 23	récoler, t 7	
reborder, t 7	recoller, t 7	recroqueviller (se) 7
reboucher, t 7	**récolter,** t 7	recruter, t 7
rebouter, t 7	**recommander,** t 7	rectifier, t **10**
reboutonner, t 7	**recommencer,** t et i **8**	**recueillir,** t et pr **34**
rebrousser, t et i 7	recomparaître, i, voir note sur **comparaître** **77**	recuire, t et i **73**
rebuter, t 7		**reculer,** i et t 7
recacheter, t **18**	**récompenser,** t 7	récupérer, t **12**
recalcifier, t **10**	recomposer, t 7	récurer, t 7
recaler, t 7	recompter, t 7	récuser, t 7
récapituler, t 7	réconcilier, t **10**	recycler, t 7
recarder, t 7	recondamner, t 7	redécouvrir, t **31**
recarreler, t **16**	reconduire, t **73**	redéfaire, t **61**

178

LEXIQUE DES VERBES

redemander

redemander, t 7
redémolir, t **23**
redescendre, t et i, **ê ?**, employé transitivement, il a l'auxiliaire **avoir** : *il a redescendu l'escalier* ; employé intransitivement, il prend toujours l'auxiliaire **être** pour marquer le résultat : *il est redescendu depuis une heure*, et presque toujours pour indiquer l'action : *ils sont redescendus avec peine après l'ascension de ce pic* **55**
redevenir, i, **ê ?** **26**
redevoir, t **45**
rédiger, t **9**
rédimer, t 7
redire, t **69**
rediscuter, t 7
redistribuer, t 7
redonner, t et i 7
redorer, t 7
redoubler, t, ti et i 7
redouter, t 7
redresser, t 7
réduire, t **73**
r(é)écrire, i et t **71**
réédifier, t **10**
rééditer, t 7
rééduquer, t 7
réélire, t **70**
réembaucher, t 7
r(é)employer, t **21**
r(é)engager, t **9**
réensemencer, t **9**
réentendre, t **55**
rééquilibrer, t 7
réer, i **11**
réescompter, t 7
r(é)essayer, t **19**
réévaluer, t 7
réexaminer, t 7
réexpédier, t **10**
réexporter, t 7

refaçonner, t 7
refaire, t **61**
refendre, t **55**
référencer, t **8**
référer, ti et pr **12**
refermer, t 7
refiler, t 7
réfléchir, i, ti et t **23**
refléter, t **12**
refleurir, i et t **23**
refluer, i 7
refondre, t et i **55**
reforger, t **9**
reformer, t 7
réformer, t 7
reformuler, t 7
refouiller, t 7
refouler, t 7
réfracter, t 7
refréner, t **12**
ou réfréner, t **12**
réfrigérer, t **12**
refroidir, t et i **23**
réfugier (se) **10**
refuser, t et t 7
réfuter, t 7
regagner, t 7
régaler, t 7
regarder, t et i 7
regarnir, t **23**
regeler, t et imp **15**
régénérer, t **12**
régenter, t 7
regimber, i 7
régionaliser, t 7
régir, t **23**
réglementer, t 7
régler, t **12**
régner, i **12**
regonfler, t et i 7
regorger, i et ti **9**
regratter, t et i 7
regréer, t **11**
regreffer, t 7
regrener, t **14**

régresser, i 7
regretter, t 7
regrossir, i **23**
regrouper, t 7
régulariser, t 7
régurgiter, t 7
réhabiliter, t 7
réhabituer, t 7
rehausser, t 7
réifier, t **10**
réimperméabiliser, t 7
réimplanter, t 7
réimporter, t 7
réimposer, t 7
réimprimer, t 7
réincarcérer, t **12**
réincarner (se) 7
réincorporer, t 7
réinfecter, t 7
réinscrire, t **71**
réinsérer, t **12**
réinstaller, t 7
réintégrer, t **12**
réinterpréter, t **12**
réinterroger, t **9**
réintroduire, t **73**
réinventer, t 7
réinvestir, t **23**
réinviter, t 7
réitérer, t **12**
rejaillir, t **23**
rejeter, t **18**
rejoindre, t **59**
rejointoyer, t **21**
rejouer, i et t 7
réjouir, t et pr **23**
relâcher, t 7
relaisser (se) 7
relancer, t **8**
rélargir, t **23**
relater, t 7
relaver, t 7
relaxer, t 7
relayer, t **19**
reléguer, t **12**

179

relever

relever, t et ti......... 14	rempaqueter, t......... **18**	renifler, i et t......... 7
relier, t......... **10**	remparer, t......... 7	renommer, t......... 7
relire, t......... **70**	*rempiéter,* t......... **12**	**renoncer,** t et ti......... **8**
reloger, t......... **9**	*rempiler,* t et i......... 7	renouer, t et ti......... 7
relouer, t......... 7	**remplacer,** t......... **8**	**renouveler,** t......... **16**
reluire, i, voir note sur	*remplier,* t......... **10**	rénover, t......... 7
luire......... **73**	**remplir,** t......... 23	**renseigner,** t......... 7
reluquer, t......... 7	remployer, t......... **21**	rentabiliser, t......... 7
remâcher, t......... 7	remplumer, t et pr......... 7	rentamer, t......... 7
remailler, t......... 7	rempocher, t......... 7	renter, t......... 7
remanger, t et i......... 7	*rempoissonner,* t......... 7	rentoiler, t......... 7
remanier, t......... **10**	remporter, t......... 7	*rentraire,* t......... **62**
remaquiller, t......... 7	rempoter, t......... 7	**rentrer,** t et i, ê ?......... 7
remarier, t......... **10**	remprunter, t......... 7	rentrouvrir, t......... **31**
remarquer, t......... 7	**remuer,** t et i......... 7	renvelopper, t......... 7
remastiquer, t......... 7	rémunérer, t......... **12**	renvenimer, t......... 7
remballer, t......... 7	renâcler, i......... 7	*renverger,* t......... **9**
rembarquer, t et i......... 7	renaître, i......... **78**	**renverser,** t......... 7
rembarrer, t......... 7	*renarder,* i et t......... 7	renvider, t......... 7
remblayer, t......... **19**	*renauder,* i......... 7	renvier, i et ti......... **10**
remboîter, t......... 7	rencaisser, t......... 7	**renvoyer,** t......... **22**
rembouger, t......... **9**	rencarder, t......... 7	réoccuper, t......... 7
rembourrer, t......... 7	renchaîner, t......... 7	réopérer, t......... **12**
rembourser, t......... 7	renchérir, t, i et ti......... **83**	réorchestrer, t......... 7
rembrunir, t et pr......... 23	rencogner, t......... 7	*réordonnancer,* t......... **8**
rembucher, t et pr......... 7	**rencontrer,** t......... 7	réordonner, t......... 7
remédier, ti......... **10**	rendormir, t et pr......... **33**	réorganiser, t......... 7
remembrer, t......... 7	**rendre,** t et pr......... **55**	réorienter, t......... 7
remémorer, t......... 7	rendurcir, t......... 23	*repairer,* t......... 7
remercier, t......... **10**	*renfaîter,* t......... 7	repaître, t, i et pr, se conjugue sur le modèle de **paître,** mais il n'est pas défectif. Il possède donc tous les temps et modes de **paître,** ainsi que les formes du passé simple de l'indicatif, de l'imparfait du subjonctif, fait sur le passé simple (rare), du participe passé : *repu, ue,* tous les temps composés (faits avec le participe passé) : *je me suis repu.* Il est très rare à la forme active : *repaître ses yeux d'un spectacle.* Même à la forme pronominale **se repaître**, il
remettre, t......... **64**	renfermer, t......... 7	
remeubler, t......... 7	renfiler, t......... 7	
remiser, t, pr et i......... 7	renfler, i et t......... 7	
remmailler [rã]t......... 7	renflouer, t......... 7	
remmailloter [rã], t......... 7	renfoncer, t......... **8**	
remmancher [rã], t......... 7	renforcer, t......... **8**	
remmener [rã], t......... **14**	*renformir,* t......... 23	
remonter, t et i......... 7	renfrogner (se)......... 7	
remontrer, t......... 7	rengager, t......... **9**	
remordre, t......... **55**	rengainer, t......... 7	
remorquer, t......... 7	rengorger (se)......... **9**	
remoucher, t et pr......... 7	*rengréger,* t et pr......... **13**	
remoudre, t......... **82**	rengrener, t......... **14**	
remouiller, t......... 7	ou rengréner, t......... **12**	
rempailler, t......... 7	renier, t......... **10**	

LEXIQUE DES VERBES
répandre

n'est pas d'un emploi bien fréquent............**79**
répandre, t............55
reparaître, i, **ê ?**, voir note sur **comparaître**............**77**
réparer, t............7
reparler, ti............7
repartager, i............**9**
repartir, t, au sens de : répondre sur-le-champ, suit le modèle de **sentir** et prend l'auxiliaire **avoir**............**27**
repartir, i, ê, au sens de : partir de nouveau, tout comme **partir,** se conjugue sur **sentir**, et prend l'auxiliaire **être**............**27**
répartir, t, synonyme de **distribuer,** est régulier et se conjugue sur **finir**............23
repasser, t et **ê ?**............7
repaver, t............7
repayer, t............**19**
repêcher, t............7
repeigner, t............7
repeindre, t............**57**
rependre, t............55
repenser, t et i............7
repentir (se)............**27**
repercer, t............**8**
répercuter, t............7
reperdre, t............55
repérer, t............**12**
répertorier, t............**10**
répéter, t............**12**
repeupler, t............7
repincer, t............**8**
repiquer, t et i............7
replacer, t............**8**
replanter, t............7
replâtrer, t............7
repleuvoir, i et imp............**48**
replier, t............**10**
répliquer, t............7
replonger, t et i............**9**

reployer, t............**21**
repolir, t............23
répondre, t et i............**55**
reporter, t............7
reposer, t et ti............7
repousser, t et i............7
reprendre, t et i............**56**
représenter, t............7
réprimander, t............7
réprimer, t............7
repriser, t............7
reprocher, t............7
reproduire, t............**73**
reprographier, t............**10**
reprouver, t............7
réprouver, t............7
républicaniser, t............7
répudier, t............**10**
répugner, ti............7
réputer, t............7
requérir, t............**37**
requinquer, t............7
réquisitionner, t............7
requitter, t............7
res(s)urgir [ ], i............23
resaler, t............7
resalir, t............23
resaluer, t............7
rescinder, t............7
reséquer, t............12
réserver, t............7
résider, i............7
résigner, t et pr............7
résilier, t............**10**
résiner, t............7
résinifier, t............**10**
résister [rez], ti............7
résonner, i............7
résorber, t............7
résoudre, t et pr............**80**
respecter, t............7
respirer, t et i............7
resplendir, i............23
resquiller, i et t............7
ressaigner [rə], i et t............7

ressaisir [rə], i............23
ressasser [rə], t............7
ressauter, i et t............7
ressayer [rɛ], t............**19**
ressembler, [rə], ti............7
ressemeler [rə], t............**16**
ressemer [rə], t............**14**
ressentir, t et pr, à la forme pronominale, **se ressentir de,** a l'auxiliaire **être,** et son participe s'accorde selon les règles de la deuxième catégorie (cf. pp. 36-37)............**27**
resserrer [rə], t............7
resservir [rə], t et i............**32**
ressortir, t, i, **ê ?**, au sens de : *sortir de nouveau,* se conjugue comme **sortir**............**27**
ressortir, ti, en langage juridique au sens de : *être du ressort, de la compétence de,* se conjugue sur le type régulier de **finir** : *cette affaire ressortit (ressortissait) au juge de paix*............23
ressouder [rə], t............7
ressourcer (se) [rə]............**8**
ressouvenir (se) [rə]............**26**
ressuer [rə], i............7
res(s)urgir [rə], i............23
ressusciter [rɛ], t et i, **ê ?**............7
ressuyer [rɛ], t............**20**
restaurer, t............7
rester, i, ê............7
restituer, t............7
restreindre, t............**57**
restructurer, t............7
résulter, i et imp, n'a pour sujets que des noms de choses et s'emploie seulement à l'infinitif, au participe passé et aux troisièmes personnes du singulier et du pluriel............7
résumer, t............7
resurgir [rəs], i............23

LEXIQUE DES VERBES
rétablir

rétablir, t............23	revancher (se)............7	ristourner, t............7
retailler, t............7	rêvasser, i............7	rivaliser, i............7
rétamer, t............7	réveiller, t et pr............7	river, t............7
retaper, t............7	réveillonner, i............7	*riveter,* t............**18**
retapisser, t............7	**révéler,** t............**12**	rober, t............7
retarder, t et i............7	revendiquer, t............7	robotiser, t............7
retâter, t et ti............7	revendre, t............**55**	roder, t............7
reteindre, t............**57**	**revenir,** i, ê............**26**	rôder, i............7
retendre, t............**55**	**rêver,** i, ti et t............7	rogner, t et i............7
retenir, t............**26**	réverbérer, t............**12**	*rognonner,* t............7
retenter, t............7	reverdir, i et t............23	romancer, t............**8**
retentir, i............**29**	révérer, t............**12**	romaniser, t et pr............7
retercer, t............**8**	reverser, t............7	**rompre,** t et i............**55**
retirer, t............7	revêtir, t............**28**	*ronchonner,* i............7
retisser, t............7	revigorer, t............7	rondir, t et i............23
retomber, i, ê............7	réviser, t............7	ronfler, i............7
retondre, t............**55**	revisser, t............7	**ronger,** t............**9**
retordre, t............**55**	revivifier, t............**10**	ronronner, i............7
rétorquer, t............7	revivre, i et t............**67**	roquer, i............7
retoucher, t et ti............7	**revoir,** t............**40**	roser, t............7
retourner, i et t, ê ?............7	révolter, t et pr............7	rosir, i et t............23
retracer, t............**8**	révolutionner, t............7	rosser, t............7
rétracter, t et pr,............7	*révolvériser,* t............7	roter, i............7
retraduire, t............**73**	*revomir,* t............23	**rôtir,** t et i............23
retraire, t............**62**	révoquer, t............7	roucouler, i et t............7
retrancher, t............7	revoter, i et t............7	rouer, t............7
retranscrire, t............**71**	*revouloir,* t............**44**	rougeoyer, i............**21**
retransmettre, t............**64**	révulser, t............7	**rougir,** i et t............23
retravailler, i et t............7	rhabiller, t............7	rouiller, t et i............7
retraverser, t............7	*rhumer,* t............7	rouir, t et i............23
rétrécir, i, t et pr............23	ricaner, i............7	**rouler,** i et t............7
rétreindre, t............**57**	ricocher, i............7	*roulotter,* t............7
retremper, t............7	rider, i et pr............7	*roupiller,* i............7
rétribuer, t............7	ridiculiser, t............7	*rouscailler,* i............7
rétroagir, i............23	*rigoler,* i et t............7	*rouspéter,* i............**12**
rétrocéder, t............**12**	rimailler, i............7	roussir, t et i............23
rétrograder, i et t............7	rimer, i et t............7	router, t............7
retrousser, t............7	rincer, t............**8**	rouvrir, t et i............**31**
retrouver, t............7	ripailler, i............7	*rubéfier,* t............**10**
réunifier, t............**10**	riper, t et i............7	rucher, t............7
réunir, t............23	ripoliner, t............7	rudoyer, t............**21**
réussir, i, t et ti............23	riposter, ti et i............7	ruer, i et pr............7
revacciner, t............7	**rire,** i et ti............**72**	rugir, i............23
revaloir, t............**49**	**risquer,** t et pr............7	ruiler, t............7
revaloriser, t............7	rissoler, t et i............7	**ruiner,** t............7

LEXIQUE DES VERBES

ruisseler

ruisseler, i	**16**
ruminer, t	7
ruser, i	7
russifier, t	**10**
rustiquer, t	7
rutiler, i	7
rythmer, t	7

S

sabler, t	7
sablonner, t	7
saborder, t	7
saboter, i et t	7
sabrer, t	7
saccader, t et i	7
saccager, t	**9**
saccharifier, t	**10**
sa(c)quer, t	7
sacraliser, t	7
sacrer, t et i	7
sacrifier, t	**10**
saigner, i et t	7
saillir, i, faire saillie, dépasser (intransitif), se conjugue sur **assaillir** (tableau 35)	**35**
saillir, i et t, au sens de jaillir (intransitif) se conjugue comme **finir** : *l'eau saillissait (jaillissait),* mais n'est guère employé qu'à l'infinitif et aux troisièmes personnes du singulier et du pluriel ; au sens de **s'accoupler avec** (transitif) se conjugue comme **finir**, à toutes les formes	23
saisir, t	23
salarier, t	**10**
saler, t	7
salifier, t	**10**
salir, t	23
saliver, i	7
saloper, t	7
salpêtrer, t	7

saluer, t	7
sanctifier, t	**10**
sanctionner, t	7
sangler, t	7
sangloter, i	7
saouler, t	7
saper, t	7
saponifier, t	**10**
sarcler, t	7
sasser, t	7
satelliser, t	7
satiner, t	7
satiriser, t	7
satisfaire, t et ti	**61**
saturer, t	7
saucer, t	**8**
saumurer, t	7
sauner, i	7
saupoudrer, t	7
saurer, t	7
ou saurir, t	23
sauter, i et t	7
sautiller, i	7
sauvegarder, t	7
sauver, t	7
savoir, t, il arrive que le présent normal **sais** soit remplacé par **sache**. Ces emplois rares et archaïques apparaissent dans la tournure négative : *je ne sache pas que* + subjonctif. *Que je sache (autant que je sache)* est nettement plus fréquent	**46**
savonner, t	7
savourer, t	7
scalper, t	7
scandaliser, t et pr	7
scander, t	7
scarifier, t	**10**
sceller, t	7
schématiser [ʃe], t	7
schlitter, t	7
scier, t et i	**10**
scinder, t	7

scintiller, i	7
scléroser, t	7
scolariser, t	7
scotcher, t	7
scratcher, t	7
scruter, t	7
sculpter [te], t	7
sécher, t et i	**12**
seconder, t	7
secouer, t	7
secourir, t	**29**
sécréter, t	**12**
sectionner, t	7
séculariser, t	7
sédentariser, t	7
séduire, t	**73**
segmenter, t et pr	7
séjourner, i	7
sélectionner, t	7
seller, t	7
sembler, i	7
semer, t	**14**
semoncer, t	**8**
sensibiliser, t	7
sentir, i et t	**27**
seoir, i	**52**
séparer, t	7
septupler, i et t	7
séquestrer, t	7
sérancer, t	**8**
serfouir, t	23
sérier, t	**10**
seriner, t	7
seringuer, t	7
sermonner, t	7
serpenter, i	7
serrer, t et i	7
sertir, t	23
servir, t, ti et pr	**32**
sévir, i	23
sevrer, t	**14**
sextupler, i et t	7
shampouiner, t	7
shooter [u], i	7
sidérer, t	**12**

siéger, t **13**
siffler, i et t 7
siffloter, i et t 7
signaler, t 7
signaliser, t 7
signer, t et pr 7
signifier, t **10**
silhouetter, t 7
sillonner, t 7
simplifier, t **10**
simuler, t 7
singer, t **9**
singulariser, t et pr 7
siniser, t 7
sinuer, i 7
siphonner, t 7
siroter, t 7
situer, t 7
skier, i **10**
slalomer, i 7
slaviser, t 7
smasher, i 7
snober, t 7
socialiser, t 7
sodomiser, i et t 7
soigner, t 7
solder, t 7
solenniser [sɔla], t 7
solfier, t **10**
solidariser, t et pr 7
solidifier, t **10**
soliloquer, i 7
solliciter, t 7
solubiliser, t 7
solutionner, t 7
somatiser, t 7
sombrer, i 7
sommeiller, i 7
sommer, t 7
somnoler, i 7
sonder, t 7
songer, ti 7
sonnailler, i et t 7
sonner, i et t, ê **?** 7
sonoriser, t 7

sophistiquer, i et t 7
sortir, t, subsiste en langage juridique, signifie : *avoir, obtenir* et se conjugue comme **finir**, mais ne s'emploie qu'à la troisième personne : *il faut que cette sentence sortisse son plein et entier effet* (Robert) 23
sortir, i et t, ê **?**, au sens de *passer au-dehors* (intransitif, auxiliaire **être**), ou *mener dehors, tirer dehors* (transitif, auxiliaire **avoir**) se conjugue sur **sentir** 27
soubattre, t **65**
soucheter, t **18**
souchever, t **14**
soucier (se) **10**
souder, t 7
soudoyer, t **21**
souffler, t et i 7
souffleter, t **18**
souffrir, i et t **31**
soufrer, t 7
souhaiter, t 7
souiller, t 7
soulager, t **9**
soûler, t 7
soulever, t **14**
souligner, t 7
soumettre, t **64**
soumissionner, t 7
soupçonner, t 7
souper, i 7
soupeser, t **14**
soupirer, i, t et ti 7
souquer, t et i 7
sourciller, i 7
sourdre, i, sortir de terre (en parlant de l'eau) n'est usité qu'aux troisièmes personnes de l'indicatif présent et imparfait : *l'eau sourd, les eaux sourdent* (langue littéraire) ; *le sentiment qui sourdait en lui.*

sourire, i **72**
sous-alimenter, t 7
souscrire, t et i **71**
sous-entendre, t **55**
sous-estimer, t 7
sous-évaluer, t 7
sous-exposer, t 7
sous-louer, t 7
sous-tendre, t **55**
sous-tirer, t 7
soustraire, t **62**
sous-traiter, t 7
soutacher, t 7
soutenir, t **26**
soutirer, t 7
souvenir, i, imp et pr **26**
soviétiser, t 7
spathifier, t **10**
spécialiser, t 7
spécifier, t **10**
spéculer, i et ti 7
sphacéler, t **12**
spiritualiser, t 7
spolier, t **10**
sprinter [inte], i 7
squatter, t 7
stabiliser, t 7
stagner [gn], i 7
standardiser, t 7
stationner, i, **ê** 7
statuer, i et ti 7
statufier, t **10**
sténographier, t **10**
sténotyper, t 7
stéréotyper, t 7
stérer, t **12**
stériliser, t 7
stigmatiser, t 7
stimuler, t 7
stipendier, t **10**
stipuler, t 7
stocker, t 7
stopper, i et t 7
stranguler, t 7
stratifier, t **10**

striduler, i 7
strier, t **10**
structurer, t 7
stupéfait est un adjectif. On l'a pris pour un participe passé, d'où son emploi dans des temps composés d'un prétendu verbe *stupéfaire*, et même à la 3e personne du singulier du présent de l'indicatif : *cette nouvelle l'a stupéfait; *il stupéfiait le public par son adresse.* Ces emplois sont incorrects. Il faut employer le verbe **stupéfier.**
stupéfier, t **10**
stuquer, t 7
styler, t 7
styliser, t 7
subdéléguer, t **12**
subdiviser, t 7
subir, t 23
subjuguer, t 7
sublimer, t 7
submerger, t **9**
subodorer, t 7
subordonner, t 7
suborner, t 7
subroger, t **9**
subsister, i 7
substantiver, t 7
substituer, t 7
subtiliser, t et i 7
subvenir, ti, quoique étant transitif indirect, a l'auxiliaire **avoir** **26**
subventionner, t 7
subvertir, t 23
succéder, ti, le participe passé est toujours invariable. **12**
succomber, i et ti 7
sucer, t **8**
suçoter, t 7
sucrer, t 7

suer, i et t 7
suffire, imp et ti **68**
suffixer, t 7
suffoquer, i et t, au participe présent s'écrit : *suffoquant*, tandis que l'adjectif s'écrit : *suffocant* 7
suggérer [gʒe], t **12**
suggestionner [gʒɛ], ... 7
suicider (se) 7
suiffer, t 7
suinter, i 7
suivre, t, i et pr **66**
sulfater, t 7
sulfurer, t 7
superposer, t 7
superviser, t 7
supplanter, t 7
suppléer, t et ti **11**
supplémenter, t 7
supplicier, t **10**
supplier, t **10**
supporter, t 7
supposer, t 7
supprimer, t 7
suppurer, i 7
supputer, t 7
surabonder, i 7
surajouter, t 7
suralimenter, t 7
surbaisser, t 7
surcharger, t **9**
surchauffer, t 7
surclasser, t 7
surcomprimer, t 7
surcontrer, t 7
surcouper, t 7
surdorer, t 7
surédifier, t **10**
surélever, t **14**
surenchérir, i 23
surentraîner, t 7
suréquiper, t 7
surestimer, t 7
surévaluer, t 7

surexciter, t 7
surexposer, t 7
surfacer, t **8**
surfaire, t **61**
surfer, i 7
surfiler, t 7
surgeler, t **15**
surgir, i 23
surglacer, t **8**
surhausser, t 7
surimposer, t 7
surir, i 23
surjeter, i **18**
surlier, t **10**
surmener, t **14**
surmonter, t 7
surmouler, t 7
surnager, i **9**
surnommer, t 7
surpasser, t 7
surpayer, t **19**
surplomber, t et i 7
surprendre, t **56**
surproduire, t **73**
sursaturer, i 7
sursauter, i 7
sursemer, t **14**
surseoir, ti **51**
surtaxer, t 7
surtondre, t **55**
surveiller, t 7
survenir, i, ê **26**
survivre, i et ti **67**
survoler, t 7
survolter, t 7
susciter, t 7
suspecter, t 7
suspendre, t **55**
sustenter, t 7
susurrer [sysy], i et t 7
sutaxer, t 7
suturer, t 7
swinguer, i 7
syllaber, t et i 7
symboliser, t 7

LEXIQUE DES VERBES

symétriser

symétriser, i et t 7
sympathiser, i et ti 7
synchroniser [k], t 7
syncoper, t 7
syndicaliser, t 7
syndiquer, pr et t 7
synthétiser, t 7
systématiser, t 7

T

tabasser, t 7
tabler, ti 7
tacher, t 7
tâcher, ti 7
tacheter, t **18**
taillader, t 7
tailler, t 7
taire, pr et t, à la forme pronominale s'accorde toujours en genre et en nombre avec le sujet : *elle s'est tue ; elles se sont tues* **63**
taler, t 7
taller, i 7
talocher, t 7
talonner, t et i 7
talquer, t 7
tambouriner, i et t 7
tamiser, t et i 7
tamponner, t 7
tancer, t **8**
tanguer, i 7
tanner, t 7
tan(n)iser, t 7
tapager, i **9**
taper, t et i 7
tapir (se) 23
tapisser, t 7
taponner, t 7
tapoter, t 7
taquer, t 7
taquiner, t 7
tarabiscoter, t 7

tarabuster, t 7
tarauder, t 7
tarder, i et ti 7
tarer, t 7
targuer (se) 7
tarifer, t 7
tarir, t et i 23
tartiner, i et t 7
tasser, t, i et pr 7
tâter, t et ti 7
tatillonner, i 7
tâtonner, i 7
tatouer, t 7
taveler, t **16**
taxer, t 7
tayloriser, t 7
techniciser, t 7
technocratiser, t 7
t(e)iller, t 7
teindre, t **57**
teinter, t 7
télécommander, t 7
télécopier, t **10**
télégraphier, t **10**
téléguider, t 7
télémétrer, t **12**
téléphoner, t et i 7
télescoper, t 7
téléviser, t 7
témoigner, i, ti et t 7
tempérer, t **12**
tempêter, i 7
temporiser, i 7
tenailler, t 7
tendre, t et ti **55**
<u>**tenir**</u> , i, ê, *vous tîntes* est d'autant plus rare que sa prononciation évoque le verbe **tinter** **26**
tenonner, t 7
ténoriser, i 7
tenter, t et ti 7
tercer, t **8**
tergiverser, i 7
terminer, t 7

ternir, t 23
terrasser, t 7
terreauter, t 7
terrer, t, i et pr 7
terrifier, t **10**
terrir, i 23
terroriser, t 7
tester, t et i 7
tétaniser, t 7
téter, t **12**
théâtraliser, i et t 7
thématiser, t 7
théoriser, i et t 7
thésauriser, t et i 7
tictaquer, i 7
tiédir, i et t 23
tiercer, t et i **8**
tigrer, t 7
timbrer, t 7
tinter, i et t 7
tintinnabuler, i 7
tiquer, i 7
tirailler, t et i 7
tire-bouchonner, ti 7
ou tirebouchonner, ti 7
tirer, t et i 7
tisonner, t et i 7
tisser, t, tissu, -ue, participe passé de l'ancien verbe **tistre** (tisser), se rencontre encore quelquefois avec le sens de mêlé, formé (*une grammaire tissue de règles et d'exceptions*). Ce participe passé sert aussi parfois à construire des temps composés : *l'intrigue que cet homme avait tissue…* 7
titiller, t et i 7
titrer, t 7
tituber, i 7
titulariser, t 7
toaster, i 7
toiletter, t 7
toiser, t 7

LEXIQUE DES VERBES
tolérer

tolérer, t.	**12**	
tomber, i, ê	7	
tomer, t.	7	
tondre, t.	**55**	
tonifier, t.	**10**	
tonitruer, i.	7	
tonner, imp et i.	7	
tonsurer, t.	7	
tontiner, t.	7	
toper, i.	7	
toquer, t, ti et pr.	7	
torcher, t.	7	
torchonner, t.	7	
tordre, t.	**55**	
toréer, i.	**11**	
torpiller, t.	7	
torréfier, t.	**10**	
torsader, t.	7	
tortiller [ije], t.	7	
torturer, t.	7	
totaliser, t.	7	
toucher, t et ti	7	
touer, t.	7	
touiller, t.	7	
toupiller, t et i.	7	
toupiner, i.	7	
tourber, i.	7	
tourbillonner, i.	7	
tourillonner, i.	7	
tourmenter, t.	7	
tournailler, i.	7	
tournebouler, t.	7	
tourner, t et i, ê ?	7	
tournicoter, i.	7	
tourniller, i et t.	7	
tourniquer, i et t.	7	
tournoyer, i.	**21**	
toussailler, i.	7	
tousser, i.	7	
toussoter, i.	7	
tracasser, t.	7	
tracer, t et i.	**8**	
tracter, t.	7	
traduire, t.	**73**	
trafiquer, i et ti, le substantif *un trafiquant* s'écrit comme le participe présent	7	
trahir, t.	23	
traînailler, i et t.	7	
traînasser, i et t.	7	
traîner, t et i.	7	
traire, t.	**62**	
traiter, t et i.	**7**	
tramer, t.	7	
trancher, t et i.	7	
tranquilliser [k], t.	7	
transbahuter, t et pr.	7	
transborder, t.	7	
transcender, t.	7	
transcoder, t.	7	
transcrire, t.	**71**	
transférer, t.	**12**	
transfigurer, t.	7	
transformer, t.	7	
transfuser, t.	7	
transgresser, t.	7	
transhumer, i.	7	
transiger, i.	**9**	
transir [z], t et i, ne s'emploie plus guère qu'à l'infinitif, au présent de l'indicatif (1re, 2e, 3e personnes du singulier et 3e personne du pluriel) ainsi qu'aux temps composés *(le froid m'a transi, je suis transi)*	23	
transistoriser, t.	7	
transiter, t et i.	7	
translater, t.	7	
translit(t)érer, t.	**12**	
transmettre, t.	**64**	
transmigrer, i.	7	
transmuer, t.	7	
transmuter, t.	7	
transparaître, i, voir note sur **comparaître**	**77**	
transpercer, t.	**8**	
transpirer, t et i.	7	
transplanter, t.	7	
transporter, t.	7	
transposer, t.	7	
transsubstantier, t.	**10**	
transsuder, i et t.	7	
transvaser, t.	7	
transvider, t.	7	
traquer, t.	7	
traumatiser, t.	7	
travailler, i et t.	7	
travailloter, i.	7	
traverser, t.	7	
travestir, t.	23	
trébucher, i.	7	
tréfiler, t.	7	
tréfondre, i.	**55**	
treillager, t.	**9**	
trembler, i.	7	
trembloter, i.	7	
trémousser (se)	7	
tremper, t et i.	7	
trémuler, i et t.	7	
trépaner, t.	7	
trépasser, i, **ê**	7	
trépider, i.	7	
trépigner, i et t.	7	
tressaillir, i.	**35**	
tressauter, i.	7	
tresser, t.	7	
trévirer, t.	7	
trianguler, t.	7	
tricher, i.	7	
tricoter, t et i.	7	
trier, t.	**10**	
trifouiller, t et i	7	
triller, i.	7	
trimarder, i.	7	
trimbal(l)er, t.	7	
trimer, i.	7	
trinquer, i.	7	
triompher, i et ti.	7	
tripatouiller, t.	7	
tripler, t et i.	7	
tripoter, t et i.	7	
triséquer, t.	**12**	
trisser, i.	7	
triturer, t.	7	

tromper

tromper, t et pr 7
trompeter, t et ti **18**
tronçonner, t 7
trôner, i 7
tronquer, t 7
tropicaliser, t 7
troquer, t 7
trotter, i 7
trottiner, i 7
troubler, t et pr 7
trouer, t 7
trousser, t 7
trouver, t et pr 7
truander, i et t 7
trucider, t 7
truffer, t 7
trusquiner, t 7
truster [trœ], t 7
tuber, t 7
tuberculiner ou
tuberculiniser, t 7
tuberculiser (se) t 7
tuer, t 7
tuméfier, t et pr **10**
turbiner, i et t 7
turlupiner, t 7
tuteurer, t 7
tutoyer, t **21**
tuyauter, t et i 7
twister, i 7
tympaniser, t 7
typer, t 7
typifier, t **10**
tyranniser, t 7

U

ulcérer, t **12**
ululer, i 7
unifier, t **10**
unir, t 23
universaliser, t 7
urbaniser, t 7
urger, i, verbe populaire qui ne s'emploie qu'à la troisième personne **9**
uriner, i 7
user, t, ti et pr 7
usiner, t 7
usurper, t 7
utiliser, t 7

V

vacciner [ks], t 7
vaciller [sije], i 7
vadrouiller, i 7
vagabonder, i 7
vagir, i 23
vaguer, i et t 7
vaincre , t **60**
valdinguer, i 7
valeter, i **18**
valider, t 7
vallonner, t 7
valoir, i, t et imp **49**
valoriser, t 7
valser, t 7
vamper, t 7
vanner, t 7
vanter, t 7
vaporiser, t 7
vaquer, ti, attention à ne pas confondre le participe présent : *vaquant* et l'adjectif : *vacant (des postes vacants)* 7
varapper, t 7
varier, i et t **10**
varloper, t 7
vaseliner, t 7
vasouiller, i 7
vassaliser, t 7
vaticiner, i 7
vautrer (se) 7
végéter, i **12**
véhiculer, t **7**
veiller, ti, i et t 7
veiner, t 7

vêler, i 7
velouter, t 7
vendanger, i et t **9**
vendre, t **55**
vénérer, t **12**
venger, t **9**
venir, i, ê **26**
venter, imp 7
ventiler, t 7
ventouser, t 7
verbaliser, i 7
verbiager, i **9**
verdir, i et t 23
verdoyer, i **21**
verduniser, t 7
vergeter, t **18**
verglacer, imp **8**
vérifier, t **10**
vermiller, t 7
vermillonner, t 7
vermouler, pr 7
vernir, t 23
vernisser, t 7
verrouiller, t 7
verser, t et i 7
versifier, t et i **10**
vétiller, i 7
vêtir , t, les difficultés de sa conjugaison expliquent la tendance, déjà ancienne, à laquelle n'ont pas échappé de bons écrivains, comme Lamartine, à faire passer **vêtir** dans le groupe régulier 2 et à le conjuguer sur **finir.** Mais des formes comme **revêtissait, *vêtissant,* etc., demeurent des barbarismes **28**
vexer, t 7
viabiliser, t 7
viander, i 7
vibrer, i et t 7
vibrionner, i 7
vicier, t **10**
vidanger, t **9**

vider, t et pr 7
vidimer, t 7
vieillir, i et t, **ê ?** 23
vieller, i 7
vilipender, t 7
villégiaturer, i 7
vinaigrer, t 7
viner, t 7
vinifier, t **10**
violacer, t **8**
violenter, t 7
violer, t 7
violoner, i et t 7
virer, i et t 7
virevolter, i 7
virguler, t 7
viriliser, t 7
viser, t, i et ti 7
visionner, t 7
visiter, t 7
visser, t 7
visualiser, t 7
vitrer, t 7
vitrifier, t **10**
vitrioler, t 7
vitupérer, t et i **12**

vivifier, t **10**
vivoter, i 7
vivre, i et t **67**
vocaliser, i et t 7
vociférer, t et i **12**
voguer, i 7
voiler, t 7
voir, t et i **40**
voisiner, i 7
voiturer, t 7
volatiliser, t et pr 7
volcaniser, t 7
voler, t et i 7
voleter, i **18**
voliger, t **9**
volter, i 7
voltiger, i **9**
vomir, t et i 23
voter, i et t 7
vouer, t 7
vouloir t, *que nous veuillions; que vous veuilliez,* au subjonctif présent, sont des formes plus rares et plus littéraires de : *que nous voulions, que vous vouliez* **44**

voussoyer, t **21**
voûter, t et pr 7
vouvoyer, t **21**
voyager, i **9**
vriller [ije], i et t 7
vrombir, i 23
vulcaniser, t 7
vulgariser, t 7

W

warranter, t 7

Z

zébrer, t **12**
zester, t 7
zézayer [zɛje], i **19**
zigouiller, t 7
zigzaguer, i 7
zinguer, t 7
zinzinuler, i 7
zoner, i 7
zozoter, i 7

INDEX

*Les numéros renvoient à ceux des paragraphes
de la partie Clés du fonctionnement verbal*

accord verbal .... 64 à 129
– accord du verbe
   avec son sujet .... 64 à 81
– personne 78
– nombre 79, 80, 81
– accord du participe passé .... 84 à 129
adjectif verbal 83
apposition 77
auxiliaire (choix de l') .... 46 à 63
– verbes prenant toujours être ...... 48 à 52
– verbes intransitifs prenant
   toujours être 52
– verbes prenant tantôt être,
   tantôt avoir .... 53 à 63
c'est / ce sont (accord avec) 80, 81
cédille 24
complément d'objet direct .... 89 à 93
complément d'objet indirect 90, 94
conditionnel 10
conjugaison .... 19 à 45
élisions 130
formes verbales
– analyse .... 1 à 18
– archaïques 32, 34, 63
– liées à la conjugaison .... 19 à 45
– irrégulières 19, 20, 21
– simples ou composées 5
– solidaires .... 35 à 45
gérondif 11
groupes verbaux .... 22 à 34
groupe 1 .... 23 à 26
groupe 2 .... 27, 28, 29
groupe 3 .... 30 à 34
impératif 38, 133
inversion du sujet 73, 131, 132
locutions participiales 85

modes 9
nombre 8
nous de modestie 7
participe passé (accord du)
– employé avec avoir .... 95 à 99
– employé avec être .... 86, 87, 100 à 123
– employé sans auxiliaire 84, 85
– invariable 97, 109, 124, 125, 127
– locutions participiales 85
– précédé de en 127, 128
– suivi d'un infinitif 125, 126
– des verbes accidentellement
   pronominaux réfléchis
   ou réciproques .... 106 à 109
– des verbes accidentellement
   pronominaux irréfléchis
   à sens spécial 121, 122, 123
– des verbes accidentellement
   pronominaux irréfléchis
   à sens passif 121, 122, 123
– des verbes essentiellement
   pronominaux 121, 122, 123
– des verbes impersonnels 124
participe présent 82, 83
personnes 6
plus d'un (accord avec) 79
pronom personnel 4, 67
pronom relatif 78
radical 2, 21, 27
répétition d'insistance 75
répétition de rappel 76
sujet
– absent 71
– apparent 74
– collectif 79
– accord verbal avec le sujet .... 65 à 81

INDEX

temps .... 12 à 15
– futurs 15
– passés 14
– présents 13
temps composés 47
terminaisons 3, 20
verbes
– accidentellement impersonnels 50
– accidentellement pronominaux
réfléchis ou réciproques .... 101 à 109
– attributifs 86
– défectifs 34
– essentiellement
pronominaux .... 116 à 123
– impersonnels 17, 49, 124
– intransitifs 52, 54, 55, 92
– accidentellement pronominaux
irréfléchis à sens
spécial .... 110, 111, 112, 118 à 123
– accidentellement pronominaux
irréfléchis à sens
passif .... 113, 114, 115, 118 à 123
– transitifs 54, 92
voix 16, 48, 51
vous de politesse 7